U0528098

# ASSASSIN'S CREED
## 刺客信条

# 王朝

上册

疯丢子 ◎ 著

北京联合出版公司
Beijing United Publishing Co.,Ltd.

图书在版编目（CIP）数据

刺客信条：王朝：全二册 / 疯丢子著. -- 北京：北京联合出版公司, 2024.10. -- ISBN 978-7-5596-7766-2

Ⅰ. I247.5

中国国家版本馆CIP数据核字第2024R0F724号

Copyright © 2024 by Beijing United Publishing Co., Ltd.
All rights reserved.
本作品版权由北京联合出版有限责任公司所有

## 刺客信条：王朝（全二册）

疯丢子 著

出 品 人：赵红仕
出版监制：刘 凯 赵鑫玮
特别策划：北京咪波文化科技有限公司
项目统筹：林葱郁
项目策划：华 楠
特邀编辑：苗华中 任锦年
责任编辑：蒚 鑫 李建波
封面设计：创研设 BOOK Design QQ:418808878
封面题字：申敬之
内文设计：聯合書莊
内文排版：旅教文化

关注联合低音

北京联合出版公司出版
（北京市西城区德外大街83号楼9层 100088）
北京联合天畅文化传播公司发行
北京美图印务有限公司印刷 新华书店经销
字数443千字 880毫米×1230毫米 1/32 19印张
2024年10月第1版 2024年10月第1次印刷
ISBN 978-7-5596-7766-2
定价：99.00元（全二册）

**版权所有，侵权必究**
未经书面许可，不得以任何方式转载、复制、翻印本书部分或全部内容。
本书若有质量问题，请与本公司图书销售中心联系调换。电话：（010）64258472-800

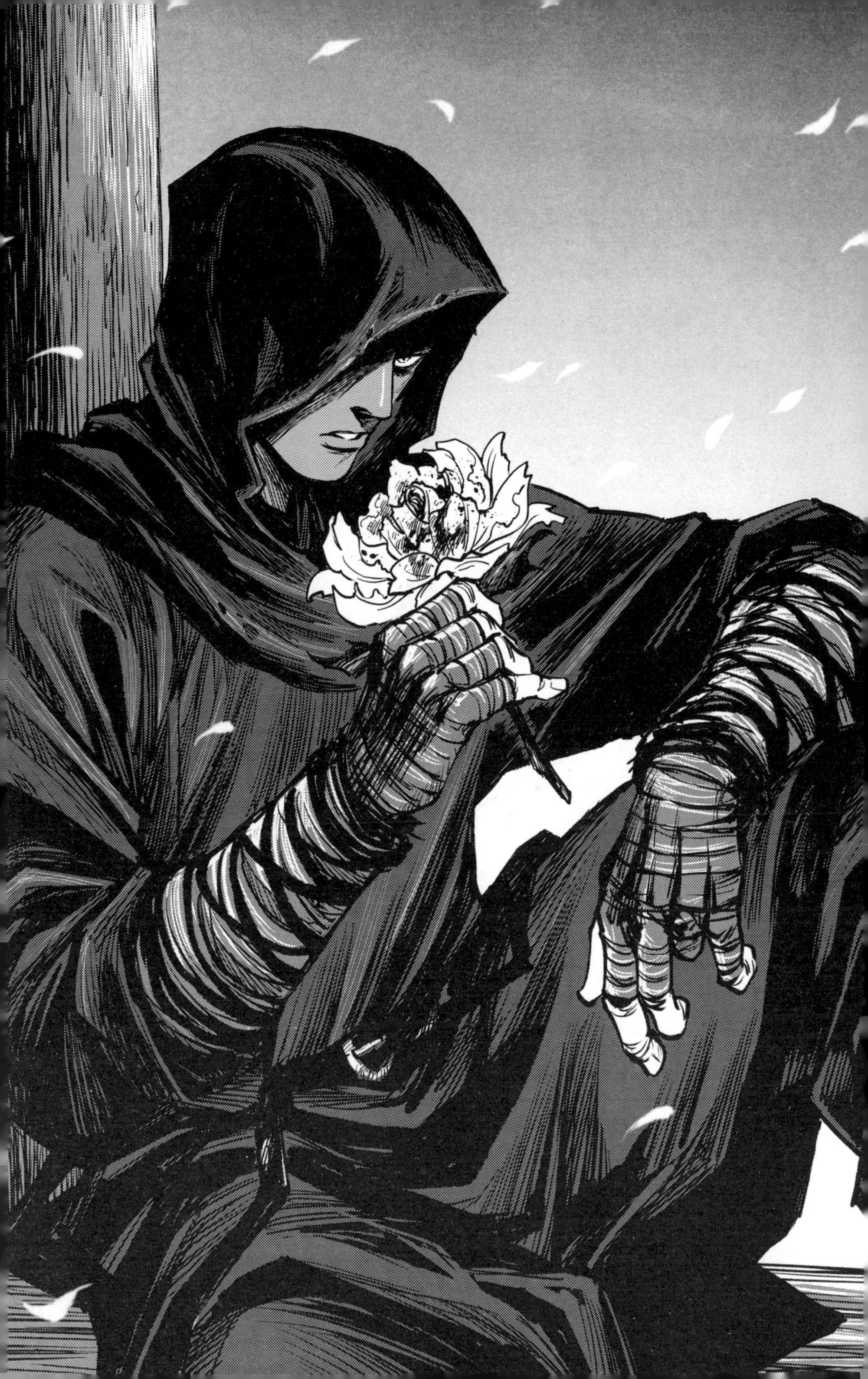

# 目 录

| 一 | 利刃出鞘 | / 001 |
| 二 | 花都阴云 | / 011 |
| 三 | 一念荣辱 | / 019 |
| 四 | 天上天下 | / 026 |
| 五 | 曲终缘起 | / 032 |
| 六 | 清河李萼 | / 040 |
| 七 | 狼子野心 | / 047 |
| 八 | 权奸当道 | / 056 |
| 九 | 安西往事 | / 061 |
| 十 | 西域来客 | / 068 |
| 十一 | 鸣沙结义 | / 075 |
| 十二 | 安南杀机 | / 085 |

| 十 三 | 墨村隐士 | / 093 |
| 十 四 | 安史乱起 | / 106 |
| 十 五 | 华清暮色 | / 112 |
| 十 六 | 祸及常山 | / 119 |
| 十 七 | 逆势而为 | / 124 |
| 十 八 | 乱世重逢 | / 131 |
| 十 九 | 剑圣裴旻 | / 141 |
| 二 十 | 黄河巫祸 | / 148 |
| 二 一 | 长安急报 | / 155 |
| 二 二 | 何处平安 | / 163 |
| 二 三 | 牛刀小试 | / 170 |
| 二 四 | 烽起巨鹿 | / 178 |
| 二 五 | 弃子何辜 | / 185 |
| 二 六 | 洛阳陷落 | / 191 |
| 二 七 | 原形毕露 | / 196 |
| 二 八 | 季明问刀 | / 202 |
| 二 九 | 各有所长 | / 209 |
| 三 十 | 剑指土门 | / 214 |
| 三 一 | 血漫潼关 | / 221 |
| 三 二 | 阵前削爵 | / 229 |

# 目录

三三　安西故人　/ 237

三四　只身犯险　/ 243

三五　弓影杯蛇　/ 250

三六　收复土门　/ 257

三七　此去一别　/ 266

三八　暮帝雄心　/ 274

三九　御驾难征　/ 281

四十　暗影遮天　/ 288

一

# 利刃出鞘

"列阵!"

一声嘶哑的厉喝冲天而起,卷入漫天的黄沙,响彻沙漠。

余音层层回旋,没入林立的刀刃中,逐渐化为阵阵铮鸣,只剩下一派肃杀之气。

脚下的震动逐渐剧烈,随着地平线上陡然出现的一线黑影,震动逐渐变得撼天动地。黑影的面积急速地扩大,覆盖了整个地平线,它迅速逼近,转眼间便如翻滚的黑云般汹涌澎湃,带着震耳欲聋的杀声和弥漫的烟尘,冲将过来。

那是数万铁骑冲锋而来,地动山摇。

这边,万余将士早已列阵完毕,手中的武器随着敌军铁骑的快速逼近而兴奋地战栗,头顶无垠的苍黄天空似乎都在严阵以待。他们充满杀气的紧绷的脸,带着来自东方帝国的赫赫威势,直面来势汹汹的敌军,唯有坚定无畏的战意。

"盾兵稳住!"嘶吼似的命令再次响起。

"枪兵布阵!"

"弓弩手准备!"

"射——"

黑云罩顶。

"这可是最好的时节了。"一个男声猝然响起,带着一丝醉意和飒然,拉回了青年的神思。

一阵香风拂过面颊,伴随着阵阵欢快的笑声,现世的头顶是青空白云,何来半丝阴霾?

然而青年的目光依然没有从下方街巷中熙熙攘攘的人流中挪开,面上尚残留着些许落寞之意。身旁的散发男子毫不在意,一盏清酒,一袭白袍,悠然凭栏,望着楼下的盛世之景,轻声笑道:"你可是来赏花的?"

青年不答,黑色的兜帽拢住他的面容,只露出一个棱角分明的下巴和一双紧抿的薄唇。

一只金雕自空中划过,唳声惊空遏云,落入云下却只剩袅袅余音,底下苍生无人觉知,只有青年抬头看了一眼。金雕的拂过倒是令他的眼神柔和了一阵,只是转瞬又冰冷了起来,向着雕飞来的方向望去,分明是在等待什么。

散发男子犹自自得其乐,轻啜了一口温酒,口中悠悠然哼着小调,看着下方如织的人流。坊间花树畔蝶舞纷飞,路上行人个个簪花,意气风发的少年打马飞驰,窈窕婀娜的仕女画扇轻摇,衣袂交错间,大唐的富饶与繁华一览无余。

"是个好日子,"散发男子手指有节奏地敲着碗盏,兀自轻叹,"这可是一年一度的花卉盛宴,也只有今天,皇宫的大门敞开,世间之人,无论贫富贵贱,都可到宫内赏花。他们将目睹圣上选出天下最美的花,若是有幸赢得'花魁'的称号,便可得数不尽的赏赐……啊,数不尽的赏赐……"

散发男子微微闭上眼,似在回味什么,半晌又轻声讥诮道:"不过,这宫里,也没什么好看的。"说着,他举起碗盏,一饮而尽,喉头耸动间,连眉头都抽搐了起来,仿佛他饮的不是美酒,而是穿肠的毒药。

饮罢,见青年依然站在那儿,恍若未闻,又似在侧耳聆听,散发男子自嘲似的一笑,调侃道:"若是好奇,那还是算了。宫里那点破事,我已看腻了,就说这选花魁之事,不用看也知道,今年夺冠的,想必又是那个右相——杨国忠。"

这名字一出,青年终于有了一丝反应,他微微侧头,身姿绷紧。

散发男子仿佛没有看到,低头给自己斟酒,垂下的发丝给他的脸上亦笼上了一层阴影。

"谁敢跟他争呢?他是右相,还一掷千金,谁在他面前都要低半个头,更遑论他还有一个比最美的花还要娇艳的从妹——杨贵妃。"

提及杨国忠那个从妹,散发男子顿住了,他凝视着盏中清洌的酒水,似乎在细细打量那细微的波纹,又好似在透过波纹看着别的东西。

"云想衣裳,花想容,"他喃喃道,"春风拂槛,露华浓……"

他深吸一口气,猛地闭上眼,怒喝一声:"笑话!"

青年身躯一震,眼角余光扫了他一下。

散发男子全然不觉自己的失态,他已然没了对天地皇权的敬畏。他深吸一口气,看了一眼青年腰间的横刀,露出一抹苦笑:"我年轻时,也曾仗剑去国,想成为扬名天下的剑客,诗、酒、剑……豪气云天。谁料一朝踏入长安城,曾经的豪言壮志,全成

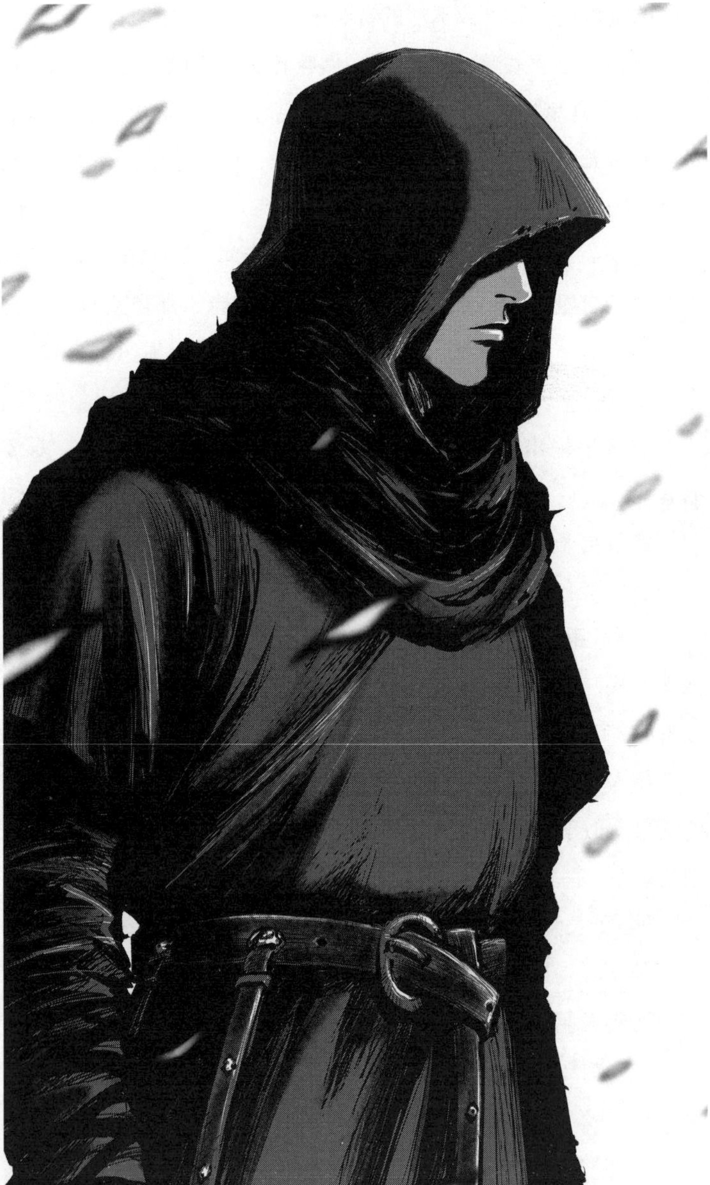

了一场笑话。"酒入愁肠，他的声音沙哑，"人皆道我有诗才，今上召我入宫做了个御用文人。御用文人？嗨！不过是奴颜婢膝的走狗而已！兴致来了，招手要诗；兴致去了，抛诸脑后。贵妃美？来来来，作诗一首……哈哈哈哈……耻辱啊，耻辱！"

他仰头大笑，笑声如鹰唳，尖厉沙哑。笑罢，他望向天边，神色悠然。

"如何还能待得下去呢，这满是魑魅魍魉的皇宫……我无意中得罪了他们，果然被褫夺了官职，自此终于离开了长安，浪迹天涯，醉生梦死……还是一诗、一剑、一人、一壶酒，但是人，已经不是当初那个人了。"

他长叹一声，似是倦了，缓缓地站起来。春风拂面，吹动了他的及腰散发和松垮的白袍，显得整个人愈发单薄和颓丧。

"你怕是要问，我既然如此厌恶这儿，又为何要回来呢。"他站直了身子，远远望着亭台楼阁，花瓣翻飞间，似乎又看到了不一样的风景，"我回来，是为了送别我一老友——阿倍仲麻吕。他要回他的家乡日本了，只可惜，他的船队遇到了海难，如今，怕是已经不在这世上了。"

青年慢慢转头，终于将目光投在了散发男子身上，依然不动声色。

散发男子浑然不在意，神色越发茫然寂寥："既如此，就当是来看长安最后一眼吧。你看，这满城的牡丹，开得多灿烂……"

嘴上说着灿烂，可散发男子的脸上，已经满是泪痕，被风吹得歪斜。

两人都站在楼阁之上，放眼街上熙熙攘攘，繁华与繁花虽有一字之差，可此时却共生在这片鼎沸的人声中，越发显得楼上寂寥凄清。

青年的目光忽然动了，死死攥住一个花车车队。那车队从街角拐入，声势浩大地向皇宫行进。车队中间的花车包金镶银，光上面的花架便有八九尺高，周身缠满了怒放的牡丹，车中更是铺满了鲜花，风一吹，漫天花瓣，宛如仙宫。

周围路人纷纷避让，双目却不由自主地被那花车吸引，赞叹之声不绝于耳，但试图靠近的步伐却被护车的大汉生生阻住。

三个护车的大汉围着花车走着，两个紧跟花车左右，一个牵马在后，皆剃须除发，身着圆领胡服，腰间系着统一的蹀躞，个个孔武有力，面目凶悍，一看就不好相与。

看这架势，这三个大汉好似不是护花入皇宫，而是在押花上刑场。

青年看着底下的花车队，终于开口了，语气冰冷："一朵牡丹值千金，一朵牡丹可拜官。"

散发男子一怔，微微回头，看着青年的眼神中，带着些探究。

青年将兜帽除了下来，露出一张饱经风霜的黝黑的脸，他一头黑发高束，容长脸上剑眉星目，高鼻薄唇，若不是一道细长的伤疤自左边眼角斜贯至唇下，本也该是个俊秀的郎君，如今，却只剩下一身煞气。

他望向散发男子，剑眉微蹙，轻缓道："又有多少人，为一朵牡丹，家破人亡？"

散发男子身躯一震，看了看街上缓缓经过的车队，又望向身旁的青年，目光自他头顶一路往下，待看到他紧束的袖口下那只缺了一指的左手手掌时，因微醺而泛红的眼中，光芒一闪。

"嚯，"他觉得有趣起来，毫不掩饰地端详着青年的黑衣和佩刀，感慨道，"我曾经听说过你这种人，在我的家乡，西域，碎叶城……"

听到"西域"二字时，青年竟然有些动容，他微微抬头，任由散发男子欣赏他的装扮，同时也认真地看了看对方，神色中隐约有些看见故人一般的柔和。

散发男子一边看着青年，一边继续道："只听说有这么一群人，纵横西域，神出鬼没，个个武功高强，疾恶如仇……年轻人，你来长安，是为了什么？"

青年收回目光，凝视着花车队，冷声道："折花。"

"哈哈……"散发男子大笑起来，连连摇头，"想在长安折花，是不可能的。"

青年不言，抬手戴上兜帽。散发男子自觉已经给了他忠告——至于他听不听，那是另外一回事儿——正转身欲走之际，忽然听到身后传来一句宛如轻叹却决绝的话："万物皆虚，万事皆允。"

他神色一变，猛地回身，却见花瓣翻飞中，那位青年早已不知去向！

散发男子一惊，立刻冲向围栏，往下望去。只见人流如织，摩肩接踵，青年不知何时已经混入其中，宛如一抹阴影。青年抬头望向他，微微抬手，做出举盏请酒的动作，闲适、平淡，又力若千钧。

青空中，鹰唳划过。

散发男子怔怔地看着青年，看他垂手，看他转身，渐行渐远。

"哈哈……"他忽然心潮澎湃，热泪盈眶，封冻许久的激情在胸中涌动，竟让他恍惚间想起了自己年轻的时候，在听家乡的长辈和来往商贩讲着"那群人"的故事时，满腔喷薄欲出的兴奋和向往。他还记得那些长辈和商贩怎么称呼他们,他们称那些人为……嗯……

"刺客,就是刺客!"男子拍了拍脑袋,终于想了起来,拍掌大笑,"好!好!好!仗剑天涯不曾会过,倒是在长安碰到了一个,哈哈……这天下,怕是要乱了。"

他甩袖转身,大笑不止,似了了一桩心事,又似发现了一件更大的趣事,让他状若疯癫,却又越发慨然洒脱:"罢了罢了,终究,不虚此行啊!"

散发男子口中的刺客,此时已然做好了狩猎的准备。

他头戴兜帽,身披黑袍,在这花团锦簇的街上,竟然奇异得不显突兀,在攒动的人流间宛如踏影而行,很快便缀在了花车边一个光头大汉的身后。

彼时三个大汉正在全场注目中谨慎又自得地走着,时不时高声呵斥周围凑近的路人:"让开!"

"别挡道!"

"这可是杨家的花车,碰坏了你们可赔不起!"

说着,还推搡起路边不及退让的路人,这蛮横的做派自然引起了路人的不满,怨声四起,看向花车的眼神也不再是纯然的欣赏,这让大汉们越发警惕,也越发豪横。

刺客眼看着花车最后的大汉一把推开一个胡人,口中正骂骂咧咧。他微微低下头,步伐猛地加快,转瞬已闪至那大汉身后,左手抬起微微一动,一柄利剑竟然自他残缺的无名指处弹出,只见他右掌一探,自后捂住大汉的嘴的同时,左手的利刃径直洞穿了大汉的脖子!

背刺!

刺客这一动作形如鬼魅且疾如迅雷,大汉甚至来不及发出一声呼喊，瞬间毙命。刺客一击得手，毫不犹豫地揪着大汉的尸体，直接往前扑入了花车之中，满车血一般殷红的牡丹，转瞬便吞没了两人的身躯！

即便刺客行动再怎么迅捷和隐秘，花车两侧的大汉到底不是初入江湖的生手，他们几乎同时觉察出不对，回望之时，惊恐地发现车后的同伴竟然在一眨眼的工夫消失无踪！其中一个看向花车，恰好看到一只毫无生气的手在花丛中若隐若现！

"不好！"还未来得及惊呼出声，死神般的黑影再次从花丛中飞出。刺客一剑精准地扎穿了其中一个大汉的喉咙，又在同时抓住另一人的领子，一把将其掀入花车，其力道之大，那将近二百斤的大汉竟然毫无招架之力，转瞬便仰躺在花车之中，仰天看到的除了他尽心护着的花朵满天纷飞，还有便是顶在喉间的锃亮的袖剑和一张被兜帽挡住的、只剩下满是煞气的英武的脸。

"你可知，"那死神一样的刺客双目如电，语气森然，"我为何找上你们？"

大汉呼呼地喘着气，呼吸和心跳随着袖剑的每一次移动而不断停滞。他紧盯着那抹剑光，用尽毕生之力思索着，终于试探着答："杜陵村的花农……我们……拿了他们的……花？"

袖剑逼近了一点，刺客的声音不带丝毫波动："拿？"

"抢！抢的！"大汉汗如雨下。

刺客冷哼一声，又问："你们的老大，在何处？"

眼看着袖剑移到了眉间，大汉的瞳孔缩成了两个小点，显然已经害怕到了极点，于是毫不犹豫道："他已经……入宫了！这……是我们大哥，献给杨家的最……后一辆花车！"他咽了口口水，颤抖着哀求，"兄……弟，你我往……日无怨，放……我一条……生路吧！"

"生路？"刺客看他的眼神已经不像在看活物，他微微抬手，在大汉惊恐和哀求的眼神中，轻声道，"你——何曾给过——他人生路？"

说罢，手起，剑落。

鲜血四溅，洒在了满车的牡丹上，使得盛放的牡丹越发娇艳。

刺客随手撷了一朵，跳下花车，宛如一个普通的赏花客，把玩着那枝染血的牡丹，再次隐入了人群之中，不留半分行迹。

"还没完。"

他心道。

刺客微微抬头，顺着人流昂首前行。这条街道的尽头，便是皇宫大门口，那儿花天锦地、笙歌鼎沸。人欢马叫下，谁也听不到杜陵村十七个柱死的花农的惨叫，谁也看不到他们的血——比花还红。

这个公道，还没讨完。

他重新整了整兜帽，在人群中迈步往宫门走去。

## 二

## 花都阴云

人潮汹涌,所有人都不约而同地往兴庆宫走去。自玄宗登基后,他便将自己做藩王时期居住的宫殿扩大,改建成了与太极宫、大明宫不相上下的第三大宫殿兴庆宫。他居于其中,开创了大唐的开元盛世,如今这里则成了他与杨贵妃的浓情蜜意之所,除了原本的勤政务本楼,还特地为她在旁边修建了一座更为华丽雄伟的花萼相辉楼。

恰逢今日花卉盛宴,帝王兴起了与民同乐的心思,特地下旨大开宫门,让百姓可以进宫前往花萼相辉楼,献上自己最美的花,赏世间最美的景,看世间最美的人。

所有人都穿着自己最好的衣裳,手持花束,谈笑风生,纷至沓来。人群渐渐在宫门前汇聚起来,逐渐喧闹和拥挤。

就在此时,人群后面突然传来一片厉喝声:"避让!……避让!"

就在人们尚未反应过来之时,只听到密集的马蹄声由远及近,几个盔甲骑士执旗扬鞭,拍马直奔宫门方向而来,转眼间已在大街上卷起滚滚尘土，引得路人纷纷惊呼闪躲，乱成一团。

人未至，声先到，在一片尖厉的"避让"声后，领头的骑士方才喊道："节度使入朝！前往兴庆宫的百姓，一律避让！汝等速速让道！"

节度使？

本已安然避让在侧的刺客脚步一顿，在满脸惊讶的人群中，微微垂头，自兜帽下望向远处。就听到鼓声震天，在长街的尽头，一支军队赫然出现。旌旗林立，蹄声如雷，看这声势，仿佛是攻入长安的敌军，带着神挡杀神的威势。

待队伍行至近前，周围的人才下意识地发出一阵惊呼。原来这些士兵竟然个个身着半臂紧身铠甲，长至膝部，他们手中的旌旗并非旌旗，而是带着彩幡的长柄槊，腰佩圆盾，分明就是沙场征战之姿。而最为可怖的是，他们全都戴着长帘兜鍪，面部被狻猊面罩严严实实地遮着，看起来狰狞无比。

在他们之中，只有一个男人没有戴兜鍪，可见到他的人，没一个敢直视他。盖因他实在太过魁梧肥胖，满脸横肉，利目阔鼻，浓密的髯须覆盖着脸颊，显得睥睨间如鹰视狼顾，更加凶悍骇人。就连他胯下的马，都比别人的高壮、精悍不少。

"范阳、平卢、河东三镇节度使——御史大夫——安禄山将军——驾到！"

震耳欲聋的呼声，将所有人的思绪拉了回来。人们纷纷退到两边，望向安禄山的眼神，半是惊骇，半是仰慕。

"他就是安禄山？"

"好魁伟，不愧人称'斗战神'！"

"你们看他的亲卫藩将们，个个都凶神恶煞，好是骇人！"

"多亏了他们，要不是他们镇守边关，咱老百姓哪能过这高枕无忧的日子。"

"话可不能这么说,你没听闻这安将军正在边关屯兵谋反吗?"

"嘘!小点声,让人听见可如何是好!"

"怕什么,传闻正是杨右相上奏皇上,说:'陛下试召之,安禄山必不来!'你看皇上一召,他这不就来了吗?"

"可见所谓的造反,都是无稽之谈。"

"对,定是那杨国忠嫉妒安禄山的军功,故意散播谣言,离间君臣的关系!"

"那是自然,圣上对安禄山可谓恩重如山,他怎会恩将仇报,意图造反呢?"

"对呀!花卉盛宴之所以挑在今日,可不就是为了欢迎安将军入朝谒见嘛!"

"那吾等可是沾了安将军的光啊!"

安禄山一行浩浩荡荡入了宫门,人群重新汇拢于一处,继续着之前的步伐。刺客继续沉默地走着,耳边满是窃窃私语和高谈阔论,言谈间都是对亲见安禄山的惊喜和兴奋,但很快,花车队的到来就引发了新一轮的惊叹和欢呼。

等待入宫争艳的花车一辆接一辆列队于宫前,为了获得帝王的青睐,各路人马可谓倾尽了心思。不仅要有绚丽繁密的鲜花装饰,连花车的样式都奇巧百出。有的如玲珑宝塔,缀满鲜花;有的干脆直接做成巨大的花朵,斑斓的"花瓣"间鲜花争相盛放;还有的巨大无比,宛如一座鼓楼,自带飞檐楼宇,奇花异木在木槛内争奇斗艳,由巨大的木轮支撑着,穿行间,鼓声震天,声势无匹,人人观之惊呼,不知是看车还是看花。

这便是杨国忠的"移春槛"。

此时,移春槛上,一个面容凶悍、光头独眼的大汉,正阴沉地望着前面的宫门。

"帮主，时辰到了。"身后的手下小心道，"方才宫里递来了话，说圣上已驾临花萼相辉楼，盛宴马上就要开始了，还要继续等吗？"

被称为帮主的大汉沉吟了半晌，冷声道："罢了，不等了。这最后一辆花车，怕是赶不上了。"

手下犹自不安："莫不是……出了什么事？"

帮主沉下脸："那可是杨家的花车，能出什么事？多半是西市人太多，各路显贵入朝，堵着了。"

"可是……"

"无妨，"帮主抬高声音，"便是少了一辆，我们移春槛还是最为华美的，你且看其他花车，谁能比得过我们？"

"帮主说得是！"

"鱼跃龙门，过而为龙，至尊至贵，便靠今夜一搏！只要能为杨公夺得花魁，别说一辆车了，什么代价，都值得！"帮主话音未落，忽然感到一阵心悸，仿佛被什么凶猛的野兽盯上了，惊得他猛地回头，仓皇地望向恶感的来处！

可茫茫人海，欢声笑语中，哪能看到什么令人惊怖的东西？

"帮主，怎么了？"后面的人被他们帮主的动作吓了一跳，连忙问道。

帮主依然紧紧盯着人群，不知不觉已经汗流浃背，可这关头，他哪有心思去查探，只能强自镇定道："没……没事。总感觉有人盯着我，应是我多疑了。"

就在此时，震耳欲聋的鼓点声阵阵响起，自宫内一直传到宫外，鼓声隆隆，很快盖过了宫外人群的喧嚣。人群的欢呼声响彻长安："开始了！盛宴开始了！宫门要开了！"

## 二 | 花都阴云

直到这一刻，刺客方才收回自己盯着移春槛的目光，望向了兴庆宫的宫门。

花卉盛宴，开始了。

巨大的宫门随着激昂的鼓点缓缓开启，人们聚在宫门前翘首探看着，想在这可能此生仅有一次的机会中好好看看皇宫的模样，不料却被门内逐渐显现出来的巨大物体惊得瞠目结舌。惊叹声和尖叫声此起彼伏，在那巨大物体缓缓走出宫门时，化为一阵浪潮般的惊呼。

象群！犀群！还有乘着犀、象而出的无数散乐百戏倡优，他们带着傩面，甫一出宫门便卖力地表演起来。他们有的在空中腾挪跳跃，在众多花车四周，随着鼓点载歌载舞；有的手执折伞与漫天花瓣一道飘然而下，落入人群中激起一片惊呼。混在其中的幻术师手执牡丹，在众目睽睽之下吹花成蝶，惊呼声中，花瓣片片飞舞，竟似有自己的意识一般组成蝶群回旋而上，带着众人的目光，盘旋在花萼相辉楼四周。

花潮蝶海之中，一个绝美的身影，款款出现在阁楼之上。

那是一个女人，她身着华服，头簪牡丹，纤眉凤眼，肤若凝脂，明明只是随意地站在那儿，可衣袂翻飞间，雍容窈窕的身形却仿佛在与花蝶共舞，美得摄人心魄。

所有人都怔怔地看着她，几乎不需要去思考，心里便已经清楚这女人的身份。

除了大唐最美的女人、大唐皇帝最心爱的杨贵妃，她还能是谁？

就在杨贵妃缓缓抬起纤纤素手，赏花戏蝶之时，众人才恍若梦醒，如狂蜂浪蝶一般呼喊起来："贵妃娘娘！是贵妃娘娘！"

"娘娘！"

"娘娘！"

…………

杨贵妃的亲临让很多人感动到涕泗横流，她就如大唐盛世的象征，有属于天可汗的无上华贵，亦有展现出万千气象的绝世姿容，仅仅看到她，便能让人心生出无限美好与傲然的感觉。

这便是大唐！这便是盛世！

杨贵妃在人潮欢呼中依然从容，她双目微垂，似乎在看指尖的蝴蝶，又似乎在看宫门外的花车。忽然，她指尖一动，蝴蝶似乎被惊动了似的，在所有人的注视下扑扇着翅膀，径直向着下面的一辆花车飞去，飞到了花车上的光头独眼大汉面前。

所有人的目光都追着蝴蝶看向了那辆花车，很快便有人反应了过来。

"花魁诞生！"等在宫门边的女官清脆的声音骤然响起，激起一片声浪，"击鼓鸣锣！"

锣鼓声骤然响起，拉回了所有人的神志。只听到那女官继续欢快地宣布："花卉盛宴夺魁者，移春槛！主人为右相杨国忠！花魁使者即可登楼受赏，与天子百官同乐！各位，里面请！"

等到女官手指向宫内，车上的人才如梦初醒，帮主身边的人激动到大吼起来："帮主！中了！我们要飞黄腾达了！"

而此时帮主满脸的横肉也扭曲了起来，似哭似笑，激动得全身发抖，反反复复念叨着一句话：

"鱼跃龙门，过……过而为龙……鱼跃龙门，过而为龙啊！"

他狂笑起来，周身散发着意气风发的气息，与手下一道下了移春槛，和其他受邀的宾客一起，昂首阔步地迈入宫门之中，留下一片宫外百姓艳羡的惊叹。

他全然忘了之前那令他毛骨悚然的威胁所在。

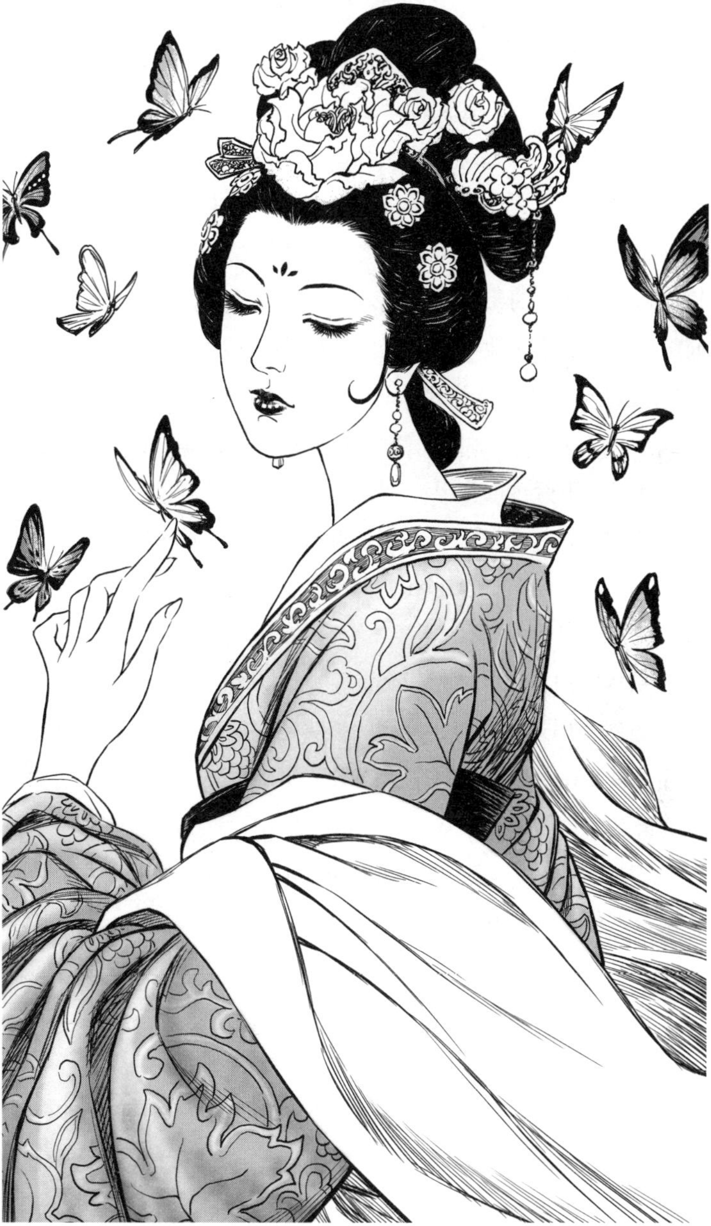

刺客手中仍执着一朵牡丹，静静地看着一批批宾客走过宫门边的女官和守卫。宾客多是来自各处的显贵和名宿，有三三两两的，也有一群群的，他们都带了名帖，在与女官手中的名簿对照后，方能入内。

几拨人过去后，他终于等到一群道士递上名帖，十二个人在别处不算多，但在这人群嘈杂之处，却已经足够。他趁着道士鱼贯而入的时机，身形一晃，混入了道士的队伍，又在女官点人的间隙，如一道影子般一闪而过，进入了宫内。

这边女官还在认真点人："一、二……六、七，嗯？哦……十、十一、十二。"她擦了擦仿佛花了一下的眼，有些不确定地回头问了一下旁边的守卫："人数对了，是吗？"

守卫更没注意那么多，只是点头："嗯，对了。"

"好嘞。"年轻的女官在名簿上画了一笔，松了口气，转头一看，又打起精神，"啊，吐蕃大使到了，快来迎接！"

一入宫门，里外便是两个世界。

虽然大门还敞开着，外面的表演还在继续，可是人声和锣鼓声还是被高高的宫墙挡住了大部分，仿佛世外之音，衬得宫内越发安静。

但安静过后，便能听到隐隐的乐声，自前方的花萼相辉楼里传来，那便是帝王和宾客宴饮之处。

宾客随着指引往花园去了。刺客左右看了看，脚步微动，隐入了暗处。

花萼相辉楼中的狂欢并不属于他，今日他的花，定是血色。

然而，刺客并不知道，在他进入宫门的时候，比他早些时候进宫的安禄山，也踏入了花萼相辉楼，为宫内带来了不亚于刺客的不祥之色。

## 三
# 一念荣辱

"柳色黄金嫩，梨花白雪香。玉楼巢翡翠，金殿锁鸳鸯。选妓随雕辇，征歌出洞房。宫中谁第一，飞燕在昭阳。"

虽然李白所作的这首词曾引得杨贵妃不快，但却依然深得宫内外人的喜爱，在当下最受宠的梨园乐师雷海青清冽婉转的歌声中，众舞伎翩跹而舞，舞姿如翩风回雪，看得人目眩神迷。

可很快，他们的笑容收了起来。

一个巨大的黑影出现在大殿上，沉重的脚步声自成一派，几乎能扰乱殿内明快的曲调。

乐师浑然不觉，还在唱着：

"卢橘为秦树，蒲桃出汉宫。烟花宜落日，丝管醉春风。笛奏龙吟水，箫鸣凤下空。君王多乐事，还与万方同。……"

曲毕，除绕梁余音，万籁俱寂。乐师睁眼，看见君王座下，阴影重重。

安禄山，扶着矮小的奴仆李猪儿，昂然站在了皇上的面前。

想到如今京中盛传的风闻，群臣都有些不安，停下了觥筹交错,去偷瞥君王的反应,他旁侧的杨贵妃更是满脸担忧。李隆基坐在最上首,整张脸本在阴影之中,可下一瞬,却突然探出来,苍老的脸上满面红光,一副刚看见安禄山的惊喜模样。

"原来是安将军!"他一脸欣慰地笑,"你终于来了,朕等你很久了!来,赐座!"

安禄山正要动,斜刺里却插进一个阴冷的声音:"安禄山,你好大的胆子!"

这声音虽然阴柔,却穿透力极强,仿佛一把细剑,扎进了安禄山脚前的地面。

安禄山脚步一顿,转头冷冷地往君王右侧首座声音来处看去,见那儿坐着一个瘦削的中年人,白面长眉,细目薄唇,头戴翘脚幞头,身着紫色圆领袍衫,不是右相杨国忠是谁?

杨国忠一开口,其他人更是大气都不敢出。李隆基似笑非笑地看着,并不阻拦。杨国忠见皇上如此,更是得意,甚至拿起了一颗荔枝剥开,看也不看安禄山,继续道:"面见圣上,怎么都不跪下?"

话音一落,所有人屏气凝神,去看安禄山的反应。

这两人在朝中针锋相对,本就是众所周知的事,只是在这样的场合居然都能斗起来,可见已是势同水火,但见皇上都没有反应,任由杨国忠这样质问安禄山,莫非安禄山真的有不臣之心?

众臣心下嘀咕,难免面露异色。

安禄山看了一眼杨国忠,忽然冷笑一声,高声道:"我,是个胡人。"

说着,他一把推开李猪儿,猛地跪下,居然是向着杨贵妃。

"胡人,先拜母亲!"他一抱拳,大声道,"后拜父亲!"

这一出,还真是在场所有人都万万没有料到的。

## 三 | 一念荣辱

杨贵妃先是一惊，可意识到安禄山在说什么后，她只是微微一愣，飞快地看了李隆基一眼，抬手掩住红唇，轻轻地笑了一声。

这一笑宛如春水融冰，瞬间化解了全场的冷凝，也融化了李隆基的僵硬。李隆基"哈"的一声笑了出来，又转而变为大笑，笑声恣意畅快，竟然像是真的被取悦了一般。

天子之乐，福泽万民。群臣立刻跟上，一同笑了起来，只是笑声中更多的是庆幸和松快。

唯有杨国忠是冷笑，他继续吃着荔枝，不再说话，只是面色越发不悦。

李隆基笑罢，对还跪在地上的安禄山道："安将军，你来得有点晚了，花魁已经诞生了，你错过了今晚的重头戏啊！"

安禄山笑了，朗声答道："哈，那是有点可惜。只不过……今晚的重头戏，难道不该是我才对吗？"

说着，他抬起头，直直地瞪向杨国忠。

那豺狼一般的目光有如带着刀剑，直接刺了过去，咄咄逼人。

杨国忠丝毫不惧，怡然道："将军说笑了，花卉盛宴乃迎春之宴。将军就算不来，这春天还是会来，这盛宴，照样会办。"他朝最上面恭敬抱拳，"这天下最好的花，我还是会全部献给圣上！"

李隆基哈哈一笑："国忠，你有心了。"

安禄山冷哼一声，竟然霍地站起，冲着杨国忠怒喝道："杨国忠，你在长安玩花，我在边关玩命！没有我，你见得到春天吗？"

他这一站，再次把整个大殿都笼在了阴影中。杨国忠讥嘲似的一笑，眼见着又要说什么进一步激怒安禄山，却听旁边突然传来一个温和的声音："呵呵呵，二位都是大唐的能臣，大唐缺了谁都不行，何必在这大喜的日子，如此针锋相对呢？"

说话的人一出来,两人同时瞪了对方一眼,却都收住了气势。

来人正是圣上最宠幸的宦官——高力士。

他面容和善,体形富态,虽然已经白发苍苍,但在这风云诡谲的宫廷之中,却周身散发着平和的气息,显然是生活得顺遂如意,可见其势大根深,荣宠之盛。

别说长袖善舞的杨国忠了,就连暴烈骄横的安禄山都不敢呛声于他。

显然,高力士的话深得圣心,李隆基又笑了起来:"哈哈哈哈!不错,不错!你们俩,少了谁都不行!不过,安将军啊……"

安禄山一怔,抬头望去。

李隆基抄起手边的羯鼓,轻轻敲了两下,道:"这么说来,朕也有好久没看到你的胡旋舞了,如今见到你,忍不住有些技痒了。不如,朕来给你伴奏,你,敢不敢跳?"

皇帝伴奏,是荣宠。

但将军跳舞,就是羞辱了。

然而对于当年凭一曲胡旋舞得到赏识的安禄山来说,这份"宠辱"中,更多的是警告。

你当年不过是朕堂下一个跳舞的无名之辈,当年是,现在也是。

朕让你跳,你,跳不跳?

这警告远比杨国忠和高力士施加的压力来得汹涌,一时间众人都有些愣住了,可很快,安禄山就反应了过来,他压住心里澎湃的怒意,反而笑了出来:"哈!有皇上伴奏,岂非三生有幸?臣必要跳个尽兴才行!"

李隆基闻言,朗声大笑,一掌挥向鼓面。

## 三 | 一念荣辱

鼓声骤如急雨，群臣掌声如雷。

"咚咚咚咚……"

喧闹声伴着鼓声一路传入宫院，行走在廊中的宾客纷纷抬头循声而望，刚被引入宫中的独眼光头帮主自然不例外，他剩下的那只眼中，有着远超过他人的艳羡和贪婪。

"上面好生热闹，"他喃喃自语，"看来大人们都在庆贺杨公夺得花魁。"

如斯猜测着，想到这热闹也有自己一番功劳，他顿时精神一振，紧跟两步，问引路的太监："大人，我何时才能见到杨公？"

这般粗鲁的举动和直白的言谈，分明就是一介草民，引路太监很是不耐，喷了一声："别急，等杨公忙完，自然会下楼召见你。"

看似安慰，帮主却愈发不安，忍不住又问："那……杨公真的可以，答应我的任何请求吗？"

这样的人，引路太监见得太多了，他露出一抹神秘的微笑，并没有直接回答，而是道："往年的花魁使者，都得到了他们想要的东西，钱财、宅邸、官职……不过杨公举手之劳。"

帮主刚松口气，却听引路太监话锋一转："不过，还得看杨公心情。"

"啊，这……"帮主一慌，忍不住又望了一眼鼓声喧天的花萼相辉楼。

杨公此时，该是好心情吧？

引路太监看他那样子，了然笑道："我服侍杨公这么多年，他的脾气我清楚得很，今日你们为杨公挣足了面子，他的心情定然不错。"

说罢，他脚步一顿，让开身示意前方："你们先到后院的沉香亭等着吧,且放心,出不了差错。"

帮主面色一松,对引路太监弯腰作揖,带人往沉香亭走去。

可此时,万宾向往的花萼相辉楼中,杨国忠却全然不是引路太监认为的"心情定然不错"的样子。

皇帝敲出的鼓声中,安禄山吸引了满场的目光,胡姬团团为他伴舞,席中有人顺着鼓声引吭高歌。

"幽州胡马客,绿眼虎皮冠。笑拂两只箭,万人不可干……"

李白!又是李白的诗!

那个敢戏谑贵妃、不尊权贵的作诗戏子,都已经赶出去了,却还如此阴魂不散,甚至他的诗还被拿来配安禄山的舞!

杨国忠脸色更沉,额间青筋毕露,却什么都不能做,只能眼睁睁看着场中的安禄山在听到"万人不可干"时,忽然气势一盛,宛如猛虎出笼一般,脚尖转动,硕大的身躯突然飞速地旋转起来,与鼓声、歌声完美相和!

群情更是激昂,舞女也愈发卖力,随着安禄山的节奏快速地旋转起来。

"弯弓若转月,白雁落云端。"歌声更响,与安禄山的舞一道融入了皇帝的鼓点中。李隆基兴到极处,浑然已经忘我,双掌翻飞,拼命拍着羯鼓,时不时地还跟着唱和两声。

"双双掉鞭行,游猎向楼兰。出门不顾后,报国死何难?"

在这沸反盈天的旋涡中,似乎只有中心是平静的。

安禄山的胡旋舞一如既往地精湛,那腾挪旋转仿佛已经融入他的骨血,让他能以一己之力搅动所有人的心潮,却又在同时如旁观者一般冷静地洞察全场。

他的目光,定格在另一个场中的冰点上。

举杯独饮的杨国忠,和搅动旋风的安禄山对视了。

"天骄五单于,狼戾好凶残。牛马散北海,割鲜若虎餐。"

唱到此处,方才的壮怀豪迈急转直下,变成了天高苦寒中的凶残暴虐。看似与当下热烈欢闹的场景格格不入,可安禄山却越跳越起劲,硕大的身躯彻底融入鼓点,在音乐中忘情腾跃。

杨国忠眼中精光乍泄,冷哼一声,将杯中酒一饮而尽,杯盏落桌,歌声陡然苍凉。

"虽居燕支山,不道朔雪寒。"

殿外花瓣如雪,虽全然不知殿内的风起云涌,却依旧飘洒出一股凄怆的味道。

刚带着手下走到沉香亭的帮主脚步一顿,看着亭中暗处黑黢黢的身影,进宫前转瞬即逝的不安感再次涌上来,忍不住沉声问道:"谁?"

亭中的身影坐姿闲适,隐约看去,似乎还在拈花轻嗅。可那周身的气息、那遮住整张脸的兜帽,让整个沉香亭都寒凉了起来。

捻了捻手中带血的牡丹,黑暗中的人影缓缓开口,平静地说道:

"来讨命的。"

## 四

# 天上天下

"讨命？"

看着前方形单影只的对手，想到自己身后的五个弟兄，帮主似是听到了什么天大的笑话，怒极反笑："哼！兄台这狂言是不是放早了？你可知长安城一百零九坊这么多坊民，在我面前可是连个屁都不敢放！"

说着，他探手入怀，身旁手下见状，纷纷行动，自怀中掏出藏匿着的短刀，不怀好意地向对方迈步靠近。

"你知道我是谁吗？"帮主有刀在手，越发狂傲，"知道我是为谁效命吗？敢找我讨命，你怕不是活腻了！"

亭中的黑影默默地听着，丝毫不为所动，反而缓缓起身，也迎了上来，平静地说道："不清楚，也不在乎。"

他走出亭子，屹立廊前，单手起势，掷地有声道："我只在乎一件事，"他微微抬头，兜帽遮住了大半张脸，只露出月光下棱角分明的下巴，赫然就是混入宫中的刺客，"杜陵村花农，十七条人命。"

众人闻言一惊，帮主恍然大悟，大怒："原来，最后一辆花车，就是你小子搞的鬼！"

仇人见面，就再无转圜的余地。帮主眼中凶光毕露，狠声喝道："上！砍死他！"

手下得令，打头的两个大汉立刻呼喝着挥刀冲了上来，剩下的人将帮主围住，看起来志在必得。

刺客兜帽下的双眼冷冷地看着他们，岿然不动，看似毫无争斗的准备，却在第一把刀捅过来时，拧腰出拳，闪过那把刀的同时，拳头精准地打在了来人的脸颊上，只听到一个让人牙酸的面骨迸裂之声，那八尺大汉竟然就这么斜刺里飞了出去，摔在地上，脸歪牙碎，生死不知！

这一切发生得太快，紧随其后的手下尚未看清同伴的下场，手中的刀已经朝刺客砍了下去。刺客微微一仰，顺手扣住来人的手腕，不退反进，借势将大汉拉到近处，趁其重心不稳，扭臂下压，抬腿下勾，用膝弯扣住他的脖子，直接将其重重地按在了地上。

沉闷的重物落地声，远赶不上大汉手臂和脖子被拧断的筋骨断裂声来得慑人。而直到此时，刺客仍在他方才站的位置，连手，都只用了一只！

廊中死寂，唯有头顶花萼相辉楼鼓声激荡，此时听来，更似方外之音。

帮主一众看着转眼间倒下的两个兄弟，感觉如坠迷梦，迷梦中只有寒潭千尺和烈火炙背。

这次，是真碰上狠角色了。

刺客还按着第二个已经一动不动的大汉，看起来甚至有些像是坐在了大汉身上。他的声音一如之前那般平静，好像方才什么都没发生似的。

"看在你们为了入宫,身上都没带真家伙的分上……"他微微抬头,鹰一般的双眼盯着眼前的众人,冷声道,"接下来,我只出一刀……好叫你们死得明白。"

这话彻底激怒了帮主一众,他们踩着仿佛天外的鼓点声怒吼着一拥而上。这正中刺客下怀,他腿一蹬,利剑一般扎入人群,一个飞膝正中第一人的下颌,惨叫声刚响起,他紧接着右手微屈,盘肘直击第二个迫近之人的面部,一击致命。两招不过眨眼工夫,却已有两人血溅当场!

此时头顶鼓声更急,人声更响,恰是李隆基兴到浓处,边敲鼓边忍不住放声呼喝,与安禄山鼓舞相和!安禄山转得越急,鼓声便越快,如骤雨一般狂放密集,竟然与此时廊中的厮杀一般浪潮汹涌。

廊中剩下的活人心知如今已是困兽之局,不战必死,在鼓声的催促中,更加疯狂地冲了上去。刺客却似乎丝毫不为外物所动,一招一式间精准无比,第三个冲来的不过一个照面,就被他一掌抡了出去,与前面的人一样血溅长廊!

这刺客看似精瘦修长,可一拳一腿却分明力若千钧,每一次都一击致命,像是身体里蕴藏了一个战神一般。帮主在后面看着这一切,感到肝胆俱裂。眼见着刺客解决了最后一个手下,径直向他走了过来,他握着刀的手微微颤抖,平生第一次对一个不知身份的人,产生了跪地求饶的冲动!

可鼓点声却不放过他,头顶的盛宴已经到了极乐之时,安禄山的胡旋舞快到宛如幻影,攫取了所有人的心神,让百官目眩神迷,他们全然忘了方才的暗潮汹涌,只记得随着皇帝的鼓调起身呐喊起来:"转!转!转!……"

人声化为一股洪流,清晰而又坚定,这是帮主第一次清楚地听到花萼相辉楼中的声音,他看了看满地手下的尸体,又看了看迈步走向他的刺客,终于做出了决定。

他转过了身,落荒而逃。

他不能死!他好不容易攀上杨相,他刚成为花魁使者,他已经越过了龙门!就差一步,就差一步,他就可以成为龙了!

"救命啊!……"

"转!转!转!……"

"有刺客!……"

"转!转!转!……"

帮主的呼救都被淹没在了花萼相辉楼的声浪中,他绝望地在廊中穿梭,可所有人都在花萼相辉楼中,而他来沉香亭,正是因为这儿僻静。

"来人,来人啊!"

回应他的是一阵欢呼,仿佛天外的欢呼,大人们一阵欢笑过后,紧接着就是更为激情的"转!转!转!"。

春寒料峭,帮主汗如雨下。

喧闹声盖过了他的求救声,也盖过了周遭的响动。他难以忍受漫无目的的绝望,回了回头——瞳孔猛地张大!

一朵花,一朵绚烂的牡丹,在他的眼前绽放!

其花瓣密如彩云,花形贵气如冠,花蕊……是一把短剑!

"咚!"曲终。

"噗!"人灭。

帮主的双眼中满是不甘和遗憾,他颈间插着短剑,头被迫仰着,竭力想看清刺客的面容,却发现他的脸始终是在一片令人绝望的暗影中。他缓缓跪在了地上,在终于清晰了的血液喷溅声中，看着脆弱的花瓣散落一地，终于挤出了两个字：

"花……魁。"

说罢，他咽下了最后一口气，眼中满是愤恨和不甘。

"好！"叫好的声浪又从花萼相辉楼传来，衬着帮主一众的死状，颇有些讽刺。

此时的花萼相辉楼中，安禄山正站在一群胡姬中间，恰如一朵牡丹花的花蕊那般，完成了自己惊艳全场的胡旋舞。欢呼声中，他闭目昂首，似自得，又似不屑。

"好！好！好！"连李隆基也在一旁鼓掌大笑。杨贵妃倚在他身旁，笑容如盛开的牡丹，明艳绝伦。

楼上众生极乐，一派盛世浮华。

楼下尸横遍地，一展修罗狱景。

牡丹花瓣还在随风纷飞，与头顶的欢笑声一样热烈。刺客手里攥着凋零的花枝，迈步跨过一具具尸体，慢慢走出了长廊。

一声鹰唳自空中划过，撕破喧闹的人声。刺客微微抬头看了一眼，恰看到不远处的回廊中，一队羽林正举着风灯向这边走来，想必不用多久，就会发现此处异状。

此地事了，血债已偿，该是他离开的时候了。

刺客拉了拉手里的兜帽，一步踏入暗影之中，消失得无影无踪。

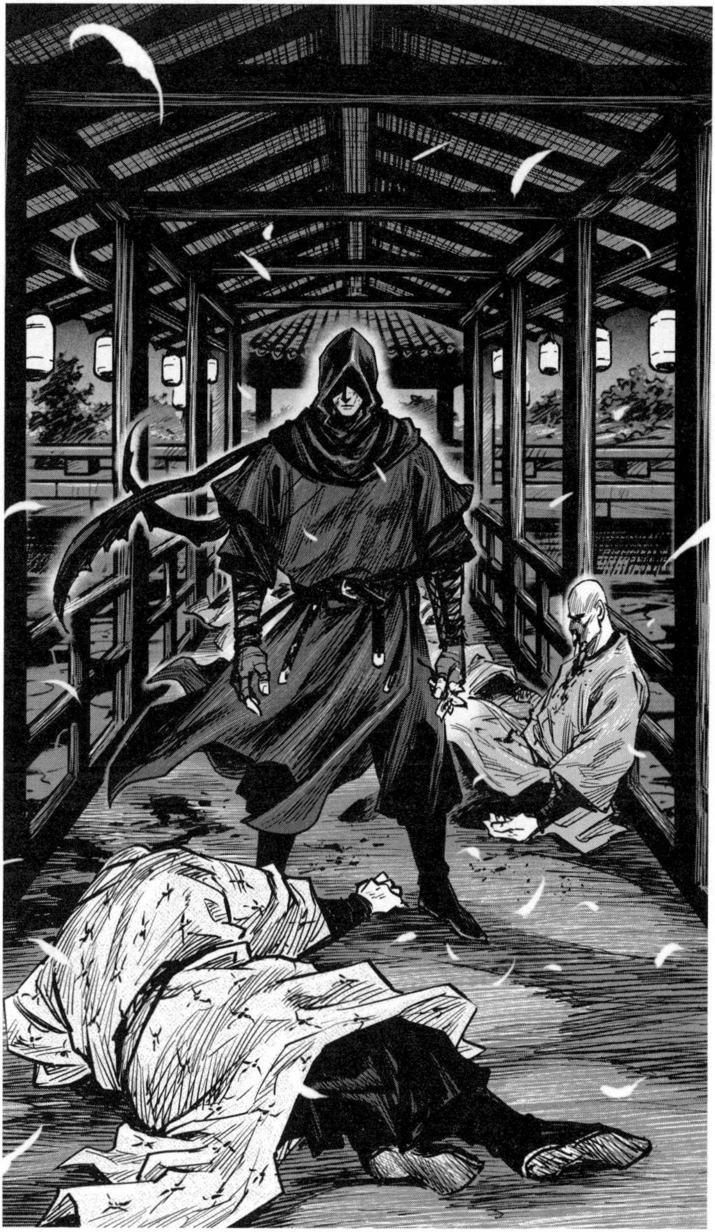

## 五

# 曲终缘起

　　极乐之宴正酣，宫女侍从鱼贯而行，手中不是各式珍馐美味，就是空盘残羹。他们神色端庄中皆带着难抑的矜贵，那是能目睹朝中权贵乃至帝王鼓舞相和的傲然。

　　然而有一人的神色却与他们截然相反，不仅焦急忧虑，甚至失却了宫人应有的从容和仪表，他满头大汗，步履匆匆，直奔大殿而去。

　　那正是方才为帮主引路的太监，他一路行入大殿，压根无暇顾及殿中君臣同欢的盛世之景，只一心穿过人群，小心翼翼地跪倒在杨国忠身后，俯身耳语道："杨公，出事了……"

　　杨国忠盯着还被围在场中的安禄山，本来就不悦的面色此时更加阴沉，他哼了一声，示意太监继续。

　　"杨公吩咐小的带去沉香亭的那几个花魁使者，都……都死了！"

　　杨国忠眉毛一挑："哦？"

　　太监见他不为所动，着急道："小的看了，皆为一击毙命，定是高手所为。杨公，宫中……怕是混入了刺客！"

说罢，他小心地抬头看了看最前方的天颜，愈发汗流浃背，更深地低下头去。

杨国忠听罢，略一思索，反而冷笑一声："慌什么，死的又不是什么达官贵人，几个市井之徒罢了。他们素来横行坊巷，自然仇家甚多，如今一步登天，遭了报应而已，何必大惊小怪？"

"可是那刺……"

太监还待说，杨国忠却不耐地打断他的话，问："羽林呢？"

"他们刚处理了尸体，正等着杨公指令……"说着，他顿了一顿，似乎意识到杨国忠所问为何，立刻补充道，"小的吩咐了他们不要声张，当下还没宾客知道此事。"

杨国忠看了看座上正举杯大笑的帝王，神色晦暗："传下去，命羽林军秘密搜捕凶徒，不得惊动宴席，"他看了看貌似放浪形骸的帝王，意有所指，"免得坏了圣上的兴致。"

"喏！"太监得令，急匆匆地离开了。

而此时，李隆基当真兴致高昂，看似酒意酣畅，已到了浑然忘我的境地："哈哈哈！跳得好，实在跳得好！不愧是安将军，朕今日可真是尽了兴！赏，大大地赏！"

安禄山站在场中，闻言缓缓跪下。

手捧金银礼盒的宫人们立刻上前，将大堆财宝放在安禄山身边，还伴有司仪太监的高声宣告："节度使安禄山，加封尚书左仆射！赐实封千户，奴婢十房，庄、宅各一区！"

安禄山端坐场中，神色淡然，看起来竟对方才到手的一切并不在意。

李隆基扫了他一眼，一口饮尽杯中酒，大笑道："不够不够！还要赏！继续赏！安将军，你说，还要什么，朕都答应！"

别人还没意识到这意味着什么，可听到这话的杨国忠，下意识地握紧了酒杯，神色愈发阴鸷，冷冷地盯着安禄山的后背。

安禄山还是端坐着，那副富贵不淫的样子，让周围人还当他会推拒一二，正等着君臣相谐的佳话再谱一章，却不料安禄山开口就是："陛下！近日外寇时常侵扰边境，将士们苦于没有良驹，即便重创外寇于城下，亦无法乘胜追击。若臣等可以自由调用朝廷牧场的军马，必能一举歼灭贼寇，令二藩不敢再犯！"

自由调用朝廷军马，这是天大的权力，安禄山他怎么敢！杨国忠手中的酒杯"啪"地裂了一道口子。

谁料李隆基仿佛没听懂安禄山要的是什么，几乎不假思索地痛快答应了："准！"

"什么？！"杨国忠猛地看向座上君王，还当他得了失心疯。

可李隆基紧接着就是一句："加封闲厩使和群牧使，遥领天下军马！"

他果真知道安禄山在要什么，他还真给了！

杨国忠正要开口阻止，却猛然注意到李隆基的身边，高力士细长的双眼紧紧盯着他，轻轻地摇了摇头。他咬紧牙关，不得不按捺住汹涌的怒意，紧紧捏着已经破裂的酒杯。而百官宾客都不是傻的，自然听得明白发生了什么，他们低头垂眸，大气都不敢喘一下，只希望这一切赶紧过去。

而安禄山怎么会让这大好形势从手中溜走，眼见李隆基态度松动，居然露出一脸悲痛，大呼道："陛下！臣的部下将士们随臣征讨外寇，功勋卓著者中，有五百余人战死沙场，也理应得到朝廷的封赏！"他俯身叩首，语带哽咽，"臣恳请陛下，给战死的五百二十三人追授将军之衔，令其遗族享有应有的俸禄和荣耀！"

## 五｜曲终缘起

得寸进尺！杨国忠神色更沉，刚忍下发难的冲动，却听安禄山又道："并且，杀贼立功者两千一百六十八人，请皇上破格提拔，授予中郎将之衔！"

此话一落，在场诸人皆目瞪口呆。这要求当真前无古人，若是答应，且不说安禄山手下一下子多了多少高级将领和军官，光按职衔养他们的俸禄，都远超过前面那些封赏的十倍百倍！皇上已经赐予天下兵马，他还敢这么提，难道是有心欺君犯上？皇上若是神志还清醒，必不会答……

"准！"

李隆基这次应得居然比方才还要利落，他无视场下瞪目结舌的众人，反而伸手扯下自己的披风，走下御座，亲自披在还跪着的安禄山身上，又像一个老父亲一般，拍了拍他的背。

"安将军，"他面容慈祥，语气诚挚，"边关有你，乃我大唐之幸，但有所求，切莫与朕客气。你记住，从此以后，不管你身在何方，朕，都与你同在！边关的安危，便托付给你了！"

"多谢陛下恩宠！"安禄山一脸感激涕零的样子，虎目中竟似有晶莹的泪光，更深地叩拜下去。

只有他身后的杨国忠看到，他以头叩地时，那双鹰、狼一样的眼，满是恶意和得意地瞪向了自己。

杨国忠冷冷地与他对视，双手却在几案下紧握成拳。

李隆基受了安禄山的叩拜，面容欣慰中露出一丝疲惫，他刚转过身，一旁的杨玉环已经走了上来，柔荑挽着李隆基的手臂，温柔地扶着他往回走。

李隆基轻抚着爱妃的手，感慨道："朕操劳国事大半辈子，如今还真有些折腾不动了，唉……"他轻叹一声，忽然一顿，仿佛刚想起什么，微微回头，平淡地吩咐道，"任命将领的告身帖，便照常由国忠来操办吧。"

说罢,他被拥簇着,头也不回地离开了。

他身后的高力士跟了几步,回头看了场内一眼,神色复杂地叹了口气,继续转头随着帝王而去。

场内,还保持着叩拜姿势的安禄山,在听到李隆基最后的安排时,便已经如石化一般僵硬了。

待到宾客纷纷散去,安禄山回头,瞪向身后人流中那个灼烧着他的后背的端坐的身影。

杨国忠此时当真扬眉吐气,他又给自己倒了杯酒,一饮而尽,不怀好意地轻笑道:"安将军,盛宴……结束了。"

夜空中,一声凌厉的鹰唳划过,好似彻底撕开了盛世之宴的幕布,露出黑暗中翻滚涌动的杀意与血性。

一如此时安禄山的心情。

但同样听到鹰唳的刺客,心情却截然不同。

圆月当空,他蹲在大殿顶上,看着下面羽林成群结队地在各个大殿间飞奔穿梭,风灯在廊中串起一条条流光,在宫中四处织起一张大网。

脚步声到处都是,时不时还有各处守卫的汇报声。

"报!芳苑门无异常!"

"跃龙门无异常!"

"沉香亭搜查完毕,未发现其他可疑踪迹!"

"传令下去,花萼相辉楼宿卫加倍!所有宫门继续戒备!凶徒必定还在宫城内!"

"切记,不要声张。继续搜!"

"是!"

刺客望向不远处沉香亭那儿的一团灯火,心知那儿的羽林定是发现他的脚印凭空消失了,迟早会知道他躲在殿顶,若等到天亮,必定会被发现。留给自己的时间,并不多。

　　他看着梭巡皇宫一周的巨雕从银盘一样的月亮中盘旋而来,一振翅便能飞出宫去,轻笑道:"十郎,看你探的什么路。"说罢,他低头看着下面的条条火龙,冷声道:"他们可知道他们在为什么样的恶人奔波……如果知道那群人的死因,他们可还会这般大张旗鼓?这难道,就是我们要讨的公道?"

　　那只叫十郎的金雕仿佛听懂了似的,叫了一声,滑翔过他的头顶。

　　巨大的翅膀鼓动的劲风直扑他的脸颊,带着一股熟悉到骨子里的大漠的气息。金雕羽翅扇动过后,恍惚间他突然听见耳边有人轻声叫他:"唐家子人。"

　　他愣了下神,猛地望向身边,被月光照得透亮的琉璃瓦竟然如烈日下大漠的白沙一般闪闪发光,扭曲氤氲的光线就好似蒸腾的热气,飘散,汇聚,依稀间化成一个纤细的人影——它背靠圆月,又好似背负烈阳。

　　"阿莲娜……"他喉头一紧,忍不住呢喃出声。

　　这个将他拉回人间,却又弃他在人间独活的人。她连午夜入梦都吝啬,却没想到在他有些许动摇的时候,竟然会这么大方地出现。

　　"你听到了吗,唐家子人?"珍藏于脑海中的声音再次出现,那人影也越来越清晰,正是当初在西域大漠训练他时的阿莲娜!她的脸隐藏在兜帽中,一袭白色斗篷,束腰轻甲,背负双刀,手臂上戴着精致的袖剑,披风随风飘飞着。

　　——一如许久前她刚训练完他时的情景。

那时的他正仪态全无地瘫坐在巨岩的边缘，精疲力竭，汗流浃背，与往常一般用无神的双眼无声地谴责自己这么辛苦是为什么。

听到阿莲娜的话，他无心思考，只是费力地抬起头，问："听到了什么？"

"人们哭泣的声音……"

他一怔，望向空阔荒凉的大漠，无须极目远眺，也知道空无一人。

阿莲娜却定定地凝望着远处，轻声道："被毒打的人们，被欺骗、被侮辱的人们，被拉到战场送命的人们，失去家园的人们……他们绝望的哭声。"

他听着她的话语，缓缓闭上眼，耳听大漠凛风呼啸，盖过了自己逐渐平静的呼吸，隐约间好像真的像一阵阵凄厉的号哭。

"每次听到这个声音，我都忍不住想，"阿莲娜仰起头，微微闭上眼，"在这沙漠，这世间，还有没有人能听到这些声音，还有没有人……在听。那些听到的人，他们是会义无反顾地出手，还是像这世间绝大多数人一样，默默忍耐，视若无睹？"

"或许，会视若无睹吧。"青年刺客轻声道。他并不想这么残忍，然而世间的残酷却让他难以说出违心的结论。

"或许你说得对，唐家子人。"阿莲娜闻言，竟然露出了一丝笑意，"亦或许，这就是你现在这么辛苦的原因吧。"

刺客疑惑地看向阿莲娜。

"他们不听的，我们来听；他们不做的，我们来做。如果我们都不去听，这世间还有谁能为他们鸣不平？如果我们都不去做，他们的公道，谁来讨？既然我们决心于此，自然要百般锤炼自己，才能做到，"阿莲娜挽了个刀花，转过身去，"再微弱的声音，都不能错过，再微小的不公，都不能宽恕。"

"再微小的不公，都不能宽恕……"他跟随着脑海中的声音，轻喃着她接下来要说的话，"万物皆虚，万事皆允，行于黑暗，侍奉光明，若为公义，何惧死生……"

"唐家子人，你准备好了吗？"阿莲娜的声音和身影都缓缓远去，氤氲的光线再次回归春夜的柔和与寒凉。刺客的神色也再次坚定，鹰翅拍击的声音掠过耳畔，他探头看向十郎飞来的方向，大殿之下，一辆满载着鲜花的马车正缓缓向宫外驶去。

冥冥之中，一切自有定论。

"我……准备好了。"他盯着马车，认真地回应了一句。说罢，他张开双臂，凌空一跃，如展开双翅的巨鹰一般，直直地落下重楼，不过一声鹰啸的工夫，便在空中一闪而过，精准地落在花车之上。

这一招，他反复磨炼，已经游刃有余，练成以来，从未失手。

然而这一次，随着砰的一声巨响，这超出预料外的动静，让身经百战的刺客都愣了一下，连身上突如其来的痛感都没法让他回过神。

这花车，竟然是有车顶的，只是上面堆满了花而已。

刺客躺在车中，看着车顶的大洞和洞外璀璨的星空，一时无言。可下一瞬，一种异样的感觉让他猛地抬头，正对上一双满是惊讶的眼睛。

这车里，还坐着一个人！

# 六

# 清河李萼

那是一个清秀俊雅的少年，疏朗的眉目在月辉下散发着玉一样莹润的光，带着一股隽永的书香。

他身材清瘦，看着有些弱不禁风，以至于他腰间挎着的仪刀，一眼看去都像是他替人保管的一样。

"何人？！"他厉声呵斥着，手已经探向腰间。

显然，他能记得自己带了刀已是不易，但颤抖的手却暴露了他慌张的内心。手还未探到刀柄，就已经被刺客一把按住，与此同时，一柄袖剑抵在他的喉间。不过一眨眼的工夫，马车中的较量已见了分晓。

少年紧紧地盯着眼前那抹利刃，冷汗倏地流了下来。

然而好像还嫌他的处境不够危急似的，马车忽然停了。外头驾车的老家奴当然不会对这么大的动静毫无所觉，他拉住了马大声询问："少爷，你怎么了，刚才什么动静？"

少年咽了口口水，眼神飞速变换，忽然一咬牙，刚坚定地想开口呼救，却冷不丁对上刺客的双眼，刚要出口的话又被他咽了回去。

那是一双漆黑的、毫无感情的眼,里面的坚定甚至远胜过他,他毫不怀疑自己如果说了不该说的话,会真的命丧当场。

少年又咽了口口水,真切地感受到了喉间的一点冰凉,他甚至觉得自己闻到了一丝血腥气,那气味越来越浓,正包裹他的鼻尖。

"没……没事,陈伯!"少年抽搐着嘴唇,终于认命,大声编起故事来,"我,我睡迷糊了……梦见有歹徒,我冲……冲过去打,一脚……一脚踢到了棚顶……没事!没事!"

外头的陈伯打了个酒嗝,居然真的接受了这个说辞,拉起车绳叹气:"哎,少爷,都说多少遍了,你不是练武的料,就是真碰到歹徒了,麻烦你赶紧着转身跑,可别白白折损了你这小身板。"

少年闻言,脸一黑,待看清面前刺客暗藏的笑意,更是气不打一处来,害怕都忘了,叫道:"陈伯,你说什么呢!"

"还说什么?老夫还当自己酒喝多了,撞着人了呢。这宫里啥都金贵,真出点事儿,咱那点家底,掏光了也赔不起啊!"

眼见外头的老车夫絮絮叨叨的没完,刺客有些不耐烦,收了笑意,袖剑又逼紧了点,低声催促:"叫他快走。"

被人当面翻来覆去揭短,少年也正气得青筋直跳,二话不说直捶车壁,都顾不上喉间还顶着的袖剑了,不忿地嚷道:"陈伯,别说了,赶紧走吧,别挡了人家车道!"

"哎,是是是!"陈伯说着,再次催动马匹,嘴里却还在嘟哝,"真是大了,越来越说不得了。嘿,小时候多可爱啊……"

马车再次缓缓前行,凉风和花瓣一起自天顶涌入,环绕着车中的二人。经过方才陈伯的一番插科打诨,气氛竟然意外地缓和了下来。刺客端详了一下少年,忽然收了袖剑,端坐在少年面前。少年见状，面露疑惑。

"得罪了。"刺客轻声道，语气意外地诚恳，"在下还当这是一辆普通花车，没想到是载客的马车，本无意伤及无辜，然而事急从权，只能出此下策。"

说罢，他看了看周围的花，还是忍不住面露疑色。

少年闻言，倒真有些不好意思了，他挠挠脸，尴尬道："啊，这个……哈哈，我代家父来参加这次花会，奈何没挤进去，便只能打道回府，正好看见他们收拾这些花，说是过了今晚便拿去扔了。我觉得，这么好看的花，怪可惜的，就捡了些回来。"

捡回来做什么？刺客眼中的疑惑更多了，继续直直地看着他。

少年眼神飘忽，有些羞赧："我想着，或许可以分给城外的孩子，赏花这事，又不分贵贱，他们也应该一起开心一下。"

说到要让孩子们开心，少年的眼神也如孩子一般纯善，看向他时潜藏着一丝不安。刺客沉默了一下，眼神柔和了下来，低声道："放心，我不会害你的，只要车子出了城门，我就离开。"

少年愣了一下，他并不知道自己的无心之语居然还有这等功效，于是认真端详了面前的人一会儿，略有所悟，迟疑道："你是……刺客？"

话音刚落，外头忽然传来一声厉喝："停车！"

原来车已行至宫门前，此时羽林卫正守在宫门口，严阵以待。夜色黑沉，铠甲却在月光和火光下闪着寒光，一眼望去很是慑人。

陈伯一惊，立刻拉紧了缰绳，连酒意都醒了大半，不安道："这又是闹什么……"

此时，铠甲铿锵，三个羽林卫已经走上前来，打头那位端详了一下马车，眼中闪过一抹不屑，冷声道："今夜有贼人混入宫内，我等奉命搜查出入车辆。"

说罢,他转头冲车帘吼道:"里面的人,下车!"

尽管陈伯对此人不客气的态度很是不满,但他心里更多的是不安,他很是担忧地望向车子。

车帘飘荡,半晌没有回音。羽林卫脸色更沉,正准备抬手握刀,却听车里忽然有人道:"这儿没有你们要找的人。"语气温和,声音轻稳,听起来并无异样。

羽林卫自然不会就此轻易地放行,尤其是此人不露面的态度,显得愈发可疑,当即厉声大喝:"车中何人,报上名来!"

又是让人感到极为漫长的一会儿,里面的人缓缓撩开车帘,露出了一张儒雅白净的少年的脸。少年沉静地说道:"我乃常山太守颜杲卿之子——颜季明。"

简简单单的介绍,却让车前的几个羽林卫都一惊,忍不住面面相觑。又听颜季明继续道:"我今日代家父前来赴宴,现在正要赶回常山……"

话音未落,领头的羽林卫已经俯首抱拳,大声道:"原来是颜公子,失敬!失敬!"礼罢抬头,解释道,"是卑职有眼无珠,只道这车形制普通,又无任何标志,还当是百姓的车……多有冒犯,还请颜公子见谅!"

颜季明摆摆手,不以为意:"无妨,我也是百姓嘛!"

他这话说得很自然,羽林卫却笑了起来:"哈哈哈,颜公子真会说笑!"

颜季明神色淡然,并不反驳。

"对了,颜公子,容卑职再问一下,今夜有没有见过什么可疑的人物?"

颜季明眨了眨眼,不答反问:"宫中是出了何事吗?若不知原委,我也不知何为可疑呀!"

羽林卫没注意到他问话时身体僵硬，面露难色道："这……唉，此事目击者众，本也瞒不住；公子既出身颜家，以颜家的名声家风，颜公子必不会胡乱散播……"说着，他小心地看向颜季明，意有所指。

颜季明神色一僵，尴尬地笑了笑："哈哈，那是自然。"

羽林卫似是略微放了心，立刻道："实不相瞒，是今日的花魁使者，傍晚被发现横死宫中。虽说死的不是什么达官贵人，但毕竟今日的花魁移春槛，是……"说到这儿，他终究还是迟疑了，声音陡然低了下来。

然而不用他说完，颜季明已经了然："杨相的花车。"

几个羽林卫只是低着头，不言自明。

他们这一低头，自然看不到颜季明微微松了一口气的样子，紧接着就听他斩钉截铁地开口道："没有！"

羽林卫有些惊愕地望向他。

颜季明露出温和的微笑，笃定地道："今日人太多了，确实没见什么可疑的人。"

见他态度坚定，想到他背后是以清廉正直闻名的颜家，领头的羽林卫也不再坚持，点点头："料想也是。"

他示意身后同僚让开路，转头对颜季明温和地说道："卑职只是奉命行事，得罪之处，还请包涵！"

说罢，他朝城门摆摆手，大喝一声："过！"

陈伯松了一口气，扯动缰绳，马车再次徐徐起步。行出没几步，后头领头的羽林卫却忽然大声叫道："颜公子！"

"啊？"颜季明刚放下车帘的手又再次抬起，笑容僵硬地探头望去。

却见几个羽林卫在后面齐齐俯首抱拳，大声道："烦请颜公子代我们向颜太守问个好！"

"啊哈，一定一定！"

颜季明强自镇定地回应完，朝后挥手道别。等确定已经离宫门有些距离了，他才猛地放下车帘，几乎瘫坐回座位上，连连拍胸道："哎呀，吓死我了！"

他的这一表现，与方才的温润公子判若两人，分明还是个烂漫少年。

"差点以为要露馅了，撒谎真的太难了，我现在心好像还在喉咙口！"颜季明惊魂未定，忍不住分享自己的撒谎心得，带着七分后怕、三分庆幸，可一对上面前刺客的双眼，神色却一僵，转而有些疑惑。

不知什么时候，刺客已经盘坐在颜季明对面，手上并无武器，看起来竟然是不打算继续威胁他，倒让他白白紧张了那么久。颜季明挠挠头，尴尬道："那个……多谢。"

刺客闻言，嘴角翘了翘："你谢我？"

颜季明内心也有些混乱，胡乱地解释："呃……那个……我的意思是，就是方才，我问羽林卫宫中出了何事的时候，你……你没杀我……但是，我既已知你是刺客，如果……如果你当真做了坏事，那我便是拼上这条命，也不能帮你啊……"

见刺客不动声色，颜季明瞥了一眼他的袖子，还是感觉里面随时会射出一支箭来，连忙道："但是我问他们时，你没对我动手，我就已经知道，你杀的，必是该死之人了！"

刺客终于露出一抹微笑。他本就问心无愧，此时耐心听颜季明解释，不过是觉得他需要一个纾解情绪的方式而已，如今见他逐渐平静了下来，便开口道："你，与我见过的其他贵公子相比，不大一样。"

颜季明闻言，当即心里一松，笑了起来："哈哈，因为我本就不是什么贵公子呀，我们颜家又不是什么富贵人家。"

世人谁不知琅邪颜氏，世代簪缨，家学渊源，人才辈出。颜季明这话放到刺客这儿，当真一点说服力也没有。

他也是在听见这位公子来自颜氏家族后，才彻底收起了武器。

但看了看这朴实无华的马车，刺客却不得不默认了这个事实。他估算了一下当下的位置，顺着车帘的缝隙往外看了一眼。

是时候该走了。

"对了！"谁知颜季明却来了劲儿，猛地跳起来，握紧双拳激动道，"你的身手可真好，要是有空的话，可否教教我飞檐走壁的功夫？"

刺客被他说得一愣，但还是认真审视了一下颜季明的身子骨，再开口时已经带着一股语重心长的味道："陈伯说得对。"

"啊？他说的什么？"

"你……确实不是练武的料子。"

"……"刚跳起的颜季明瞬间瘫软了回去，显得垂头丧气。

刺客见状，有些好笑，又有些不忍，一边起身一边道："不过，颜公子，今日你既帮了我，这份大恩，日后若有机会，我定会报答。"

说着，他探手攀住车沿，正准备从车顶跃出，却听颜季明忽然叫道："等等！敢问豪侠尊姓大名？"

他回头，见颜季明定定地望着他，神色中满是恳切。

刺客迟疑了一下，嘴唇微动，轻声说出几个字，随后脚上猛地使劲，跃出了马车，转瞬间便消失在了夜色里。

只留下还仰头看着车顶的颜季明，在回味刺客的那句话：

"清河人，李萼。"

## 七
# 狼子野心

刺客，本就是刺客而已。

名姓，身份，皆是外物。

然而郑重地交代了身份的李萼，却莫名地有一种畅快感。他跃上路边的屋顶，在月色下一路飞奔，转瞬就将颜季明乘坐的马车甩在了身后，可那车中的少年，却不再如他往日所遇到的那般，只是一个普通的过客。

这是一个值得结交的人。

这次长安之行，收获颇丰。

他沿着脑海中的道路飞檐走壁，几乎化身为长安城上空的一抹暗影，飞速地向城门靠近，全然没注意到脚下一个酒肆中，一个散发男子，正打着酒嗝，跟跟跄跄地走出来，手中还提着一个酒壶。

散发男子于空无一人的街巷中穿行，感受着体内酒的灼热和月光洒下的清冷，偶一抬头，恰巧看到李萼轻灵的身影，飞鹰一般越过自己的头顶。

他猛地瞪大眼,一眼便认出了那抹黑影的身份。那是白日里遇见的刺客,他说过,他要折花!

他这是……

"哈!你还真的折了花呀?"

散发男子忽然笑了,他感到酒气直冲头顶,化作一股烟花般的激情,轰击着他的脑海,让他全身都战栗了起来,令他忍不住迈开腿,竟然就这么沿着墙根,跌跌撞撞地追逐起那抹空中的暗影。

"喂,等等我!"他大笑着叫起来,声音直上云霄,然后消散在长安城无垠的夜色里,"哈哈哈哈!你折了花吗,你这是要去哪儿,你是在追着月亮跑吗?!"

李萼没有理他,继续头也不回地顺着夜色往前跑,散发男子的聒噪没有让他感到烦扰,反而让他不由自主露出了一丝笑意。

虽然看不到李萼的笑,可散发男子却仿佛已经从他的身姿中确定了自己的猜测,他畅快地大笑着,发力狂奔,竟然追上了李萼的步伐。他一边抬头望向月色下的李萼,一边肆意叫道:"对!对!就是这样!跑吧!一直跑!哈哈哈哈哈!别让他们看到你!也别让他们追上你!"

他头发披散,白袍凌乱,脚步晃荡,宛若一个疯子,可追着李萼的每一步,都坚定,甚至狂热:"长安再大,青天再高,也都困不住你!哈哈哈哈哈!跑,继续跑,一直跑!谁都拦不住你!去翻过庐山之顶,去渡过黄河之水!无论前方有什么,都要像现在这样,一直往前跑,直到跑进月亮里!"

他的呼喊随着风呼啸在李萼的耳畔,李萼的每一步都像乘了风一般,越来越快。

散发男子逐渐追不上了,他望着越来越远的李萼,用尽力气

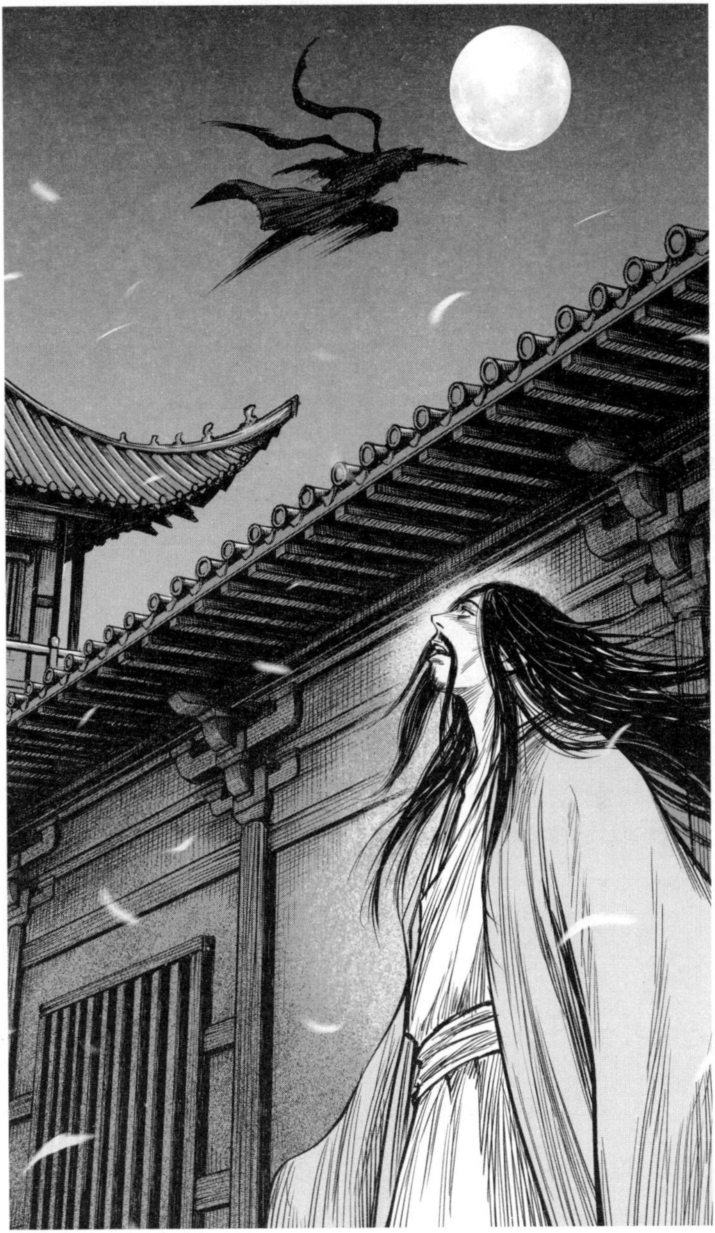

大叫:"记住,你要比谁都自由!"

李萼猛地一跃,整个人都映在了月光之下,仿佛在以此回答散发男子,随后彻底消失在夜色之中。

散发男子凝视着李萼消失的地方,终于脱力,重重地摔倒在地上。他也不急着起来,而是缓缓翻过身,就这般仰天躺着,任凭头发凌乱地沾在他的脸上——原来不知什么时候,他已经泪流满面。

他吃力地喘息着,感受着被烈酒掏空的虚弱的身体,轻轻地叹道:"我曾经,好像,也有一把剑。"

说着他摸了摸空空如也的腰间,忍不住自嘲:"它是什么时候不见的呢?"

在凄清的夜色中,他摊开手,长长地吐了口气,望着头顶的月亮,闻着周身混杂着花香的酒气,忽然笑起来:"对啊,我还要什么剑,我有诗啊!"

说罢,他竟然就着这月色,躺在冰凉的青石板上,随口吟了起来:"赵客缦胡缨,吴钩霜雪明⋯⋯"

诗兴一起,便如涌泉般倾泻而出。此时他脑海中满是刺客踏月而行的样子,于是激动地坐了起来,手指敲着酒壶继续吟道:"银鞍照白马,飒沓如流星⋯⋯"

他的声音越来越高,激动到有些颤抖:"十步杀一人,千里不留行⋯⋯"

"事了拂衣去,深藏身与名⋯⋯哈哈哈哈哈!痛快!痛快!"男子大笑着,起身甩袖,也不分辨方向,迈步便走,边走边琢磨,"这首,就叫《侠客行》吧!"

有些人的夜晚已经结束,可有些人的,才刚刚开始。

## 七 | 狼子野心

经历了一天一夜的盛宴与风波，此时被笼入梦乡的皇宫，显得格外沉寂。

偏殿一角，安禄山终于等到了伺候完李隆基就寝的高力士。

安禄山的身形本就异乎寻常地高壮，一眼望去很是慑人，可是在高力士面前却显得颇为恭谨，甚至比面对皇帝还要小心。等高力士到了面前，他开口便是："高爷，今日之事，你怎么看？"

高力士常年随侍皇帝左右，自带一股不怒自威的气势，他听了安禄山略带质问的话，不动声色道："你与国忠都是肱股之臣，位高权重，若将相不和，则朝政动荡，皇上多费点心，也是应当。"

"不和？哼！高爷，你不会不知道，是杨国忠一直想置我于死地吧？"

高力士看了他一眼，意有所指："放心，你现在有御衣加身，谁都动不了你的。"

安禄山冷哼一声："莫不是叫我披着个乌龟壳子，任凭杨国忠打杀吗？高爷，我可不是个擅于忍耐的人！"

高力士沉默不言。

安禄山冷下脸："况且，我可不是为了这点东西，才千里迢迢上京的。"

"哦？"高力士无动于衷，"那你想要什么？"

安禄山深吸一口气，坚定地道："我要当金龟袋的首领，"他往前迈了一步，大声道，"请高爷推举我！"

金龟袋……

高力士暗叹一声，虽然知道安禄山来京必有所图，却没想到他竟然真的敢图谋这个。

金龟袋本是装金龟符的物件。龟符是武皇配发给官员的身份配饰，有替代前朝鱼符之意。而盛龟符的饰物袋则用来区别官职，在九品官员中，五品饰以铜，四品饰以银，三品及以上饰以金。随着武皇不断提拔外戚权臣来巩固皇权，三品以上的权臣、宦官和外戚逐渐形成了一个秘密的组织，他们占据朝中要职，掌握军权，几乎在幕后操纵着天下的命运，久而久之，这个组织就被称为了"金龟袋"。

神龙革命后，金龟袋遭清洗。武皇退位后，其子李显立刻恢复李唐王朝的制度，废除龟符，恢复了鱼符。然而金龟袋却死灰复燃，依然在宫廷中慢慢站稳了脚跟。与之前不同的是，为了扩大影响，巩固势力，他们不再局限于三品以上的官员，而是将龟符作为组织内部的信物，并给新招募的成员秘密颁发金龟袋，以示隶属关系。

金龟袋成立至今已有近七十年，其势力在朝中盘根错节，几乎已经重新成为天下的幕后操纵者。成为金龟袋首领意味着什么，不言而喻。

自上一任金龟袋首领李林甫过世后，对于新首领由谁来当，至今还未有定论，也难怪安禄山如此着急。

"安将军，你是知道的，只有宰相，才能统领金龟袋。"高力士的语气还是那般不疾不徐，近乎柔声地劝慰道，"圣上有意授你宰相之位，你且再等等吧。你是个聪明人，我知道你是沉得住气的。"

这话从皇帝亲信口中说出来，自然非常有说服力，然而安禄山却沉下了脸，缓缓开口："禄山虽有军功，却胸无点墨……岂可为相？"

此话一出，高力士终于变色，他震惊地看向安禄山，冷声道："这话，是谁告诉你的？"

没错，这正是杨国忠反对李隆基封安禄山为相时说的话。杨

## 七 | 狼子野心

国忠进言时，周遭根本不会有太多人，如果安禄山连这都能知道……

安禄山哼了一声，干脆地承认道："高爷，我在朝中，也有耳目！你不用费心瞒骗我，只需要给我个准话儿……"他双眼直视高力士，一字一顿，"有杨国忠在，我这个宰相，是当不成的吧？"

有了前车之鉴，高力士知道此时再说什么都是徒劳，干脆垂眸不言。

明白了沉默下的含义，安禄山并不意外，笑道："哈哈哈，好！高爷，这，也是我上京想要的东西！"

高力士闻言一惊，眼中厉光一闪而过："你，要干什么？"

形势逆转，安禄山很是得意："我要干什么，高爷心里应该清楚得很，既然当不成金龟袋首领，那我就自己组建一个金龟袋！"

高力士不怒反笑："安将军，你也是金龟袋的人，应当清楚我们在朝中有何等的势力，也该知道这势力花了多久才造就。再组建一个？你拿什么组？"

"我清楚，我不仅清楚，而且——"安禄山笑了一声，"我可能比高爷你，更清楚。"

"哦？"

"金龟袋，又不是只有本朝才有。"

这话一出，高力士大惊失色，他紧紧地盯着安禄山。

安禄山见状，越发胸有成竹："金龟袋之前，还有八柱国，八柱国之前，定还有其他组织，这一代代的，看似从无到有，可骨子里，必然有极大的关联。他们掌控朝政，操纵天下，为的，还不都是权力和人心？不巧的是，我恰好知道，有一样东西能操控人心，更不巧的是，我恰好知道，那东西在哪里。"

看着高力士彻底慌乱的眼神，安禄山更为狂妄："金龟袋，或者说八柱国，抑或说之前的那些组织，不就是一直在找这个东西吗？"

"安禄山，你……"

"没有那个东西，靠个龟符联系起来的金龟袋，不过就是一群乌合之众！"安禄山不屑道，"我安禄山，不稀罕！"

"你从何处知道那个东西的？"高力士强忍住惊悸，低声问道。

安禄山瞥了他一眼，冷笑道："论耳目，大唐之内，我或许不如你们，但大唐之外，嘿嘿……"

他转身迈步，扬声道："高爷，劳你费心，下次进京之时，杨国忠和我，只能活一个，站哪边，还请你考虑清楚！"

看着安禄山的背影，高力士终于忍不住，高声道："你是要造反吗？！"

安禄山脚步一顿，语气诡异道："造反？不，禄山可是大唐的忠臣，只做大唐忠臣该做的事。"他微微侧头，露出半张凶狠的面容，"我要——诛国忠，清君侧！"

说罢，他头也不回地甩袖而去。

春寒料峭，高力士独自站在廊中，却汗流浃背。他回到皇帝的寝宫，正犹豫着要不要直接告知皇上安禄山已有反心，却冷不丁听见一阵悦耳的笑声从里面传来，还有几声轻微的沉闷喘息。

这些声音，他再熟悉不过了。

高力士身形一顿，终究只能叹息一声。他离开寝殿，沉吟了半响，还是下了决心，摆了摆手，一个低眉顺目的宦官不知从何处出现，静候在旁。

"备车,去相府。"

"是。"

"等等,还有。"高力士沉吟了一下,又道,"去查,日本遣唐使的船在哪儿出的事,同行的都有哪些人。"

"大唐之内……大唐之外……"高力士琢磨着这句话,抬头看到被大殿挡住了大半的月亮,长长地叹了口气。

这盛世,终究还是要乱了。

## 八

# 权奸当道

这一夜,格外漫长。

听说高力士到门口的时候,杨国忠刚睡下,此时只能无奈地起身,披衣往书房走去。

廊中已然没了白日里弥漫的花香,但花瓣却还散落在地上。杨国忠看到这一幕时,脑中浮现的不是自己的移春槛,反而是被围在众多胡姬中跳舞的安禄山,只感到一阵烦躁,冷声叱骂侍从:"洒扫的人是瞎的吗,看不见这满地乱糟糟的?"

侍从连忙低头告罪:"相爷恕罪,小的这就吩咐下去!"

"哼!"杨国忠甩袖,抬腿迈入房中,一眼便看到站在书桌前的高力士。杨国忠神色一敛,随手合上门,问道:"高爷深夜登门,倒是少见,莫不是那安禄山又出了什么幺蛾子?"

他知道高力士奉命为安禄山饯行,也想到同为金龟袋的他们必然会有一些信息的交换,然而能让高力士这般连夜过来,显然是出了什么拖延不得的大事。

高力士自他进屋,便一直毫不避讳地就着烛光看着摊开在桌上的文书,那是杨国忠还未处理完的公务。他伸手翻看了两页,松开手,不答反问:"杨相,是真打算卡着安将军的封赏了?"

杨国忠冷眼看高力士的动作,一脸淡然:"高爷这般问,难道是皇上那边又有了什么变动?"

作为皇上的心腹,高力士在领会圣意方面有着无可替代的优势,也因此在金龟袋中颇有分量,便是身为右相的杨国忠都不敢冒犯,相反,还得小心应付他,以从他哪里获得更多的信息。

"皇上的意思,今日宴会上,自然是已经足够清楚的了。"高力士不动声色,"但是杨相的意思,我还是想亲自问问,心里好有个准数。"

"高爷这么慎重,当真是安禄山说了什么了?"杨国忠面露不屑,"那西域蛮子素来爱虚张声势,仗着副唬人的相貌四面恫疑虚喝,在外头打几场小仗都要爬进京要这要那,他也就这点子本事了,高爷还真被他吓着了不成?"

"杨相该不会真以为一个从互市牙郎打拼到三镇节度使的人,会是个简单人物吧?"高力士冷笑了一声,"如今安将军重兵在握,镇守一方,他若真的发动起来,你以为朝廷军能撑多久?"

"哦?他当真说了要造反?"杨国忠听到了自己想听的,来了兴致,"高爷,他既说了这话,必然是有所准备,我们何不这就遣人去搜查他的府邸,寻出他造反的证据,上奏给皇上,将他连根拔起,不就没有什么后顾之忧了?"

高力士看着一脸残忍笑容的杨国忠,面色愈发沉了下去,不快道:"杨相,不管安将军与你如何不合,他终究是平卢、范阳、河东的三镇节度使,手握十万大军,岂是你说要连根拔起便能拔起的?"

杨国忠闻言,居然毫无愧色,反而冷笑道:"高爷,你是不是忘了,安禄山的长子,他最疼爱的安庆宗,可还在京中呢。"

高力士脸色一变:"杨国忠,你是要逼他反吗?!"

"哈哈哈!高爷,"杨国忠干笑了一声,"安禄山一心盯着宰相的位置,为的不就是金龟袋首领之位?我与他绝无共存之理,究竟是我逼他,还是他逼我,还请你看看清楚。"

"你毕竟是大唐的宰相,如此行事,到时候天下动荡,对你又有何好处?"

杨国忠一脸冷漠:"朝中又不是只有安禄山一个将军,这不是还有高仙芝、哥舒翰那群人吗?他反,有人治他;他不反,有我治他。"他看向桌上的文书,冷笑道,"有我在一天,他就别想出头!"

高力士看着杨国忠那般狂妄的样子,到了唇边的话终究没有出口。他这次来,原本是想跟他交换一下安禄山透露的"那个东西"的消息的。

如果他没猜错,安禄山所说的"那个东西",就是一直隐隐流传在金龟袋成员之间,传闻承载着上古智慧、能控制人心的"圣物"。不仅是金龟袋,就连金龟袋的前身,南北朝西魏到隋朝时期有着通天之能的八柱国,都一直在寻找它,若不是武后以雷霆手段,铲除了八柱国最后的首领长孙无忌,还轮不到他们金龟袋登场。

虽然八柱国于武后处终结,金龟袋又自武皇处开始,但中间到底还是有了一段不短的断层。听说圣物的消息后,高力士第一时间便着人去搜查有关长孙无忌的身后消息,毕竟那是八柱国最后的核心人物,但凡有一丝寻到圣物的可能,肯定只能从长孙无忌身上着手。

奈何即便是将与长孙家有关的地方都掘地三尺,也找不到任何蛛丝马迹，高力士只能放弃。

可如今想来，八柱国的消亡，会不会正是因为缺了圣物作为倚仗？

高力士深夜来此，烦心的自然不止是安禄山的威胁，更多的是对金龟袋未来的担忧。可如今看来，圣物之危尚且虚无缥缈，杨国忠和安禄山之间的纷争，才有可能最先将金龟袋、将大唐拖入深渊。

此时若还贸然将这么重要的消息透露给杨国忠，以他这等不择手段的作风，只会让眼下的形势越发混乱。

"你，好自为之。"高力士不再多言，阴沉着脸，转身出了书房，正看到连廊上，被叫起来的仆人正在打扫地上的花瓣。花瓣离开花蕊，很快便已凋萎干枯，在夜色中，满地花瓣更显凄凉。

想到前路茫茫，高力士脸色更暗。他坐在回宫的马车中，看似闭目养神，实则心神不宁。就在此时，马车外突然传来一个随从的声音："高爷，日本遣唐使船队的消息，小的方才又去打探了一下，除了海难的消息，似乎确实有些别的传闻。"

"哦？说！"高力士依旧垂眸。消息回得这么快，他并不意外，因为早在上个月就已经听说遣唐使归国的船队遇到海难，无人生还，此事传到宫中，掀起了不小的波澜，毕竟其中有一位大家的老熟人——晁衡，也就是阿倍仲麻吕。

阿倍仲麻吕入唐三十余年，从遣唐留学生一路升至大唐官员，不仅天资聪颖，而且勤勉好学，深得朝臣赞誉。如今终于下定决心东渡回乡，却遭逢横祸，确实让人叹惋。

除此之外，好像也没有什么值得人特别注意的信息。

马车外面的随从继续低声汇报道："启禀高爷，除了同行的晁衡，据说还有扬州延光寺的鉴真和尚。"

"鉴真？那位高僧？"高力士眉毛一挑,"他也在东渡的船队中？为何之前我们不知道？"

"遣唐使藤原清河曾上书请求皇上,应允他邀请高僧去日本宣扬佛法,皇上当时便应了的,约莫就是借了这个口谕,他们才邀请了鉴真。"随从停顿了一下,小心道,"而且这次东渡的船队正好从苏州出发,可以顺路与扬州的鉴真和尚会合。属下斗胆猜测,此行是早有预谋的。"

"鉴真……"高力士揣摩着这个名字,心里有一丝不安,却又不知这丝不安从何而来。

"罢了。"眼看着宫墙近在眼前,他放弃了毫无意义的苦思,下令道,"多派些人盯着安禄山的人,东边出海的船队,西面出关的马队,但凡有什么异动,尽快回报。"

"是！"随从犹豫了一下,还是忍不住问,"高爷,可还需加派人手,打探安禄山造反的消息？"

"造反？"高力士苦笑一下,嘲讽道,"此事已成定局,还有何可打探的？杨国忠不是都说了,还有哥舒翰、高仙芝在吗？"

"小的明白了。"

随从离开了。高力士坐在车中,许久,低低地叹息了一声:

"哥舒翰、高仙芝啊……"

哥舒翰中年从军,连年征战,如今已届暮年,身体不济,早已不良于行。而高仙芝……

"怛罗斯一役后,还未曾见过他。转眼,都三年了……"

九

# 安西往事

三年前，天宝十年，西域，怛罗斯。

遮天蔽日的烟尘中，黑衣大食的骑兵阵已经从地平线上铺天盖地而来。安西军的数十个阵列在平原上严阵以待，密密麻麻，一望无际，数万人都静寂无声，像是无数只蓄势待发的猛兽，冷酷地瞪视着越来越近的对手。

李萼站在盾兵身后，双手紧紧握着弩。弩尖下，地表的碎石在远处敌军的每一步迫近中跳动着，就好像是被他剧烈的心跳所震动。

自从他们跟随高仙芝攻破石国，一路追击石国王子到此，如今已经深入葱岭以西七百余里，可以说是到了如今大唐西部势力范围的最远点。这是不世出的功绩，可这里也是最险恶的战场，因为他们已经到了大食国所盘踞的区域。若是石国王子成功向大食国求援，大食国必会借机攻打石城，以占领大唐军队刚刚打下的地盘，所以高仙芝他们能做的，就是先发制人，一鼓作气深入怛罗斯，以图在此就地斩断大食东进的触手。

然而高仙芝他们到底还是托大了，虽然不知是不是石国王子求援成功，但大唐军队确实惊动了驻扎在不远处撒马尔罕的大食军队。虽然此时大唐在西域的声望如日中天，可是在西方迅速崛起的阿拔斯王朝也不可小觑。丝绸之路是西域最重要的商贸通道，沿途各国都虎视眈眈，大唐与大食两虎相争必有一战，如今在此处遭遇，看似巧合，实则却是必然。

但安西军仅有万余人，其他皆是西域附属部落葛逻禄部和拔汗那军，他们虽已经归顺大唐，可显然高仙芝更加信任自己带出来的兵。此次遭遇战，安西军顶在了最前面。

此战只能胜，不能败。如此孤军深入，若是战败，便只有被赶尽杀绝的结局。

将士们身经百战，自然清楚这一点。此时身周没有任何人说话，只有粗重急促的喘息，以及铁甲和武器碰撞的声音，在震耳欲聋的马蹄声中，清脆而又脆弱。

蹄声隆隆。

近了，更近了……

"弩手！全体上弦！"喝令终于响起，与李萼同一排的弩手几乎同时以脚踏弩，拉弦上箭。

"上阵！"喝令再次响起。与此同时，李萼前方的盾兵一起微微侧盾，为他们打开了一条通道，弩手一步跨前走到盾兵阵前，直面不远处迫近的骑兵！

黑色的波浪就在眼前起伏着，震动已经传到了他们的脚下，连带身后的盾都在撞击着地面。李萼举起弩，双眼紧盯着前方的敌人，心里默默估算着距离。

"稳住！稳住！"阵前的令官也在估算，他大喝着，与所有人一起死死盯着前方，终于，黑色的波浪涌动到了眼前！

"射!"声嘶力竭的怒吼带着一连串弩弦颤动声直奔对面,没有时间去思考战果,一轮射完,熟悉的喝令声又响了起来:"第一排退阵上弦!第二排!上阵!射!"

李萼立刻垂手侧身,退回阵内,与第二排的弩手擦肩而过。

黑色的波浪在两轮弩箭射击后像是沸腾了一般,前排人马纷纷惨叫倒地,马声嘶鸣不断,但后面的骑兵立刻跨过同伴的尸体,继续悍不畏死地冲上来!

"弩手退阵!弓手!继续射箭!"

身后的弓手阵立刻发动,漫天箭雨从阵列中间直冲上天,在半空中转换角度,化为致命的利器向着大食骑兵簌簌落下!嘶鸣再次响起,中箭的人马,被倒地的伤者绊倒的人马,在骑兵阵中再次掀起了一阵波澜。

然而,也仅止于波澜了,此时的箭雨就像是黑色洪流中投下的无数小石子,除了激起一个个小小的波纹,丝毫没有改变洪流奔涌的方向。

顶着弓弩的箭雨,黑衣骑兵终于冲到了眼前,最前排的大唐士兵已经能看清他们的衣着和武器。只见他们戴着黑色的缠头巾,手持银色的圆盾,枪尖闪着光。

李萼甚至能听到他们的嘶吼,那是他们在向上天乞求庇佑的话。

是拔刀的时刻了。

"盾兵稳住!"各阵的喝令声此起彼伏。

骑兵的冲击就在眼前,能否接住这一波,直接决定了此役的胜败。

"吼!哈!"盾兵齐齐下压身形,用全身力量抵住盾牌;枪兵双手握枪与盾牌交错,对准了快速冲过来的敌军。

"稳住!"喝令声已经沙哑。

轰隆隆……

"稳住!"李萼看到身旁的同袍已经满脸汗水。

嗡嗡嗡……

"稳住!"他紧紧握住刀柄,让自己不再颤抖。

"上!"

那是无数唐军的呐喊,两边军阵终于狠狠地撞在了一起!李萼的眼前一片漆黑,只看到雨点般的马蹄从天而降,载着黑衣骑兵像一块块玄武巨石砸入己方阵中。黑衣骑兵阵巨大的冲击力瞬时冲破了唐军的整条阵线。盾兵怒吼着往前硬顶,枪兵疯了一般将枪尖向前方视线内冲过来的所有活动物刺去!黑衣骑兵摧枯拉朽般冲破了唐军第一道防线,以一个缺口为开端,像一把锥子凶狠地扎向唐军的腹地。

然而这正中唐军下怀!

在看到是黑衣骑兵的那一刻,这群身经百战的唐军士兵即便没有将领的命令也知道该怎么对付。在阵形被冲之时,他们并没有急于扑过去拼杀,而是立刻退后组织新的阵形,以盾兵为前排组成了一圈圈的战阵,将冲入战阵的黑衣骑兵分割包围,任其左冲右突,一概以盾枪围之,阻挡他们大规模冲杀的步伐!

李萼也进入了自己的战阵。他看到兄弟们非常精准地完成了对敌人第一波攻势的瓦解,立刻掏出早已上好弦的弩,毫不犹豫地射向那群已被唐军战阵困住的瓮中之鳖。在外围黑衣骑兵倒下的瞬间,唐军怒吼着冲了上去,将困在阵中的剩余黑衣骑兵悉数绞杀。

"小心后面!"高亢的提醒声突然响起。李萼刚将一个大食骑兵掀下马,与另一个兄弟配合着将其砍死,可转头一看,只觉头皮一麻。远处黑压压的乌云似的黑衣骑兵，正源源不断地从地平线上涌过来……

"列阵！列阵！"

他轻嘘一口气，握紧横刀，再次回到阵中……

虽然早已料到这是一场恶战，然而他怎么都想不到，这一仗，竟然打了五天。

传闻没有错，大食国果真野心勃勃，为东扩做了充足的准备。这五日下来，大食光兵力就投入了十万有余，是真的决心将他们这支孤军侵吞殆尽。若不是高仙芝指挥有方，他们这三万人根本不可能撑那么久，甚至到目前为止还略占上风！

"李蕁，你休息会儿，我来守。"晨光熹微，大漠中最寒冷的时刻，李蕁坐在余温已经散尽的柴火堆边。看到来人正搓着双手，他立刻站了起来，抱拳道："队头。"

"哎，都什么时候了，还整这些有的没的。"队头摆摆手，一脚踢开一块挡路的黑色缠头巾，皱眉道，"今天不知道他们还来不来，这打也打不过，走又不让走，真是折磨人。"

李蕁没有回答，只是借着一丝晨光放眼四望，昏暗的大地上，遍地狼藉，尸体如柴垛一般堆叠着，满地都是未来得及收拢的武器和甲胄，士兵们或相互靠着，或直接倚着尸山，就地休息。

他也有些困意，但更多的是倦怠，大食没完没了的进攻，让他们的神经时刻处于绷紧的状态，明明身体已经极为疲惫了，却还是无法安然入睡。

"李蕁，你今年也有二十了吧？"队头突然道。

李蕁一怔，低头想了想，认真道："这个月，二十一了。"

"你几岁入伍来着？"

"十八。"李荨答着，恍惚了一下，他都没想到自己入伍已经三年了。曾经那个在山中务农的少年，如今竟然已经身处大唐的最西端，这是当年自己想都不敢想的地方。

"哎哟，那你媳妇可等得住？"

李荨回过神，有些羞赧："没……父母早亡，家中贫困，哪娶得到媳妇？"

"咦？我听队里几个老人说，你来的时候已经有些身手，也算一表人才，难道在家时连个说媒的都没有？"

"我寄住在姑母家，上头还有表兄。"李荨想到那段寄人篱下的生活，神色暗淡了下来，"十八成丁时我便应征了。还是得先立业，再谈成家。"

"唉，都不容易。"队头叹息一声，"得，不说了，先去歇会儿吧，等天亮了，又没得休息了。"

"我去磨磨刀。"李荨提了提自己的横刀。连日战斗，刀刃都已经卷了边，不过五天工夫，生生被磨薄了一层。

"嘻，你刀都这样了，还磨啥，地上随便捡……"队头的声音戛然而止，李荨抬头，却看见他额头上插了一支箭，紧接着轰然倒地。

"队头——"李荨大叫一声，下意识拔刀四望，只见到远处骚动起来，骚动转眼变成了暴动。

"葛逻禄反了！"有吼声传来，"起来！起来！葛逻禄反了！"

葛逻禄反了？！他们不是盟友吗？！

所有人茫然失措间，只看到阵形后方属于葛逻禄部的营帐果真火光骤起，惨叫声、武器碰撞声逐渐响起，一直传到阵前。可与后方叛乱一起来的，还有营地正前方，那踏着晨光，从地平线处涌起来的一片乌云。

"大食！大食人又来了！列阵！列阵！"

李菶最后看了一眼队头的尸体,他的脸上还残留着调侃自己时的笑意。李菶咬牙,提刀上前列阵。夜色尚未散尽,所有人的脸上都没有一丝光亮,比日出前的黑夜还黑。

前有狼,后有虎。葛逻禄部的叛变,意味着唐军所剩不过万人,面对十倍于自己的敌人,此战,怕已成死局。

前方熟悉的千军万马的轰隆声再次传来,身后的惨叫声和刀枪撞击声也响成一片。李菶握紧了手中的弩,昂首而立,向着远处扣动了扳机。

若要死战,那便战死!

十

# 西域来客

怛罗斯河的河水，已经彻底红了。

沙风裹挟着硝烟席卷过河岸，一直吹向远处的平原。沙尘中露出的，是满地的尸体，唐军的尸体。

他们身上无一不是有数道致命的伤口，背后中箭者更是无数，即便已经倒下，武器依然紧握在手，有的还保持着拼杀的姿势，仿佛随时都能暴起再战。

曾经林立的旌旗大多已经成了裹尸布，一面写有"安西都护府"五个大字的旗帜直直地竖立着——它的旗杆深深地扎进了一个大食骑兵的尸体，昭显着大唐军人最后的血性。

然而再多的血性，终究无法敌过背叛和数倍于己的强敌。

这一战，唐军几乎全军覆没，虽然最后关头高仙芝下令撤退，可已经被围困的唐军在这片荒野中几乎无处可逃，只能凭几队唐军自愿留下断后，让其他人能有喘息和逃生之机。然而如今看来，逃生者寥寥，断后者，更是鲜有幸存。

不知是幸还是不幸，李萼，就是其中之一。

经过一夜苦战,他已经满身伤痕,左脸上从眼尾到嘴角还被开了长长一道口子,满脸的血混着沙尘已经糊在脸上,风一吹就是一阵剧痛和麻痒。甲衣更是被血液反复浸透,几乎一步一个血脚印。数个时辰前还并肩作战的同袍,现在都已经成为身边的尸体,每一个,都是他认识的同寝共食的兄弟。

他们是自愿留下来断后的,在冲向敌军之前,便该有了马革裹尸的觉悟。然而现在看着同袍尸体怒睁的双目和残缺的躯体,即使已经心力交瘁,李蓦还是感到像有一根针扎进了他的心脏,又顺着血管一路扎到喉咙,疼得他喉口涌血。

他喘息着,用刀支撑着身体,费力地睁眼望向周围。

硝烟和风沙还在鼓荡,模糊中,一列人影在缓慢远行,他们脚步蹒跚,看起来疲惫不堪,而旁边,黑色的人影手起鞭落,发出一阵粗鲁的怒骂。

李蓦听不明白那声音在骂什么,但他可以看出那一列人影是唐军的俘虏。他听说过大食人很想要大唐的工匠,因为大唐拥有很多大食还没有的工艺技术。他不知道军内那些工匠是否能借此生存下来,但他知道,幸存的若不是工匠而是其他士兵,包括自己,若是被大食人发现,必死无疑。

而他,恰好也不想苟活了。

他握紧了刀,努力调匀自己的气息,又探手摸了摸脚边的弩,静静地观察着。

果然,一个身着黑衣的队列缓缓走了过来,一边走,一边用长枪粗鲁地翻检唐军的尸体,看到可疑的,先一枪扎上去,若是还活着的,便立刻就地斩杀。

他们所过之处,无人能活。

李蓦早已力竭了,但眼前这一幕,却让他紧握着刀柄的手,关节咯吱作响。

黑衣队列突然停下了，其中的一个人在高声喝令着什么，一只手挥动着，显然是在下令。随着他的喝令，队伍里的其他人都分散开来，各自寻了个方向搜索起来。

是个大食军官！

李荨在确定黑影身份的那一刻，毫不犹豫地举起了弩。他脱力的双臂在此时忽然又有了无穷的力量，稳稳地上弦，扣动了扳机。

"噗！"尘沙中，那个大食军官的头部爆出了一团血花，仰天倒了下去。

……激起千层怒浪。

对方立刻反应了过来，喊叫声此起彼伏，纷纷举起武器朝着李荨所在的位置冲来。不仅有步兵，连远处看到动静的骑兵也掉转了马头，那令大地震动的蹄声滚滚而来！

李荨一击得手，并不后退，立刻摸出箭上弦，再次瞄准了冲来的人。一箭，两箭，三箭！

弩换箭很不方便，他几乎用出了平生最快的速度射击，在大食步兵冲来的工夫硬是连射三箭，其中有一箭被对方用圆盾格开，其他两箭皆中。对方愈发狂怒，嘶吼着冲过来，转眼已经冲到了他的面前。

李荨搭上最后一箭，冲着向自己跃过来的一个大食步兵狠狠地扣动了扳机。这一箭的劲道极大，正中对方面门，竟然将其凌空击飞，瞬间毙命！

可就在此时，远处的骑兵已经后来居上，穿过步兵直奔向他。领头的骑兵举起长枪，向他挥刺过去。

"啊——"李荨早已不畏生死，他大喝一声，甩手扔掉弩，抽出腰间横刀，在铁蹄下挺身举刀，决意在死前做最后一搏！

四面的嘶吼声交织在一起，他的耳中鼓荡着各种震耳欲聋的声音，有铁蹄践地、战马嘶鸣、大食人的呐喊，甚至隐约间还有身边战死的兄弟临死的怒吼……

"杀——"他的脑中一片空白，闭起眼拼尽全力举刀向前砍去。

"嘭——"一阵沉闷的撞击声在身周响起，一股劲风拂过他的后背再刮过他的头顶，似有什么庞然大物从他身边越过，而预想中扎在身上的大食骑兵的长枪却并没有出现。

他维持着挥砍的姿势，睁开眼，惊讶地发现面前竟然有一队背对着自己的骑士，他们从自己身后出现，竟然直奔大食人冲杀而去！

这群骑士身着白斗篷和兜帽，武器各异，但看得出个个武艺高强，训练有素，甫一出现就打得大食人措手不及，几次冲阵便斩尽了那群留下来清扫战场的大食士兵。

虽然他们杀了大食人，也没有伤害他，可李蓴此时已经完全无力去思考敌我善恶，他依然保持着举刀戒备的姿势，紧盯着那群白袍骑士灭掉了大食人，然后慢慢向自己围了过来。

他此时才看清，这群骑士武器各异，他们中竟然还有一位女子！

沙漠盗匪？佣兵？奴隶贩子？

各种猜测从他空茫的脑中费力地冒出来，不管哪一种，均非我族类。他觉得自己依然没有脱离险境。

马儿踏着黑衣大食人的尸体走到了他面前。

领头的，竟然就是队伍中那唯一的女子，她手里还握着滴血的长刀，低头看着他，张口问了两句话。

语气虽然温和,却让李萼瞬间绷紧了身形,他费力地转动眼球,在看到那女子的一瞬间,完全失去思考能力的他本能地挥起横刀,凶狠地向她砍去。

然而这用尽他所有力气的一刀,还未触及那女子,便被她抬手一刀格住。他毫不气馁,转手斜劈,谁料她竟然略一翻手便再次用刀挡住,紧接着抬起另一只手臂,刀光一闪,他只感到一股巨力重重地击打在他的手腕上,他再也吃不住力,手一松,横刀翻着刀花飞了出去,插入一旁的土中。

她竟然使的是双刀,而且武艺远胜于他!

李萼武器被卸,手被震得不断颤抖。他低头看着顶在面前的刀尖,喘着粗气,思绪缓缓回落。

他还没死,她,或者说他们,并没有要杀自己的意思。

女子虽然用刀尖顶着他,但再次开口时,语气依然温和,只是她说的话,他还是一句也听不懂。

他茫然地看着她,手足无措。

女子发现了问题所在,有些无奈地转头对身旁的人说了几句话,他们听后,竟然发出一阵笑声,相互交流了几句后,一个男人自告奋勇般举了举手,下马走到李萼面前。

李萼瞪着他,不知道他要做什么,只是一脸警惕。

谁料男人居然大喇喇地朝他招了招手,张口就问:

"你还好吗?"

李萼茫然。

男人丝毫不尴尬,继续说着:"长安,我去过!很……大的城市,很多的……美女,很多……好吃的!"

李萼依旧茫然。

看来,至少,他们不是敌人了。

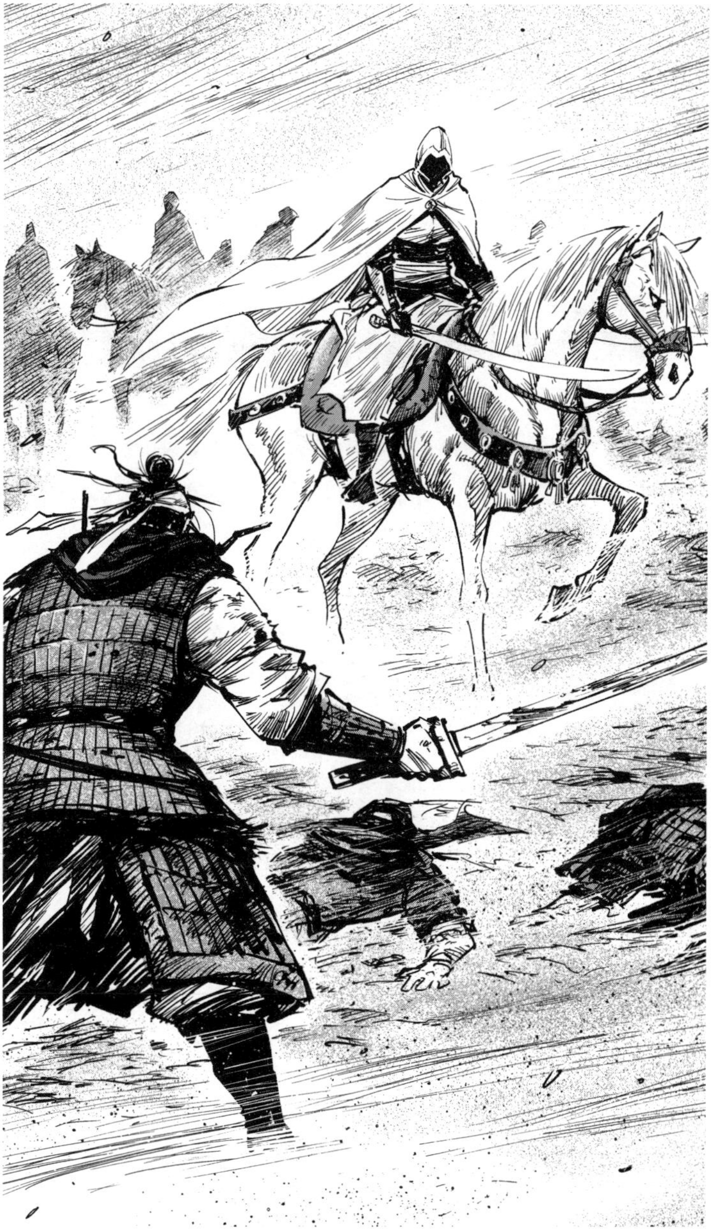

李萼咽了下满是血腥味和砂砾的口水，艰难地问道："你们不是……大食国的人？"

"不是不是！"男人笑眯眯地看着李萼。

见李萼表情松动了一点，他赶紧趁热打铁，挨个儿向李萼介绍身后的其他人。

如此介绍了一圈，最后转头望向了那位女子："喂，阿莲娜，怎么介绍你？哦，等一下……"

说着，他对那个叫阿莲娜的女子低声说了几句话。

阿莲娜闻言，沉默了一会儿，低声回了句什么。

男人耸耸肩，笑着对李萼道："我们虽然是第一次见面，不过，我们都不会害你。对了，刚才阿莲娜就是在问你，你还有同伴吗，唐家子人？"

李萼看了看满地的同袍尸体，沉默不语。

男人明白了，笑容微微敛了敛，道："你，身手不错。要不要先跟我们走？"

李萼闻言，抬眼望向他们。此时这群白袍骑士大多都已下马，静静地看着自己。他们身姿笔挺矫健，眉眼间却都带着股坚定和沉着的气势。

"你们是谁？"

"哦，我们啊……"男人转头看了看阿莲娜，见她没有制止的意思，于是回过头，神色已经与方才截然不同，郑重而又自豪地道，"我们是这片大漠的守望者，我们与阿拔斯的暴君哈里发对抗，我们，是无形者。"

## 十一

## 鸣沙结义

"唐家子人,来来来,前面,便是敦煌郡了。"

李萼听到叫声,抬头,他没看到记忆中恢宏的敦煌城,却率先看到远处在沙漠中突兀耸立的山脉。远看山脉并不高,长长地绵延到地平线以下,在碧蓝的天空下却闪着流金一样的光,隐约可以看到山壁上密密麻麻的洞窟,还有串联其间的栈道。山前还有一座雄伟的寺庙,金顶在阳光下闪着光芒。

他认识这儿,这座山是莫高山,位于高仙芝的安西都护府治下,在河西走廊的最西端。上一次出征时,他随队路过这儿,听说那些洞窟里全是美妙绝伦的壁画和佛像,但因为大多是当地豪门世族的家窟,他并未进去看过。

"再往前,你就回家了。"阿莲娜的声音从后面传来,她策马与他并排而行,眯起眼眺望着远方。

其他人都跟在后面,默默地看着他。

"我何时说过我要回去了?"他皱眉道,"不是你们说那群盗匪往这边来了吗?"

"哈哈哈！看把李萼吓的，还以为我们不要他了呢！"后头传来粗犷的笑声。

阿莲娜嘴角也噙着一丝笑："走，别等他们进了敦煌，那就不好办了。"

"是呀，那儿的驻军可不好惹。"身后有人应着，越过他们冲了出去。

"李萼，这次便算作是你的考验吧。"李萼正要策马前行，突然被阿莲娜抓住了缰绳。她依然是那副淡淡的样子，眼神却意味深长，"你也接受了足够的训练，若下定了决心，那么现在就是时候了。"

李萼心里一动，点了点头，策马追了过去。

这几个月，他一直随着阿莲娜等无形者在西域四处奔波。他们正如当初向李萼自我介绍的那般，以保护丝绸之路上的良善之人为己任，且与大食"暴君"阿拔斯王朝的哈里发对抗。

之前他们也是察觉到大食军队的异动，一路追索而来，最终却只救下了李萼一人。

家乡远在万里之外，途中还危机四伏。无形者们本就没有护送李萼回去的义务，加之他们都有共同的敌人，李萼便干脆加入了他们，一边接受他们的训练，一边找寻自己未来要走的路。

训练他的，就是这群无形者的首领——阿莲娜。

她是一个仿佛没有过去的女人，武艺高强，足智多谋。她训练李萼时和对待敌人一样心狠手辣，让他对她又敬又怕。但不得不承认，这几个月，他的成长速度确实比过去从军几年加起来的还要快。

跟无形者们在一起时，他找回了在军中与同袍们在一起时的归属感，而这种归属感，若是离开了他们，怕是再也找不到了。

## 十一 | 鸣沙结义

他想加入他们。

李萼眼神坚定了,他加快速度,一马当先。

沙漠的夜晚格外寒凉,夜色也深得可怖,莫高山上的一个佛窟内,火光隐隐闪烁。

一群黑衣人围坐在火堆边,他们多是一副异域面孔,吃着肉干喝着泉水,很是惬意。

"明早就能进城了,"其中一人道,"兄弟们藏着点,咱扮成行商的样子,定能骗过守城的士兵。"

"今天要是骑快点,咱现在已经在城里快活了!"另一人道,"嗐,都怪这山,看着这么近,想翻过去竟然要这么久。"

"谁知道这破地方也会有安西军巡逻呢,能找到这偏僻的洞窟过夜已经不错了。"

"哎,你们说这唐人真有钱啊,这么个鸟不拉屎的地方,还能开出那么多洞画壁画,还塑佛像,可真能折腾。"

"唐人没钱谁有钱?能跟大食掰腕子的就只有他们了,若不是前阵子怛罗斯那边他们被摆了一道,丢盔弃甲的,我们还不一定能在这里混。"

"应该再干一票的,这段时间往西的商队都少了不少,不知道下一次什么时候还能碰到那么肥的差事。"

"你就不该杀了那商队里的姑娘,若是绑了来卖进城里,还能再赚一笔。"

"怎么可能不杀?那娘们那么凶狠,留着我们晚上都别想睡好觉!"

"哼!"其中一人起身,"你们吃饱了歇着吧,今儿轮到我守夜。"

"那你这是去哪儿？"

"放水！"

守夜人没好气地答完，晃晃荡荡地往洞窟外走去。在外面解决了"三急"，他被冻得直哆嗦，转身往洞窟方向走去。刚进洞窟，一晃眼看到边上出现了一张被月色照得雪白的脸。他吓了一跳，定睛一看，却是一张栩栩如生的佛面。

虽然嘴上骂了一句，但他还是被那张佛面吸引了心神，凑近凝神细看了一会儿。由于夜色昏暗，到底还是太过累眼，他转头朝洞窟深处喊了一句："谁给我递个火把！这壁画有点意思。"

话音刚落，只听耳边"哧"的一声，一个火把竟然立刻就在身边亮起了，瞬间照亮了他面前的这幅壁画。

他酒意正酣，嘟哝道："今天怎么这么喊得动……"话没说完，忽觉不妙，一股寒意直冲头顶。他猛地转头看去，看到身边手执火把的人并不是自己的同伴。只见他兜帽下的脸线条冷硬，闪烁的火光下，左脸一道长长的疤痕格外狰狞！

他大惊失色，一摸腰间，才发现刀竟然没带出来，于是立刻扭头就跑，跌跌撞撞地冲进洞窟，大喊着："有人来了！抄家伙！"

可刚跑到之前烤火的地方，他就呆住了，火堆还是之前的火堆，可方才围坐在火堆边的人，此时东倒西歪的，都已经成了尸体。

"你是……"他怒吼着转身，没待喊完，只感到颈间一凉，"谁"字自此再没了喊出来的机会。

"扑通！"

尸体沉重的倒地声后，洞窟内一片死寂，只有火堆发出的噼啪声。

## 十一 | 鸣沙结义

李萼收回袖剑,举着火把走向出现在洞窟口的阿莲娜,她正就着外面照进来的月色,细细地看着墙上的壁画。李萼的火把再次照亮了那一片壁画,显露出壁画鲜艳的色彩和精湛的画功。

阿莲娜发出一声轻微的惊叹,一边观摩一边慢慢往洞里走,一直走到洞窟中间。她看见被火光照亮的满窟神佛,它们形态各异,却都宝相庄严,俯视着他们和满地的尸体,神态中全是慈悲。

"你的家乡,中原,很美。"阿莲娜喃喃道。

李萼幼年家贫,没读过什么书,但也知道自己家乡的模样,便耿直道:"这是佛家的,不是我们家的。"

"我知道,"阿莲娜轻笑,"这些对佛家的想象,不也是以中原为模板吗?看,这莲花池、灯塔、衣着、盛宴、舞蹈……"她手指着壁画各处,娓娓道来,"仅看这一些,便能想象出中原有多繁华富饶了。"

李萼听着,并未产生太大的自豪感,反而有些惆怅。他也抬头看去,道:"这大概是长安的景象吧,我们的都城,我……不曾去过。"

"长安……"阿莲娜呢喃了一句,看了他一眼,"这么美的地方,你真的不要回去吗?"

李萼沉默了一下,坚定地点点头:"这里还有人需要我。"

"任何地方都需要你这样的人,唐家子人。"阿莲娜道,"你的家乡,可能比我们更需要你。"

"在他们真正需要的时候,我会回去的。"

阿莲娜闻言,点了点头:"既然你决心已定,而我们也欢迎你的加入,那么,我们就在这儿,在这些佛像的见证下,进行断指仪式吧。"

她的话音一落,无形者们便从洞口陆续走了进来,将他俩围在中间。

李荨早已知晓仪式的内容，他随着阿莲娜走到佛台边，伸出了左手，放在佛台上。

"李荨，你是否愿意宣誓效忠这个组织，为公理而战，"阿莲娜抬头紧紧凝视着他，郑重地开口，"保护人民免受暴政迫害，保护正义和公理？"

"我愿意！"

"李荨，当其他人盲目地追随真理时，要记住……"

"万物皆虚。"李荨回答着，而他身后的无形者也在一同回答，声音回荡在洞窟中，拂过每一个佛像的面容。

"当其他人被道德或律法限制时，要记住……"

"万事皆允。"

"我们躬耕于黑暗，却服务于光明，我们是——无形者。"

"万物皆虚，万事皆允。"所有人齐声道。

"是时候了，李荨。"阿莲娜朝旁边点点头，一个无形者拿着一把烧红的匕首上前，郑重地看着他："我要动手了。"

李荨咬紧牙关，点了点头。

无形者见状，二话不说，手起刀落……

半个时辰后，包扎好了断指伤口的李荨走到洞口，用力呼吸着寒凉的夜风。虽然早有准备，断指处理及时，但是十指连心，他的面色依然苍白，太阳穴因为剧痛而突突跳动。

他看着自己消失的左手无名指，沉默不语。

"还疼吗？"阿莲娜走过来，递给他一个酒壶，"他们给的，说喝了有用。"

李荨摆摆手，苦笑："等酒意上来了，疼痛已经下去了。"

阿莲娜轻笑，自己喝了一口。

## 十一 | 鸣沙结义

一声尖厉的鹰唳划过头顶,传入洞窟,在满天神佛中回荡不息。

"其实,你早该是我们的一员了。"阿莲娜忽然道。

"哦?"

阿莲娜意有所指地看看外面:"你是不是能看到一些仿佛是鹰才能看到的东西?"

李萼一愣,他下意识地往外望去,鹰唳还在脑中回荡,恍惚间感觉自己竟然在夜空中飞翔,身侧的莫高山一闪而过,万千洞窟被抛到了身后。

但这种感觉也仅是一刹那,他甚至还没从身处高空的恐慌中回过神来,就意识到自己已经重新站在了地上,刚才在空中看到了什么,他一概没注意。

"这是什么?"李萼疑惑道,"我以前不曾有过。"

"一种潜能,"阿莲娜道,"无形者的先祖发现的,也是一种传承。"

李萼失笑:"可我祖上不可能有无形者。"

"我不是在说血脉传承,而是对这一能力的知识的传承。因为它并不是无形者独有的,它其实和其他能力一样,潜藏在每个人的身体里。绝大多数人可能一辈子都不会觉醒,也有可能有人觉醒了而不自知。而过通过训练,无形者觉醒的概率会更大,但即便觉醒了,其能力也各不相同。"

阿莲娜看着李萼说话时,她黑白分明的双眼中一派坦然和认真,看在李萼眼里,却莫名地让他面上发烫。他轻咳一声,有些慌乱地抬头张望黑夜中难觅踪迹的金雕。

阿莲娜只当他真的好奇鹰眼,也抬头望去,轻声感慨:"有时候我真的会好奇于宿命的玄妙,追击阿拔斯的军队本就是一件以卵击石的事,然而却让我们意外地遇到了你,一个拥有无形者潜能的唐家子人。"

"因为能觉醒鹰眼吗?"李萼轻喃,却反而有些疑惑,"如果人人都有可以通过训练觉醒某一种潜能,那么若是这一点被那些居心不良之人发现……"

"所以要加入我们,并不是那么容易的。"阿莲娜似笑非笑,"你那时一副油尽灯枯的样子,凭什么被我们接纳?"

李萼闻言一愣,笑了起来,再抬头看时,已经有了全然不同的心情。

确实,沙漠上有许多金雕,硕大无朋,凶狠无比,传闻能与狼搏斗,被很多人称为"食狼鹰"。当初他踏上这片土地时,时常见到金雕在附近盘旋,都不曾有过什么特别的感觉。

但是在接受阿莲娜的训练后,却偶然间发现自己时常会走神,而且总是出现在有巨鹰飞过周边的时候,他若是立时强行拉回自己的神志还好,若不立刻回神,有时他甚至感觉自己正在看着鹰所看到的一切。

那段时间他的伤已好了大半,并接受了一段时间无形者的训练。无形者的训练实在太过折磨,几乎将他的身心都重新锻造了一遍,是以他还以为这种能力只是自己过于疲劳,在头脑中产生的幻象。

"只是不知道,怎么样才能让这个能力更加有用……现在看来,它似乎只会拖后腿。"李萼皱起了眉头。

"不要过于在意,"阿莲娜见李萼拧眉沉思,安慰道,"对无形者来说,任何本领,都是实现信条的工具而已。"

李萼握了握拳头,露出一丝如释重负的微笑,点了点头:"我知道了,谢谢……阿莲娜。"

"我引你入会，你该叫我导师了。"阿莲娜轻笑，"你们唐家子人不是最注重这些吗？"

"导师……"

"这样，我们就有新伙伴了！哈哈哈！"身后的无形者们围了过来，欢呼道，"而且还是个唐家子人，天南海北的人，我们可算是攒齐了！"

"李莩，你老家哪儿？我们到时候可以到那儿玩呀！"

"你得了吧，成日撺掇别人带你去玩，你自己呢？"

"哎，我不是穷嘛。"

"先别闹了，还是赶快走，别和这里的巡逻兵撞上了。"

"不要急，他们还留了些吃的，不如我们就在这儿享用完了再走？"

"那先把尸体扔出去，太臭了。"

其他无形者忙忙碌碌的时候，阿莲娜却又回头望向了壁画，李莩刚被人招呼着要去帮忙，却突然听她道："你相信命运吗，唐家子人？"

李莩一愣，回头望向她。

"不知道为什么，我一踏入这里，就忍不住思考这些，"阿莲娜轻抚着石壁，"或许就是因为看到了这个？听说佛教就是几百年前，从西方传到东方的？"

"……好像是。"李莩有些尴尬，"我……书读得不多。"

阿莲娜笑着看了看他，回头继续道："没关系，我只是突然想到，我们无形者，一直有一个宿敌。"

"哈里发？"

"那个暴君？他算什么！"阿莲娜不屑道，"我说的宿敌，也是一群人。他们和我们一样，每个时代，每个王朝……无处不在。他们一直在寻找一种神器,一种代表着自由意志,抑或是承载着先人智慧的东西。得到了神器,他们就能控制民心,对人民为所欲为。"阿莲娜双眼盯着壁画上的神佛,一个一个看过去,"而据我所知,其中有一件神器,也是从几百年前,就顺着丝绸之路来到了东方。"

李萼眉毛一跳,正色道:"大唐?"

"那时候,恐怕这儿还不是大唐。"阿莲娜轻笑。

李萼松了口气,但看着壁画上的神佛,神色又严峻了起来。

阿莲娜拍拍他的肩膀:"传说而已,不用紧张。即便是真的,我们都找不到,我们的对手也不一定能找到。"

她坐到火堆边,接过一串烤肉,又道:"就让自由意志,继续自由着吧。"

## 十 二
## 安南杀机

"佛舍利?阿倍,他们在找什么佛舍利?难道是鉴真大师小心保管着的那盒东西?"

破旧的高脚屋中,日本遣唐使团长藤原清河一脸惊恐地质问着。旁边的阿倍仲麻吕叹息一声,扶稳了身前的桌子:"藤原,冷静点。"

"我如何冷静?!"藤原清河大声道,"我们在这陌生的海岛上被人追杀,就因为一个我们没有的东西,我如何能冷静?难怪你说要秘密接走鉴真大师,他身上居然有宝贝!"

"不是宝贝,"阿倍仲麻吕还想遮掩一下,"我只知道鉴真大师很想去日本宣扬佛法,但我并不知道他会随身带着如此危险的东西。"

然而藤原清河当然不会那么轻易相信,反而越发疑神疑鬼:"难道我们的船触礁也是那群人所为,他们到底是谁?"

"我也不知道。"阿倍仲麻吕眉头紧拧,勉力在好不容易讨来的纸上写了几笔后,再次长叹一声,干脆放下了笔,"我现在就怕鉴真大师也遭遇了海难,流落在不知名的地方。"

想到他身上带着的东西,阿倍仲麻吕脸色有些发白。

"你还有闲暇去担心他?"藤原清河已经冷静了下来,他警惕地看了看外面,确认与他们一同幸存下来的武士还在警戒,摇头道,"我也管不了你们到底在做什么了,我现在只想知道这究竟是何处?"

"是啊,这到底是哪儿呢?"阿倍仲麻吕一脸愁容,看着写了一半的信,"金龟袋"三字赫然在上面,他心里一紧,看了一眼藤原清河,折起了信纸。


发现金龟袋,应该是一切的开始吧。

他何尝能想到,作为一个遣唐留学生入唐学习的自己,竟然已经在大唐待了近四十年,还成了大唐的官员,在宫内任秘书监,甚至比一般的唐人更能接触到宫中的秘辛。

或许正因为自己是外国人,朝廷中那些官员的种种举动,他皆能以旁观者的身份看得更清楚一些。很快,他就发现朝中有着一股神秘的势力,在皇帝不知道的地方暗中影响着朝政,而且,还是不好的影响。

朝中知道此事的人并不少,然而或许是因为害怕,亦可能是其他原因,那些知道此事的大唐官员,全都缄口不言。

他对此很是担忧,却又没有确凿的证据以告诉皇帝,于是干脆自己暗中着手调查,竟然意外地知道了"金龟袋"这个组织。最可怕的是,不仅朝中很多位高权重的官员,如宰相和将军,就连皇帝最信任的宦官高力士,也是金龟袋的一员!

这个发现让他毛骨悚然。

莫说皇帝对高力士的信任,就是高力士对皇帝的忠诚,也是满朝皆知。若是连高力士都是金龟袋的一员，那么皇帝究竟知不知道金龟袋的存在，就耐人寻味了。是以这根本不是他区区一个遣唐使能插手的事。他拿什么去撼动人家金龟袋？便是那些在大唐树大根深的士族门阀知道了，恐怕都无可奈何，抑或趋之若鹜吧。

命若草芥。

纵使已经在大唐生活半生，他还从未有一刻像发现这个秘密时那般，深刻地感到自己是一个异乡人，那种孤独和无助令他宛如无根的浮萍，被直接浸入了冰冷的寒潭之中，让他周身僵冷、惊恐窒息。

然而此时再佯装不知已不可能，只能盼望自己没有打草惊蛇，方还有一线生机。

怀揣着这个秘密，他于名利越发淡泊，反而因此结交了许多优秀的人，有文采斐然的李白，还有佛法精深的鉴真和尚。

在与他们结交的过程中，他还知道了一个极为惊人的秘密。

原来鉴真和尚所供奉的佛舍利，并不仅仅是一般高僧涅槃后的遗物，而是被一些人称为"先行者"的佛祖释迦牟尼涅槃后的遗物！这些佛舍利每一颗都五光十色，而且坚不可摧，其中充满了释迦牟尼对前世的记忆，也就是世界的真相！

拥有它们，就拥有了控制人心的力量！

这些佛舍利自汉代从西域传入中原，被一代代高僧供奉守护，经历数百年的动乱，都不曾遗失。

然而，并不是只有高僧知道它们，有一些与释迦牟尼差不多同一时代的势力，为了各自的利益，也在寻找这些"先行者"遗物，金龟袋便是其中之一。高僧们不知道那些人找到遗物后会有什么事情发生，便干脆死守着秘密，并且时刻寻找着更妥善的保存方法。

　　为此，鉴真早已经借宣扬佛法之名五次尝试东渡，然而无一例外都失败了。

　　一开始，阿倍仲麻吕对鉴真的忧虑并不上心，然而朝中种种蛛丝马迹让他也逐渐开始有了不好的预感，直到他在集贤殿一处不起眼的角落里，发现了《推背图》。

　　这是一本传说能预言未来的书，可是因为太过玄妙，他当时并未费心钻研，只记得因为一时兴起学着《推背图》的算法卜了一卦，看到了预言说不久的将来将会有一场大战，这正印证了他心中的预感，更坚定了他要帮助鉴真的决心。

　　于是，就如藤原清河所说，他秘密邀请了鉴真大师，借回乡之名踏上了东渡的船队。可谁也没想到，他们竟然会遇到海难，更可怕的是，即使他们大难不死漂流到不知名的岛上，依然受到了神秘人的追杀。

　　要不是一个落单的武士意外偷听到他们的说话，他还真没想到对方追杀自己是这个原因。只可惜那名武士基本不懂汉语，只听懂了"佛舍利"三个字，否则还能偷听到更多的信息。

　　会是金龟袋吗？还是李白提到过的像刺客一样的组织？

　　难道，自己无论如何，都逃不过这一劫？

　　"大人！"外面突然传来武士的低声警告，"有几个人在朝这儿过来，看起来很可疑！"

　　藤原清河噌地站了起来，立刻下令："走！"

　　阿倍仲麻吕暗叹一声，立刻收拾行囊，与藤原清河一道在武士的保护下从一旁的隐秘小道撤离。

　　这是一个坐落于雨林中的小村落，面朝一条小河。大概是河水经常泛滥的缘故，人们并没有沿河而居，而且大多住高脚屋，除了全家人一起住在里面，晚上就连牲口也都安置在屋中。

他们的文明非常落后，还过着刀耕火种的生活，连铁制农具都很少，更别提水车这一类的东西了。男人大多光着膀子，女人穿得也极少，这让使者团队里的人很不习惯。

但是这里的村民却极为纯朴善良，虽然语言不通，却力所能及地为明显遭了难的他们提供帮助，还将林边废弃的小屋借给他们暂住，如今见他们匆忙离开，有些还在做活的人停下手向他们打招呼。

这明显暴露他们行踪的行为让武士极为紧张，横眉怒目的低声斥责他们，比画着让他们假装没看到。村民们露出一脸迷茫，不知道武士指手画脚是什么意思，只能面面相觑。

"罢了，快走吧。"阿倍仲麻吕于心不忍，"语言不通，解释不清楚的。"

说罢一行人加快脚步，顺着小路钻进树林。

然而追兵还是顺着他们的踪迹跟了上来。据武士观察，他们紧追不舍，稍微懈怠一下，就有可能被追上。

这可要了藤原清河和阿倍仲麻吕两人的老命，若不是他们在团中地位颇高，被这些武士小心保护，说不定他们连海难都逃不过。如今一把年纪了，还要在茂密的树林中快速穿行，道路崎岖，泥地湿滑，空气闷热，每走一步都感到心力交瘁，很快就宛如行尸走肉一般。

"大人，这边！"护卫不愧是武士出身，一边一个扶住他们，指了指旁边。就在他们转向的当口，阿倍仲麻吕只听到耳边嗖的一声，一支细箭擦脸而过，深深地扎在他面前的树上！

阿倍仲麻吕腿一软，差点摔倒在地，被武士用力扶住，连拖带拉地翻滚进一旁的一个泥坑中。阿倍仲麻吕和藤原清河皆一脸失措,惊恐地看向放开手的几个武士,还道自己太过累赘,终于要被抛弃了。

然而只有两个武士走开了几步,他们没有开口,只是朝同伴比画了一个手势后,朝着藤原清河和阿倍仲麻吕握刀鞠躬,行了个标准的武士礼,随即毅然转身,分别朝另外两个方向飞奔而去。其中一人甚至还用武士刀击打着身旁的树枝,一路哗啦啦响。远处立刻有人叫道:"在那里!"

"追!"

"他们要牺牲自己吗?"阿倍仲麻吕缩在泥坑中,一脸不敢置信。一旁留下的护卫警惕地蹲在旁边,手里攥着一把树枝盖在他们的头顶上。几个大男人眼中含泪,满目悲愤,却大气都不敢喘。

杂乱的脚步声奔到了坑边,竟然停了下来。阿倍仲麻吕感觉到自己的双手唰地凉了,和藤原清河一样用手紧紧捂住嘴,颤抖着听头顶的动静。

追兵中没有人注意到这个已经被遮掩住的泥坑,他们中领头的只顾分配任务。

"你们兵分两路追,看到武士就杀了,老头子就抓活的——"一个粗鲁难听的声音响起,口音极重,不似标准的汉话,"至少留一口能答话的气。"

"是,将军!"回答的众人也各有口音,听来竟然都不是唐人。

几个人飞奔着去追那两个武士了,但阿倍仲麻吕他们头顶却还有人没走。有人冷哼一声,紧接着"砰"的一下,有什么重物落在了坑边,眼看着就要滑入坑里。幸好坑里的武士眼疾手快,抬手托住,脸上却随即露出极度痛苦的表情。

阿倍仲麻吕顺着树叶的缝隙往上看去,发现武士托住的重物,竟然是一根狼牙棒!那狼牙棒黑黝黝的,看上去颇有分量,而给武士带来巨大痛苦的,正是上面密密麻麻的铁钉,沾着草屑泥垢,还有更多看起来可怖的暗沉色泽。

他见托住狼牙棒武士的手已经流出血来,连忙小心翼翼地用衣角层层裹住手,与武士一起托住狼牙棒。

"将军,"坑边的几个人竟然还没有要走的意思,有一个人恭敬道,"再追下去,怕是要赶不上那位大人的大事了。"

"还要你说吗?"将军的声音,粗鲁中还带着蛇一般的阴森,让人听着就发怵,"这鬼地方,老子是一天都待不下去。这群倭人,要死也不找个凉快点的地方,还害得老子白跑一趟。待义父事成,我非得抓着他们,挨个敲碎他们的头骨不可!"

坑内唯有藤原清河和阿倍仲麻吕汉语尚可,闻言皆一个哆嗦。旁边的武士见状,疑惑地看向他们,两人都摇了摇头,努力保持镇定。

"将军放心,安南到底还是大唐疆域内,如果今天让他们逃了,他们找到人帮忙,还是得被送回大唐,到时候,可比现在好抓多了。"

"呵呵呵!那可千万要如你所言,毕竟到时候,说不定就是义父的天下了!"将军笑罢,张口就是一串语气极为粗鲁的异族话,似乎是对在场第三人说的,很快便有人也笑着回答了,语气间满是张狂。

"发信,回去吧。"将军一把抄起狼牙棒,下令道,"还是大事要紧,什么圣物舍利子,都不如拳头可靠。"

"是啊将军,比起这儿,范阳可舒服多了。"

"等进了长安,你就知道什么叫舒服了……"

几个人渐行渐远,很快就听不见声音了。

一旁的武士龇牙咧嘴地捂住自己被戳出好几个洞的手掌,藤原和阿倍却都一动不动,半晌才转头对视一眼,眼中满是惊疑。

"这儿居然是安南,"藤原清河惊愕道,"我们竟然漂流了这么远吗?"

阿倍仲麻吕也很茫然,作为遣唐留学生来大唐三十多年,他并不是没有见到过安南人。他一到唐朝便入乡随俗,包括衣着,以至于从未到过热带的他根本没想到安南的人都是这么个穿着。

安南隶属于安南都护府,也就是说,漂流这么久,他们竟然还没出大唐的领土。

阿倍仲麻吕苦笑。

"那个将军,方才说的是什么话?"藤原清河问,"阿倍,你可有听懂?"

说到这个,阿倍仲麻吕一脸沉重:"我也听不懂,但是曾经听过,应该是契丹语没错。"

藤原清河闻言,倒吸一口凉气。阿倍仲麻吕很能理解他的反应,甚至比他还要感到震撼。

大将军、长安、范阳、契丹语、突厥人……大唐和天下。

这意味着什么,已经昭然若揭。

安禄山,终究是按捺不住了。

同样想明白的藤原清河头痛地呻吟一声,痛苦道:"阿倍,我是真的想家了。"

"我也是。"阿倍仲麻吕呢喃着附和,可是脑海中浮现的,却是一个身着白袍的散发男子,他豪放地大笑,甩袖时,拂动一池的皎月。

## 十 三
## 墨村隐士

不出那追兵所料,等藤原清河和阿倍仲麻吕在安南都护府获得安置后,对方表示只能将他们送回大唐。

其中理由诸多,不外乎文牒、海况、国体等。

但他们也听到了一个好消息,据说他们船队触礁的仅是他们所乘坐的第一艘船,另外三艘船都逃过了劫难,此时应该已经到达了日本。

得知这个消息后,阿倍仲麻吕长舒一口气,转而心情愈发复杂。如果都护府所言不虚,那他与藤原清河又将再次登上前往大唐的船,在明知大唐将有一场浩劫的情况下,这一上船,不亚于上刑场。

可他又有一丝窃喜,一来最挂心的事完成了,他们成功帮助鉴真将佛舍利带到了日本,远离大唐几股势力的纷争,佛舍利应当会得到足够的保护。

还有就是他又能见到那些在大唐的好友了,鉴真虽然已经东渡,可是还有李白、王维、储光羲……

想到自己途中给李白写的那么多封信,不知他有没有收到。

若是没有，那也无妨，就与他如往常一般月下相约，把酒言欢一下岂不是更妙？

当然，首先还要提醒他好生准备，躲避战乱。

可他何尝能想到，自天宝十二年十月从苏州出港，到他再次踏上大唐的土地，竟然已是两年以后。

转眼，已经是天宝十四年了。

天宝十四年，大唐河北道，太行山脉，清河郡。

"所以说，你这身本事，都是在沙漠里学的？"

清脆的童音自头顶传来，李萼抬头。两个小娃娃正晃着腿坐在悬崖边，替他看着悬吊的绳索。

胆子真大。

他全然忘了自己才是靠着一根绳索在悬崖壁上攀爬的人。他用小尖锥锤下石缝间的墨石，放入背篓内。看了看篓内的成果，他抓着绳子，缓缓往上爬，一边爬，一边回答：

"差不多吧，但沙漠里没这么高的悬崖。"

"那你还学了些什么呀？"崖上的人根本不管他多辛苦，还在兴致勃勃地问。

"就是些……技巧。"

"像我们的剑术一样吗？"

"可能，更驳杂点。"

"是跟我们一样，还要读书写字吗？"

"那……不叫驳杂。"李萼一边费力爬，一边还要应付层出不穷的问题，很是无奈。他停下来，用手撑在石壁上，"我们又不是刚认识，怎的你们还那么多问题，而且偏偏这个时候问？"

"谁叫你明明号称跟我们隐居在这儿，却动不动要出去行侠仗义，偶尔回来一下，不是帮着村里人制墨，就是跟在我们旁边听课，我们问的机会都没有。"

"是真的没有吗？"李蓴调侃道，"是谁一下课就漫山遍野玩耍，人影都见不到，到了饭点，还要我去把你们揪回来。"

"那是我们对你的考验。你瞧，现在你上山下河，多利索！"

"什么时候也轮到我考验考验你们？"

"嘿嘿嘿！"崖上笑声阵阵，又被风吹散。

悬崖边劲风凛冽，好似这平整的崖面就是被它们吹削出来的。巨鹰尖啸着拂过，乘着风一滑就滑到了天边。

李蓴看了看鹰，又看了看脚下，只看到一条长河在万丈以下，已经细成一条银练，在苍茫的树林中，若隐若现。就好像当年他在莫高山上看到的甘泉河，连那蜿蜒闪烁的月牙形河湾都一样。

只是当初与他一起俯瞰的人，如今都已经不在了……

李蓴攀着岩壁，怔怔出神。

"李蓴，快上来，我肚子饿了！"崖上的声音再次传来，这次声音的主人还探出了头，是个七八岁的小男孩儿。他趴在崖边，露出只留了一点额心发的头，睁大眼找着崖间的他。

李蓴回过神，深吸了一口气，继续往上攀爬起来。此时，就听头顶另外有个慢吞吞的声音奶声奶气道："精精儿，就你事儿多！"

"你敢说你不饿？我早就听到你肚子叫唤了，空空儿！"

空空儿是个和精精儿差不多年纪的小女孩儿，披散着头发，头顶扎着两个冲天鬏，圆圆的脸蛋上表情空茫茫的。她摸着自己的肚子，叹道："唉，一日统共十二个时辰，练剑两个时辰，读兵法三个时辰，写字一个时辰，制墨四个时辰，好不容易熬到歇息的日子，还要跑到这深山里采墨石……我们的命好苦啊！"

李蓴在下面听得哭笑不得："干活的又不是你们，你们叫什么苦？"

精精儿也叫："就是！你还不让我喊饿，你自己成日就知道吃，一天快有八顿饭了吧！"

"哪有八顿，一块糕也被你算一顿了。"空空儿慢条斯理地回嘴。

"你还有脸说糕，村头小吴姐姐给李荨的槐花糕，是不是都让你吞了？"

"哎，我问过他吃不吃呢。李荨，我问过你哦，你说不吃的。"

李荨毫不留情："我记得我说的是一会儿吃。"

"哎，李荨啊。"空空儿被拆穿也不生气，只是摇头叹气。

"我就知道！"精精儿得意道，"我要跟小吴姐姐说，她给李荨做的糕，李荨一块都没吃着！"

"说就说嘛，"空空儿不紧不慢道，"你说了，小吴姐姐顶多说我一顿，之后还不是得重新做一份给李荨，到时候我去他家蹲着，最后不都还是我的。"

"好哇，空空儿，原来你是个这么无耻的人！"精精儿大叫。

李荨也落井下石："兵法没有白读，再多读两个时辰，说不定还能多吃点。"

"哎，"空空儿瞪着双死鱼眼，"李荨，你好没良心，当初可是我先发现你的，若不是我，你怎么可能找得到我们墨家村？"

"这倒是，就是不知道当时你冲的是我，还是我的烤鸡。"

"哈哈哈哈！"精精儿叉腰大笑，"我记得，当时空空儿你把李荨领回去，师父还好一顿光火。"

"哎哎！往事不可追，别追了。"空空儿不断叹气，双手插袖，又道，"我真的饿呀。"

"别喊了，李荨马上上来了。李荨，要师兄帮忙不？"精精儿又往下探看起来。

## 十 三 | 墨村隐士

李荨感觉自己耳朵里叽叽喳喳的全是小童清脆的声音。他爬到崖边，长长地喘了口气，顾不上擦满头的汗水，没好气道："你什么时候成我师兄了？"

"什么时候？你才来一年，按辈分算，我们当然是你师兄师姐啦。"虎头虎脑的精精儿拍着小胸脯大声道，还不忘拉上战友，"是吧，空空儿！"

空空儿却已经被脑中的各色吃食勾了魂，蹲在地上望着天，摸着肚子一脸怠惰："我想吃羊肉……"

李荨无奈地摇摇头，一跃从悬崖下上来，整了整衣服，回头检查了一下满篓墨石，道："那回去吧。"

"好啊！"精精儿欢呼雀跃地跟在后面。空空儿唉声叹气的，仿佛回去的路走起来都嫌累。

精精儿还是闲不住，就喜欢闹腾，跟在后面念叨："李荨李荨，我们当你师兄师姐不好吗？你想呀，你在外面要是被人欺负了，还不是要我们给你出头！你得好好孝敬我们，对吧，空空儿？"

空空儿还是不搭理他，一脸魂游天外："我还想吃汤饼。"

"你怎么就记得吃！汤饼要紧还是师弟要紧？"

李荨笑道："你这么想让我做你师弟，是不是以后苦活累活都可以如今天这般交给我了？"

"哇，你这就是那个什么，君子之心小人之腹了……"

"是以小人之心度君子之腹。"空空儿在后面摸着肚子嘟哝。

"反正一个意思。我精精儿怎么会是这样的人呢？李荨你看你也来了不少时间了，跟我们相处得也挺好，师父还说你是那个什么……忘年交！"

空空儿听不下去了，叹气道："精精儿，你还是别说了，再说，师弟要变师叔了。"

李萼差点笑出声来。

精精儿仔细琢磨了一下,回过味儿来,咧着嘴嘿嘿一笑:"我这不是想李萼入了我们师门,以后咱们就是一家人了,可以一直在一起玩嘛!是吧,李萼?"

"对哦,"空空儿难得赞同精精儿,"李萼你总是一个不留神就消失了,一个不留神又回来了,好几次我们还当你再也不回来了呢。"

李萼愣了一下,他虽然喜欢调侃这两个孩子,但终归是因为打心底喜欢他们,此时见他们稚嫩的脸上满是患得患失的表情,到底没法真的铁石心肠。

其实空空儿说得没错,当年无形者在西域遭黑衣大食疯狂围剿,首领阿莲娜首当其冲战死,李萼与其余的兄弟拼死复仇,接连暗杀大食数个高官猛将,与大食结下了不死不休的血仇。眼看无形者越来越少,他们决定回中原重整旗鼓。在大食无数死士的围追堵截下,他们历经多次血战,九死一生才回到大唐,终于脱离险境。彼时最后一个兄弟也伤重不治,独余李萼一人茕茕孑立。

他失魂落魄,不知该去往何处,只得循着记忆回到家乡清河,却发现祖屋和田地都已让叔伯占去。他愈发心灰意冷,既无意讨回,干脆默默离开。此时的李萼,只觉得天下之大,竟无自己的容身之地。

谁知他刚做好四处流浪、了此残生的准备,就遇到了空空儿,还有墨家村,自此身心皆有所依,也是他之幸。

"只要你们还待见我,我总是会回来的。"他掩去回忆的痛苦,柔声道,"这你们就无须担心了。"

"怎么会不待见呢,只有你会给我们带好吃的呀!"空空儿脱口而出。

李蕚再次失笑:"原来……"

"对啊,上次你带来的杂果子就特别香。"这下连精精儿也馋了,咽着口水道。

李蕚回忆了一下,想了起来:"啊,那个杂果子啊,长安的?"

"对对对,就是你从长安带来的!"

"那可不好买,我听一个醉客说的,那家店的杂果子是长安最有名的,我为它可是排了好久的队。"

"你那醉客说得没错,那杂果子确实好吃!下回你再给我们带吧!"

"若还要去长安,也不是不可。"

李蕚回应着,思绪却已经飞远了,心情有些复杂:"这么说来,那已经是一年前的事了……"

小娃儿们不知他的惆怅,只是激动道:"对呀!已经一年没有吃到了!"

"那个杂果子很香!"

精精儿馋虫上脑,可比空空儿直接多了,居然抓着李蕚的衣角,双眼放光:"下回你再去长安,带上我们吧!你去做事,我们去吃杂果子!"

"嗯,嗯!"空空儿认真地点头。

李蕚哭笑不得:"这个嘛……"

话未尽,地突然颤动了起来,这震动的节奏如此熟悉,令李蕚面色一变。他顺着震动的来处,转身跑到另一处崖边,往下望去。

崖下山谷宛如发生了地动,官道两旁的树林剧烈地摇晃起来,紧接着,一支军队从拐角骤然出现,无数骑兵在前,更多的步兵紧跟在后面。军队密密麻麻行进在山谷中,后面似乎绵延不尽,像一条蜿蜒粗壮的漆黑巨蟒,气势汹汹,杀气腾腾。

咚咚咚咚突突突突

## 十 三 | 墨村隐士

来者不善。

空空儿和精精儿自然感受到了危险,两个孩子一左一右抓住李萼的衣角,紧盯着崖下,惊慌道:"那是谁家的军队,是要打仗了吗?"

这儿是安禄山的地盘,怕是没有人能在他眼皮子底下调动如此规模的军队,能调动的,只有安禄山自己。

李萼望向远处范阳城的方向,轻声道:"不知道,我突然希望,我再也不用去长安了该多好……"

两个孩子虽懵懵懂懂,却也知道情况不妙,他们呆呆地看了山谷中的军队一会儿,精精儿突然跳起来:"空空儿,快!我们去告诉师父!"

空空儿依然是那副木然的小表情,但却郑重地点点头,与精精儿一起向山里跑去。两个小童看起来仿佛田间稚儿,但是行动间却利落迅疾,颇有隐世高手的风范,转眼就奔出数丈。精精儿跑了几步后还不忘回头招呼李萼:"李萼,快点!我们要告诉师父,保护村里人!"

李萼应了一声,看了看天空中仿佛跟随着大军一起到来的浓密乌云,转身跟上了两个小娃儿,神色逐渐坚毅。

三人一路疾行,经过隐秘的通道,回到了墨家村。

两个孩子大喊着"师父",直奔村中一个平平无奇的屋舍。李萼则先卸下墨石,交给作坊中的墨匠。

村人此时已经开始准备烧火做饭,路过的人或扛着农具,或捧着木桶,见到李萼,都热情地与他打招呼,丝毫没有因他是外村人而疏远他,显得纯朴而真挚。

李萼点头回应着,一如往常般沉默寡言。他回到自己的小屋中清洗了一下,换了一身衣服,才出门往空空儿和精精儿的师父、墨家村的主人的住处走去。

墨家村是个隐世村落，若不是偶遇空空儿，他都不知道家乡清河郡还隐藏着这么个桃源。村民主要以制墨为生，兼带种田养鸡。村中阡陌交通，鸡犬相闻。生活虽然清贫，但也能自给自足，过着与世无争的生活。

当年他的家乡征兵时，几乎家家户户都出了男丁，然而怛罗斯之战后，归来却只剩他一人。他不愿面对父老乡亲，又恰好遇到墨家村的主人，两人性情相投，很快就成了忘年交，便干脆在此暂住了下来。

只是不知，这和平的生活，还能维持多久。

墨家村主人的住处很是简朴，从外面看起来根本不像隐世高人的居处，可是一走进去，满屋的书简和一排排整齐的刀剑，都彰显着他的不凡。

李萼进入时，两个小娃儿并不在里面。他跪坐在几案前，恭敬道："裴老。"

裴老是一个满头白发的老人，但是精神矍铄、身体硬朗，眉宇间还带着年轻时的杀伐之气，如今被岁月隐藏了棱角，却显得更加巍峨如山、沉稳有力。

"外头的事，我听说了。"裴老将一杯茶推到他面前，面色平静，"你怎么看？"

"要乱。"李萼拿起杯子，看着杯中被荡起涟漪的茶水。

"再往北，过了平原郡，就是范阳了。"

"是。"李萼明白他的意思，范阳，是安禄山的大本营。

"若他们南下，那当真会生灵涂炭，"裴老看了看周围，"这墨家村，不知能撑到几时……"

李萼垂眸不言。

## 十三 | 墨村隐士

裴老看了看他，沉声道："你无须为难，墨家村还有我这老头子守着，你若有想做之事，便放手去做，不要有后顾之忧。"

"我明白。"李萼有些迟疑地道，"我只是不知道还能做些什么……"

裴老静静地看着他。

"若我的同伴还在，如今我定已经整装出发，但是我……我已经没有同伴了……"

裴老坚毅的面庞也不由得动容，他微微叹了口气，看了看李萼膝上紧握的双拳，平静道："李萼，打起精神！"

李萼抬头看向他。

"不是你无可为之事，而是如今确实时机未到。不是你没有同伴，而是你尚未遇到。"裴老转头看向墙边的一排武器，"你身怀绝技，又生逢乱世，上天注定你必是有用之人。你只需潜心准备，耐心等待，必有用武之地。"

李萼低下头，看着自己的双拳。

"切莫以为你是孤单一人。"裴老声音严厉起来，"天下之大，最不缺的，就是志同道合之人，最难找的，也是志同道合之人，但是人生在世，定会遇到的，也是志同道合之人。"他定定地看着李萼，坚定道，"你不是没有同伴了，你只是还没有遇到新的同伴。"

"你的家乡肯定还有我们的同伴……"

阿莲娜的声音骤然拂过脑海，李萼一怔，抬起头，愣愣地看向裴老，神色逐渐坚定："我明白了，等有人需要我时，我定在所不辞！"

从裴老处回到房中，村民给他准备的饭菜还温热着，其中竟然还有两块槐花糕。李萼吃了两口，烛火闪烁着，恍惚间，又让他想起了大漠中那团篝火。

——他们的最后一团篝火。

大漠的夜晚一如既往地寒冷,他们赶了一天的路,找了一处巨岩避风,篝火熊熊,他们如往常般围坐在一起,吃喝谈笑。

"李萼,中原真的没有跟我们一样的人吗?"一位无形者这么问。

李萼啃着干饼,摇摇头:"不知道。"

"我觉得肯定有,这世间一直是光明与黑暗并存的,像我们,为了反抗哈里发的暴政,从彼此不认识到现在可以同生共死。你们中原虽然确实富饶,但是不可能一片光明吧,一定有人像我们一样,在黑暗中对抗他们。"

李萼还没回答,就听旁边的另一位无形者道:"我就听说过,大唐的宰相好像就很坏。"

李萼想了想,疑惑道:"李林甫?"

"大概是吧。欸,你们是一个姓氏吗?家人?"

李萼皱了皱眉:"巧合而已。"

"那李林甫真的坏吗?"

"我不清楚,"李萼道,"军中确有对他不满之声,但也有人说他能让朝政平衡,我那时不懂那些。"

"那现在懂了多少?"

李萼看了看阿莲娜,低声道:"慢慢来吧。"

"哈哈哈,唐家子人果真对导师特别依赖呢!"

李萼一笑,道:"我这叫尊师重道!"

"好好好,那个,尊重,尊重。"

一旁一直沉默不语的阿莲娜却突然开口:"中原,肯定也有我们的同伴。"

## 十三 | 墨村隐士

首领发话,大家都安静了下来,看向她。

"甚至,中原同伴的历史,可能远比我们想象的还要悠久,实力,应该更为强大。"

这话说得大家都有些不服气,有人嘟哝:"历史悠久倒可能,这实力……"

"李萼,不是你说过,千年前,中原就有很有名的刺客吗,刺杀皇帝的?"

李萼一愣:"荆轲?"

"对。"阿莲娜点点头,"即使他们不是无形者,但他们这样的人,也算是我们的同伴。"

众人都若有所思。

"如果那个李林甫真的是欺压弱者的强权,那,定会有人制裁他的。"

有人笑起来:"说不定就是我们的唐家子人啊!"

"唐家子人,回中原吧,给我们多找几个同伴!"

"对啊!"

李萼笑着,他有些无奈地看向阿莲娜,看到她漆黑的双眸中闪烁着跃动的火苗,在黑夜中闪闪发光。

他心里一动,张口道:"阿莲……"

"娜"字还未出口,突然间,一波箭雨从天而降,他眼前的阿莲娜和其他所有无形者,霎时一片血红……

"啊——"李萼倒吸一口凉气,猛地回过神。他怔怔地看了会儿眼前的烛火,它还在闪动着,可阿莲娜他们眼中的,却全都熄灭了。

李萼深深地吸了口气,再颤抖着呼出来。他抱住头,呢喃自语:"我该怎么做……阿莲娜……"

## 十 四

# 安史乱起

几日后，范阳城外，一支大军严阵以待。

黑压压的军阵旌旗林立，遍布荒野，一眼望不到边。而这么多人马，在这凛冽的寒风中，却没有一丝声响，只听见旌旗猎猎。杀伐之气浓郁得像是一片黑云，压抑地罩在整个范阳城上，令人望而生畏。

所有人都静静地看着一个身影缓步走上城楼，那身影壮硕、魁伟，每一步都带着力拔山兮的威势，带着无与伦比的压迫感。

此人，赫然就是三镇节度使——安禄山。

"将军，孙将军也到了，大军已会合完毕。"一个汉人模样的中年文士跟在安禄山后面低声禀报，"就等您下令开拔了。"

"嗯。"安禄山在城楼上站定，静静地看着脚下的大军，神色平静中透着压抑不住的野心。他环视了一遍大军，缓缓开口："我的将士们！"

他的声音并不响亮，但是猎猎凛风却将其迅猛地扩散开来，钻入每个人的耳朵。

## 十四 | 安史乱起

"一直以来，你们都在这片严寒之地镇守边关，顶着最冷的风，吃着最硬的饼，杀着最凶狠的敌人……为的是什么？为的是守护大唐的安定！你们做得很好，非常好，不愧为大唐最忠诚的勇士！我，以你们为荣；大唐，以你们为荣！"

底下一排排士兵挺直了腰杆。

"但是，现在，我们有了更大的敌人，也是大唐最大的敌人，他不在这长城的外面，而是，在里面！"安禄山向前方一指，怒声道，"你们应当都猜到，我所说的是谁！

"那个人，本是一个下贱的私生子，一个狡诈低劣的赌徒，一个游手好闲的市井无赖！

"他与自己的从妹虢国夫人乱伦私通，靠着裙带关系入京，又倚仗贵妃从祖兄的身份，混入朝中！"

安禄山的神色逐渐凶狠："他用游戏赌博的手段，骗取皇上的宠信，谋取官位。从他掌管左藏库开始，他就行贿受贿，中饱私囊！他买官卖官，操弄科举取士；他屡兴大狱，罗织罪名，排除异己，含冤被诛者，多达百余族！

"即使我们在千里之外的边关与敌人拼命，他依然将手伸进我们的军饷中，巧立名目，侵吞我们孝敬爹娘、抚养妻儿的血汗钱！"

看到城下一片片愤恨的眼神，听着一声声怒极的粗喘，他知道，是时候了。

"必须有人站出来，切除这块大唐的腐肉！"他高声叫道，"圣人英明，早已明白他是一切动乱的罪魁祸首，只是圣人一直在等待着时机。而现在，时机已到！"他猛地举起手，手中握着一个明黄色的卷轴，昏暗的阳光下，卷轴上的金线闪闪发光，"我手上，是圣人连夜发来的密旨！圣旨令禄山即刻将兵入朝，讨伐杨国忠！"

话音一落，城下群情激愤，有人忍不住，振臂高呼一声："诛国忠，清君侧！"立刻有人跟上，从一队到一队，又从一个军阵到另一个军阵，从城下一直到绵延不尽的大军末端，声浪转瞬席卷全军，所有将士声嘶力竭地大吼着："诛国忠，清君侧！诛国忠，清君侧！……"

吼声一遍又一遍，宣泄着他们的愤怒，没有任何停下的迹象。安禄山也无意让他们停下，他静静地驻足聆听了一会儿，仿佛在欣赏什么世间难得的美景，逐渐露出一丝满意的神色。他微微抬手，瘦小的仆人李猪儿立刻凑上去，以肩为拐，双手撑住安禄山的腰背，让安禄山"拄"着他，反身一步步慢慢走下了城楼，消失在城外将士们的眼中。

"诛国忠，清君侧！"的喊声还在持续，震动得石阶连带城墙都在颤抖。安禄山在这般山呼海啸中，沉稳地走下城楼，抬头看了一眼城内的场景，终于露出一丝貌似发自内心的微笑。

城内，竟然还乌压压地站着一大群士兵。与城外将士所穿制式铠甲不同，这里的士兵几乎都身着高级军官才会穿的明光铠，虽然全副武装，但轻便舒适。而最大的不同，则是他们的脸上都覆了一张金属兽面面甲，那面甲横眉怒目、青面獠牙，看起来极为狰狞。这支近万人的军队沉沉地立在面前，说是修罗大军也不为过。

而在这支大军前面从容等待着安禄山的，则是他最得力的五员大将——北平太守、大将军史思明，副将孙孝哲、高邈、何千年、李钦凑，以及军师严庄。

安禄山最先走向史思明，还未走近，两人对视间便已经露出会心一笑。同样身为大将军，史思明差不多是安禄山最强大的倚仗。史思明是突厥人，鹰鼻深目，脸形瘦长，身材瘦高精壮，一柄新月镰背在身后，看起来阴鸷而狠戾。安禄山也有突厥血统，他二人幼年相识，一起长大、从军，奋斗到今天的地步，分明已经有了远胜于亲兄弟的情谊。

"我的好兄弟，"安禄山抬手拍着史思明的肩膀，用突厥语亲昵道，"范阳大本营，便交给你了！"

史思明咧嘴一笑，露出一口黑黄的牙齿。

安禄山会意一笑，转头看去，除了军师严庄，其他四位副将皆是自己的义子，这是军中最牢不可破的关系。如今他们看起来都从容不迫，甚至带着一丝这一天怎么才来的不耐，见安禄山看过来，不约而同地叫道："义父！"

"将军！"严庄也被安禄山的眼风扫到，同样低头恭敬地行礼。

"嗯。"安禄山眼神又扫回孙孝哲，"孝哲，幸好你还是赶上了，这一趟，辛苦你了。"

孙孝哲"砰"地单膝跪下，双手握着的狼牙棒直直地杵在地上，低头道："孝哲有负义父所托，没有寻到义父要找的东西。唯有尽快回到义父身边，才能跟随义父鞍前马后，将功补过！"

一旁的严庄微微皱眉，有些不安地看了安禄山一眼，忍不住低声提醒孙孝哲："将军，这大庭广众，那东西……"

"哈哈哈哈！无妨！"安禄山一脸狂放，摆摆手，抬头道，"我的八千义儿何在？"

"八千义子阵列在前，誓死效忠安将军！"所有的鬼面士兵齐声大喝。

"好！很好！"安禄山沉下脸，掷地有声道，"你们，是漠北之狼、东北之虎，是我手下最悍不畏死的亲卫武士，是整个大唐最强大的勇士！"他举起手，手中握着的一块精致的龟甲，吸引了所有人的目光。

"这个东西，你们都知道，"安禄山端详着手里的龟甲，"当初，我们心心念念要拥有它，以为可以一步登天，谁知道如今，它已成了悬在我们头顶的利剑。它将我们按在泥里，却还想我们为他们卖命……做梦！"

他一把捏紧龟甲，大声道："我的义子们，我们不能继续坐以待毙了！随我入朝！我们将取代金龟袋，掌天下之生杀大权！从此，世间将再无金龟袋，而是我们——曳落河[1]！"

话音一落，曳落河八千将士的气势骤然一变，他们凝视着安禄山坐上巨大的车辇后，跟随着车辇向着洞开的城门迈步而去。城外的军阵已经安静了下来，城门一开，几声喝令之后，他们也一起转身，黑压压地移动起来。

十几万人一起行军，声势之浩大，地动天摇。

与此同时，远在千里之外的长安，阴暗的"安府"地牢内。杨国忠像是感觉到了什么，忽然抬头向远处看了看，转而又被旁边一阵剧烈的咳嗽拉回了注意力，他用绸绢捂住口鼻，厌恶地看着地上的人。

此时地上趴着的人已经快没有人形了，他刚从墙上被解下来，趴在地上，半张脸浸在自己的血水中，已经丝毫动弹不得。

旁边墙上还吊着一排半死不活的人，身上皆是各种刑具留下的烙印，狰狞可怖。

旁边一个头扎白巾、手持皮鞭、五大三粗的狱头凑过来，弓着腰问："相爷，还要再拉一个来审吗？这个应该是不中用了。"

---

[1] 曳落河，突厥语"壮士"的意思。——编者注

杨国忠阴下脸,看了一眼一旁的墙边堆起来的还未来得及处理的尸体,抬脚踩了踩地上的人,冷笑道:"你看你这是何苦,早点招了或许还能活,现在却连个痛快都求不到。不如我最后给你一次机会,你们这帮人,聚在安禄山的私宅里鬼鬼祟祟的,是不是在谋划造反?只要你招了,我就给你一个痛快。"

"我……我们……郎君……奉命保护……"地上的人吐着血水,艰难地说着。

"还是那套照顾安庆宗的话?哼!你们大郎君娶了宗室郡主,还当了官,早就成家立业,还用得着他那蛮子爹派人这般费心照顾?"话是这么说,杨国忠心里却知道安庆宗这个长子在安禄山心中的分量。安庆宗这人与他父亲不同,知书达理,温文尔雅,入朝为官后,颇受皇上赏识,在百官中为他那蛮横的父亲赚回不少好印象。

这也让杨国忠看安庆宗愈发不顺眼。

他神色更狠,下令:"处理了他,换一个,总有一个会招的!"

"是,相爷!"狱头立刻着人把脚下这个人拖下去,又架过来一个还算清醒的。

"啊……"惨叫声不绝于耳。

几个时辰后,杨国忠缓缓走出安府,抬起头,深深地吸了一口气,嘴角抑制不住地翘了起来。

在外面等着的随从上前问道:"相爷,回府吗?"

"不,有攸关国家的大事,怎能回府,进宫!"

"是!"

杨国忠走到马车边,踩着脚踏爬上了马车,坐稳后,掀帘看向安府,却看到府门到马车之间,自己走出来的一串血脚印。

他冷笑一声,放下了车帘。

十　五

# 华清暮色

长安的冬天干燥寒冷，万物萧瑟，连天空都像罩了一层阴翳一般，灰蒙蒙的，大街上人影寥落，丝毫没有几个月前花卉盛宴的影子。

但是位于骊山的华清宫，却依旧春意盎然。

错落在庭院中的温泉池喷涌着袅袅的水汽，将池边的树木滋润得郁郁葱葱，亭台楼阁、绿树繁花在水汽中若隐若现。整个华清宫宛如仙境。

尤其是还有银铃般悦耳的笑声不断从池中传来。

"陛下，杨右相有要事相奏！"高力士的声音突然出现，笑声骤停，池上浓郁的水汽仿佛被来人撞散了，渐渐显露出池中的人来。

皇帝正与贵妃沐浴。

李隆基悠闲地靠坐在池中，全身被温泉泡得通红。杨玉环依然肤若凝脂，只是微微泛着诱人的粉色，她正从李隆基面前漂着的托盘中拿起一颗樱桃，喂进李隆基的嘴里。

## 十五 华清暮色

他们身周还有几个侍女,皆赤身泡在水中,为两位主子倒酒添水,一个个脸蛋红扑扑的。此时,池中之人都不满地望向岸边的两人。

高力士引杨国忠走到池边,杨国忠看了一眼自己的从妹,镇定地躬身行礼。

"国忠,你可真会挑时候啊。"李隆基不动如山,语带调侃。

"陛下,我去换件衣服。"杨玉环见状,立刻带着侍女们上了岸,到不远处穿衣梳妆。

杨国忠还弓着身:"启禀陛下,臣有要事相奏!"

"哦,说吧。"李隆基掏了掏耳朵,不冷不热。

"御史台审讯了亲仁坊安禄山宅邸的门客,结果,他们全都招供了……安禄山,密谋造反,证据确凿!"

话毕,周边一片寂静,连高力士都低下头,不敢去看皇帝的表情。

池中良久无声,直到李隆基缓缓开口:"国忠……原来是你抄了朕赐予禄山的宅子……"

他的语气听不出喜怒,甚至连关注的重点都似乎有些不对。杨国忠有些疑惑地抬起头,却正对上皇帝毫无笑意的双眼。

"朕,可曾同意?"

杨国忠一惊,不敢起身,叫道:"陛下!臣也是听朝中传言甚嚣尘上,内心难安,才出此下策。若不如此,朝廷无法得知安禄山的真面目……"

"狡辩!"李隆基呵斥道,缓缓从池中站起,一旁的侍女连忙为他披上袍子,"严刑逼供,能审出什么真相?"

"可若不……"

"你那点伎俩,朕都知道,"李隆基面无表情地看向他,"就像禄山的所思所想，朕也比谁都清楚。"

杨国忠和高力士几乎同时皱了皱眉，幸而都低着头，李隆基看不到。

李隆基踏出池子，走了两步，还是忍不住回头，意味深长道："如今你这般妄为，朕又得赏赐多少，才能安抚得了他？"

语气听来平淡，但其中暗藏的天子之怒，却让杨国忠大惊失色。他直接跪地叩首，慌张道："臣知罪！臣只是想要为陛下清除安禄山在朝中的耳目。臣做这一切都是为了陛下啊！"

高力士见状，暗叹一声。若往常他也恨不得杨国忠吃瘪，然而如今偏偏杨国忠这屈打成招的供词可能是真的，那就不得不出手帮衬一下了。他开口劝慰道："陛下请息怒，是一年前老奴奉命为安将军饯行之时，发现他在朝中有耳目一事，并回报给了陛下。故陛下当时便下了口谕，要彻查朝中泄露机密之人。许是时日久了，陛下忘了此事，杨公只是行分内之事，还请陛下明鉴。"

李隆基冷哼一声，没有回应。他曾经高大的身躯在袅袅的热气中显得伛偻又孤寂，却又带着隐隐的煞气。一阵笑声忽然传来，他循着笑声看去，只见池边屏风旁，刚梳妆完的杨玉环正在铜镜前端详自己。她拢紧宽大的袍领，香肩微露，缓缓转身时，姿态雍容优雅，步伐翩跹轻灵，配上那端方绝美的容颜，当真是世间难寻的尤物。

李隆基长长地叹了一口气，苍老的面容上是掩不住的疲惫和阴郁，他冷声道："看在你妹妹的面子上，这事就罢了。"

他看不到，此话刚落，杨国忠的神色猛地一变，眼中满是不甘。

"负责带兵抄家的是谁？"李隆基问道。

杨国忠一愣，只得叩首答道："京兆尹李岘。"

"嗯……"李隆基沉吟了一会儿,冷漠地道,"那么,这事就是京兆尹自作主张,与你无关。将他贬出长安,给安将军一个交代。你退下吧,别让朕再为这种事操心。"

京兆尹若不是杨国忠的人,又怎么会这么轻易地协助他去查抄安禄山的宅邸?此令一下,可算折损了杨国忠一员大将。杨国忠好不容易"获得"的消息也被李隆基无视,差不多算是白忙一场。

杨国忠满心不甘,脸阴沉得能滴出水来。他飞快地看了一眼高力士,叩首告退,起身离开。

高力士看着杨国忠的背影远去,转而朝着李隆基,微微俯首。

两人主仆多年,李隆基多少也能看出高力士的态度,他拢了拢衣服,随口问道:"力士,你又有何事?"

高力士上前,就着方才李隆基的动作替他系起了衣带,一边话家常似的轻声道:"陛下,兵部也有消息,东受降城传来线报,河北道各地兵马正聚合范阳,动向颇为可疑。"

他小心平整着李隆基袍子上的褶皱,担心道:"只怕杨公所言,并非无中生有。"

李隆基的手在袍中颤了一颤,面上却不露声色,只是默默地看着水汽袅袅的温泉池,眼神有一些空洞,还有些疲惫。

"唉,力士啊,"他头也不回地道,"安将军麾下兵多,但在朝中没什么势力,是好事。朝中那么些人替国忠煽风点火,诋毁于他,他为表清白,便只能倚仗朕。如此这般,将相之间,即使不得合谋,也不至于相噬。"他微微转头,成竹在胸,"这,就是平衡之道。"

高力士低头,不置可否。

李隆基说罢,倒是把自己的心定了。他转身向杨贵妃的方向慢慢走去，平淡地道："等安将军来了，便由朕亲自出面调和，令两人相安无事便可，你看如何？"

高力士看着李隆基逐渐被浓郁水汽包裹的背影，满脸愁容，呢喃道："陛下……倘若，一切都已经……无可挽回了呢？"

李隆基状若未闻，缓缓走入烟雾深处，再次被银铃般的笑声层层包裹。

高力士等杨贵妃陪着李隆基去休息了，才得空出了温泉庭院。华清宫墙下，杨国忠还没走。

他不甘心。

一见到高力士，他就迎了上来，急道："高爷，皇上可还有什么表示？"

"杨公啊，杨公！"高力士不答，只是叹息，"我知你心比天高，又急于求成，偶尔思虑不周，只要贵妃在一天，你所作所为，能无伤大雅便可，但是这次……你但凡行事前与我多交代那么一句，也不至于如今处于如此被动的境地。"

"被动？皇上莫非一点都不信安禄山会造反？"

"本来有兵部的消息，他或许是会信的，"高力士讥讽地看着他，"但从你嘴里说出来，他便不会再信了。"

杨国忠咬牙切齿，忽然一愣，问道："兵部的消息？什么消息？"

高力士摇摇头，又把他刚才禀告给皇帝的消息说了一遍，最后道："安将军这次，怕是来真的了。"

杨国忠先是一喜，转而一恨："这么说我查出的是真的？该死！我以为过了一年，时机已经到了。如今若安禄山真反了，等消息传到京城，也落不到我的功劳……"

事到如今，他还心心念念那所谓的功劳。高力士看向杨国忠的神色更为失望，干脆不发一言。

"……高爷，皇上为何如此不信安禄山会反？"杨国忠烦躁不已，"就算是认定了我针对安禄山，但孰轻孰重，他就是多求证一下都不肯吗？"

杨国忠说的，就是高力士此时最忧虑的，但他并未附和，只是道："该说的我已说了，你回去吧。如今当务之急，还是要警惕安禄山的动向……切莫再意气用事，你已经是金龟袋的首领了，就算为你自己的地位，也还需三思而后行。"

杨国忠听着，若有所思："也对，如今我才是首领，安禄山再怎么蹦跶，也翻不出我的手掌心，哼！高爷，皇上这边，还需你再上点儿心，有什么事，记得汇报与我。"

他说着说着，神色逐渐傲慢起来，带着些上位者的颐指气使，全然忘了如果没有高力士暗中帮衬，光凭一个杨玉环，他也走不到今天。说罢，他一甩袖，昂首离开，还是丝毫没有把即将到来的动荡放在心上。

高力士目送他离开，转身回宫，走着走着，面上露出一丝愁容。

李隆基看似是一心扑在朝政上，想用制衡之道将各方势力，尤其是将杨国忠和安禄山抓在手心。可是高力士已经伺候他这么多年，又何尝看不出他的不安和力不从心。

李隆基不是不相信安禄山会反，他是不愿信，也不敢信。

正如他在花卉盛宴上所言，他已经操劳国事大半辈子，好不容易打造出一个太平盛世，又在垂暮之年遇到杨玉环，仿佛上天给他的褒奖一般，让他枯木逢春。如今的他，只想软玉在怀，安享晚年。

在这个节骨眼上，若是安禄山这等凶狠善战之人决心要掀起波澜，即便他当场表示信了，对于想控制或阻止安禄山，怕是也无能为力。

"皇上……"高力士悲从中来，一贯喜怒不形于色的脸，竟然流下泪来，"这可是……您的大唐啊……"

## 十 六

## 祸及常山

就在召安禄山进京谒见的诏书火速送出唐宫时,范阳以南的常山郡外,安禄山的十五万大军在陆续到达,兵临城下。

各路叛军来势汹汹,像一条条黑色的河流,在常山城外顺着城墙列阵,几乎绵延成一个无尽的河滩。后方的军队还在源源不断地过来,队尾向远处一直延伸到地平线,望不到尽头。军队缓慢逼近间,每一步都震耳欲聋,地动山摇。

本就已经令人望而生畏的架势,再加上阵前一排排戴着鬼面的士兵时,场面越发显得凶恶可怖。

颜季明飞奔上城墙时,看到的就是这般让人心惊肉跳的景象。他屏息看着,感觉连呼吸都有些不畅。

他旁边的人也都一副惊惶失措的样子,被这场景惊得脑内一片空白。

他身旁唯一神色还算镇定的,就是一把年纪的老家仆陈伯了。陈伯陪着颜季明看了一会儿,背着双手,摇头道:"大唐百年以来,从不曾听闻过范阳兵马南下……少爷,要出大事儿了。"

颜季明听完陈伯所言，再往下看时，惊惧渐去，神色逐渐严峻。他并非不问世事的纨绔子弟，这一年来各种风言风语也听了不少，如今这一幕是他们最不愿意面对的。想到此处，他的双拳不由自主地握了起来。

"季明！"

颜季明回头，看到自己的父亲——常山太守颜杲卿站在身后。他头戴幞头，身着官袍，剑眉下一双利目精光四射，看起来沉着坚定。他冲着儿子示意了一下，平静地道："来，与我一同出城，迎接安将军。"

"父亲大人……"颜季明迟疑地跟了上去，忍不住问，"这么大的阵仗，要通过我们常山，他们要做什么？"

颜杲卿不说话，只是负手往城门走去。

颜季明心里更慌，又道："过了我们这儿，若是继续南下，那便要渡过黄河，到东都洛阳了吧？如果再从洛阳往西过潼关……父亲，您有收到长安那儿的什么命令吗？安禄山将军，他到底在做什么？"

"莫多问。"颜杲卿脚步一顿，回头警告似的看了儿子一眼，沉声道，"大人面前要少说话，多思量。"

颜季明一愣，闭上了嘴。

颜杲卿不忍儿子受怕，可还是不得不狠心叮嘱："若是说错一句，便是万劫不复。"

显然，对事态的严峻程度，他比谁都清楚。

颜家父子仅带了几个护卫，打开城门，径直出了城。来到安禄山面前，颜杲卿抬手便拜："拜见将军。"

安禄山看起来心情不错，从一脸横肉中挤出一丝笑，居高临下道："杲卿，好久不见，我给你带了一份见面礼！"

安禄山往身后一根高耸的旗杆抬了抬手："我把我们的老朋友、河东副留守杨光翙给你请来了，你们打个招呼吧！"

颜杲卿闻言，疑惑地抬头，直到看见旗杆上绑着的人，才猛地瞪大眼，一脸不敢置信。

那人衣衫破烂，满身血污，被折磨得几乎不成人形，若不是安禄山点明，他都看不出那是杨光翙！

安禄山的副将李钦凑单手执着这根旗杆，见颜家人都看了过来，还得意地晃了晃。杨光翙身上破烂的布条和头顶的旌旗一块随风飘舞起来，还有微弱的呻吟声隐隐响起。

他居然还没有死！莫非这一路他就是挂在上面顶着寒风过来的？

颜家父子神色大变，不忍再看下去。

安禄山却从他们的表情中获得了极大的快感，朗声道："他巴结杨国忠，以权谋私，谋害忠良，无恶不作！杲卿，我知道，因为这个小人，你也吃了不少亏。无妨，现在，你可以好好看看他的下场，我们一雪前耻！"

说罢，他抬了抬手，不远处的一排弓箭手竟然齐齐张弓搭箭，瞄准了杨光翙。随着一个毫不犹豫的"放"字，箭雨向着杨光翙呼啸而去，转瞬间便将他扎成了刺猬。

杨光翙的头垂了下去，鲜血自周身涌出，如山泉般从头顶簌簌落下。

颜季明忍不住瞥了一眼。他知道这个杨光翙作恶多端，也曾让父亲咬牙切齿，但即便如此，他也知道，父亲绝不会因为他的惨死而感到丝毫痛快。

最痛快的，是安禄山，他哈哈大笑："走狗今已伏诛，国忠岂能苟存！杲卿，你可看到了？"

颜季明全身一震，担忧地看向父亲，却见颜杲卿面色如常地看着安禄山，看起来从容不迫。

安禄山低头与颜杲卿对视着，眼中闪烁着残忍的光芒，像是一条吐着芯子的毒蛇。

"若是开城迎接，你就是我们的兄弟，我们共襄盛举；可若是拒绝，那你就是杨国忠的党羽，一律杀无赦。"安禄山咧嘴，皮笑肉不笑，"杲卿，你要怎么选？"

安禄山魁伟的身躯挡住了大片的光，变成一团阴影笼罩着颜家父子，衬得常年习武、身板如青松般挺拔的颜杲卿都瘦小纤弱了不少。周围出奇地安静，所有人都在等着颜杲卿的回答。颜季明心中怦怦直跳，他偷眼看一旁的陈伯，陈伯满是皱纹的脸上全是担忧。

"将军，"终于，颜杲卿开口了，他挺胸抱拳，出口掷地有声，"兵戈御外不御内。如今边关兵马剑指两京，人们会以为是针对朝廷……只怕对将军不利，将军，请三思！"

安禄山挑了挑眉。

要是平时，颜杲卿这番话于他如放屁一般，但是在此刻却将他架了起来。毕竟只有他那八千曳落河知道他的真实意图，其他那十几万大军，对他的真实意图虽然可能心知肚明，但是至少在现在，他"清君侧"的出师之名，还需要保一保。

好你个颜杲卿！

明白了眼前这个文官的意图，安禄山周身的气息冷了下来，他阴沉地看着眼前人，似乎已经将其大卸八块。

就在场面僵持之际，一旁突然有人大声道："苟利国家，专之可也。利主宁邦，正在今日。何惮之乎？"

众人望去，就见孔目官严庄排众而出，一身凛然正气，阔步走上前来,继续道:"颜太守有所不知,安将军是奉密旨讨伐奸臣杨国忠,为圣上重建朝廷的秩序!此乃大义,何来针对朝廷?"

颜杲卿垂眸屹立,不为所动。

有严庄背书,安禄山阴鸷的神色一松,忽然朗声大笑:"哈哈哈哈哈!杲卿,"他大力拍了拍颜杲卿的肩膀,"仗义执言,你是第一个。我,果然没看错人!"

他双掌握紧颜杲卿的双肩,微微低头,温和地说道:"你本是难得的将相之才,早该穿着紫袍在朝堂上施展才华,却被嫉贤妒能的杨国忠排挤出来。是我竭力主张将你提拔为常山太守,虽然这样还是觉得委屈了你。"

说着,安禄山面上竟然真的浮现出一丝痛心的表情。他抬手脱下自己身上的紫袍,披在颜杲卿身上,大声道:"宰相不认你的贤能,我来认!朝廷不赐你的紫袍,我来赐!"

颜杲卿被迫披上紫袍,身形更加僵硬,强抑着惊怒抬头瞪向安禄山。

安禄山对他的抗拒视而不见,不由分说道:"常山乃河北重镇,兵家必争之地,由你坐镇于此,督管后方补给通路,我便可安心杀贼!你不用担心,我将副将高邈和李钦凑借与你,有他们协助镇守,定能保常山百姓安乐无忧。你,可要好生照应他们!"

## 十七

# 逆势而为

"说什么协助镇守,不就是留下来监视我们的!"

深夜,颜府后院,颜家父子面前摆着那件被安禄山强塞的紫袍,气氛沉凝。

颜季明义愤填膺:"这安禄山,怎的如此蛮横!"

颜杲卿看着紫袍,沉吟不语,面上满是严峻之色。

颜季明见父亲不回答,只能坐下来自己生气,过了一会儿,却轻声道:"父亲大人,或许,这还是件好事?"

颜杲卿一怔,倏然抬头看向他。

颜季明虽有些不安,但还是说道:"说实话,我恨杨国忠。"他双拳紧握,咬牙切齿,"何止是父亲,十三叔也是因为得罪了杨国忠,被排挤出京城,左迁平原太守……他那么优秀的人物!"

"季明……"

"凭什么?!"颜季明激动起来,低吼道,"凭什么颜家人秉公办事,却反遭不公?凭什么忠良要被践踏打压,奸臣却可以只手遮天?凭什么好人总要吃亏,坏人总能得逞?"

## 十七 逆势而为

他越说越气，狠声道："杨国忠该死！干脆我们就帮安……"

"季明！"

颜季明一愣，父亲从未如此厉声呵斥过自己。他只得正襟危坐，看着父亲。

"季明，"颜杲卿见儿子镇定了，才道，"杨国忠是否该死，与此事无关。"

颜季明闻言，眼中浮现疑惑。

"圣上若要铲除奸臣，不必如此大费周章，动用边将，引兵入朝。所谓密旨，定是假的。"颜杲卿平静地下了结论，"安禄山，是谋反。"

颜季明倒吸一口凉气，再看那件代表尊贵的紫袍，只觉得刺眼无比。

颜杲卿拿起一盏油灯，起身巡视着朴素的后院，说道："我们颜家如今在河北安身立命，吃的是朝廷的俸禄，是百姓的税赋，不是靠大人物施舍的恩惠。我们身正影直，无愧于天地良心！"

"明灯之下，我怎能穿上这身紫袍？"颜杲卿紧皱眉头，厌恶地看着地上的紫袍，甩手将油灯扔了上去，火光骤起，照亮了颜季明惊呆了的脸。

"天下即将大乱，我们颜家人，又岂能为虎作伥！"颜杲卿的眼中也满是火光。他闭了闭眼，语气突然柔和下来："季明。"

"父亲！"

"你刚成婚不久，先带着妻子离开常山，到南方去吧。"

颜季明愕然，不知所措地看向父亲。

"老父这辈子，虽然没有立下什么功名，但活得坦荡，也算是无愧于父祖的教诲，已经够了。可是，你不一样，"他抬头，看向空中一轮新月，叹息道，"你的人生，才刚刚开始。你可以成为任何你想成为的人！"

颜杲卿的话像一柄小锤，一字一句地锤在颜季明的心上，打散了他眼中的迷茫，他忽然微笑起来："父亲大人。"他看着颜杲卿高大的背影，坚定地道，"我想成为跟父亲一样的人。"

颜杲卿身形一顿，他回头，看向了自己的儿子，这个稚气未脱的年轻人。

他再次背过身，掩住眼中的动容，沉声道："季明，安禄山的十五万铁骑，你看到了吧？"

颜季明从容地回答："孩儿看到了。"

"贼将高邈、李钦凑领五千精兵，驻屯土门关，监视着我们，你也看到了吧？"

颜季明神色一滞，低下头："孩儿……也看到了。"

颜杲卿轻叹一声："而我们常山，只有一万乡兵，你也知道吧？"

"孩儿，知道。"

"你，不怕吗？"

颜季明看着熊熊燃烧的紫袍，缓缓开口："怕。"

"但是，"颜季明又道，"常山的一万乡兵，想必也都害怕。他们当中的很多人还有孩子，也有很多人跟我差不多年纪。他们都没跑，我怎么能跑？"

他起身，走到颜杲卿身后："如果我跑了，谁还会相信我们颜家人会保护他们？谁还愿意跟随我们，对抗安禄山？"

颜杲卿身形一僵。

见父亲动摇，颜季明笑了，认真道："父亲，我是颜家人，颜家不出逃兵。我也想活得坦荡！"

颜季明的声音还带着些许少年气，却让颜杲卿坚毅的眼神流

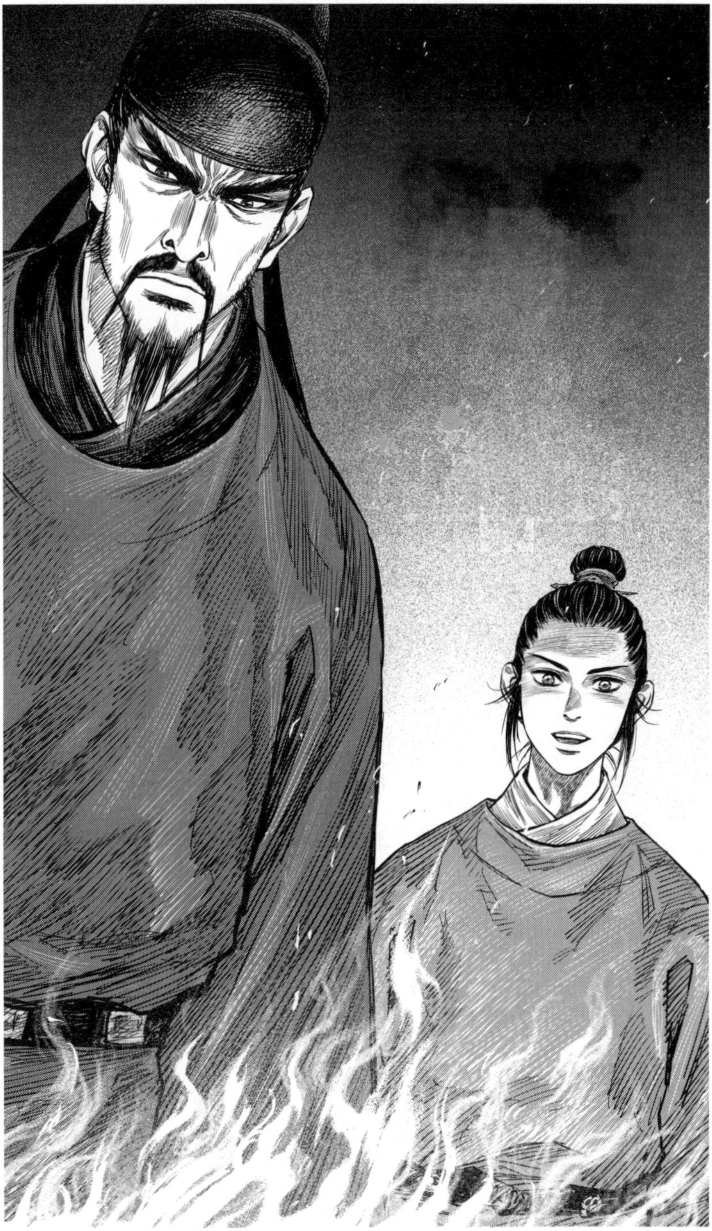

露出一丝痛苦,他紧紧闭上眼,深吸一口气,压下溢上喉头的酸涩,忽然硬声道:"季明!"

此时的语气,分明已经是一个将领。颜季明眼神骤亮,立刻单膝跪下,中气十足道:"在!"

"秘密通报河北道各郡县长官,安禄山此次南下,乃假圣旨之名行谋反之实。常山准备举义,抗击逆贼安禄山!河北二十四郡应当齐心合力,一同组织义军,协助朝廷平叛!兵贵神速,你即刻出发,不得贻误!"

"是!"

颜季明领命起身,只觉得心如擂鼓,满腔热血都要沸腾起来了。

仿佛就是一夜之间,战火已经燃遍河北二十四郡。

颜季明受命之后,带上陈伯,连夜动身。他们昼夜不息,却依然没赶上安禄山大军的步伐,以及他们散播的恐怖。

所到之处,不是已经被大军攻占,就是郡守装傻,听信安禄山的"密旨"之谈,大开城门。

亦有人虽然明白,但却表示无能为力,毕竟传说安禄山有二十万大军。

即便是有心跟随颜季明的,却因为大唐的连年安泰,兵器库中的武器都已经锈蚀破损,难以一战。

更有甚者,听说安禄山兵临城下,干脆百姓都不管了,直接弃城而逃。

转眼半个多月过去,除了满目疮痍,主仆二人竟然一无所获。

颜季明出发时还踌躇满志,此时却已经心如死灰。这天,

## 十七 ｜ 逆势而为

他们风尘仆仆来到一座城外，只见城内密密麻麻涌出无数百姓，皆神色木然。

"少爷，别看了，这座城连城门都没有，肯定是太守跑了，百姓只能跟着跑。"陈伯看到自家公子疲惫、失落的表情，于心不忍，叹息道，"不知他们是要到哪儿避难，又能到哪儿避难……"

颜季明定定地看着洞开的城门，挫败感又一次涌上心头。这城门仿佛是一张在狂笑的嘴，嘲弄着他的天真和无能。

之前那些郡守的话一句句划过他的脑海。

"颜公子，安将军可是你我的上官，上命下从是朝廷的规矩，何来举义之说？"

"安将军说是密旨，那就是密旨，难道颜公子要带我们抗旨不成？"

"二十万铁骑，那可是大唐三分之一的兵力，就是禁军来了都挡不住，凭我们几个郡的几万乡兵，如何抵挡？"

"颜公子，我倒是想帮你们，可你看我们这兵器库，十几年没打开过，兵刃不是锈了，就是坏了，没有一件用得上，真要打，拿什么打？"

"颜公子，我敬佩颜公高义，但还是劳你回复令尊，以卵击石，死路一条，要懂得顺势而为啊。"

…………

顺势而为？何为势，如何为？

大丈夫，难道不该有所为，有所不为吗？

若是什么势都顺，这天下，何来太平？

颜季明骑在马上，看着周围的百姓，他们背着小小的家当，携儿带女，踏上背井离乡之路，眼中满是对前路的迷茫和忧虑。

那一张张悲苦的脸，像一串锁链绑在他的心上，寸寸收紧，让他连呼吸都觉得困难。

他咬紧牙关，神色愈发坚毅，拉马回身，问道："下一个，是哪个郡？"

陈伯迟疑了一下，道："还剩最后一个了，少爷，还要继续吗？"

颜季明催动马匹，坚定道："继续！我答应过父亲，便是最后一无所获，也一定要走完这一趟，才算不负所托。"

"唉，我看看。"陈伯看了看地图，指着一片群山道，"下一个，清河郡。"

"走！"颜季明看了一眼地图，拨转马头，朝着清河郡方向疾驰而去。

"欸，少爷，等等我！"陈伯连忙打马追上。

两人都没注意到，在他们踏上前往清河郡的路时，一声响亮的鹰啸从头顶划过，直冲云霄，渐渐消散在群山之中。

## 十 八
## 乱世重逢

清河郡，因境内有一条清河得名。

清河两岸群山竦峙，林木茂密，进入其中，可见密林环绕下，溪水潺潺，草木葱葱，颇有隐世深山的风范。

颜家主仆一进入山中，耳边听到鸟叫虫鸣、风吹草木，想到不久前还看到刀光剑影、生灵涂炭，蓦地生出一种恍若隔世的感觉。

"仔细一瞧，这可真是个好地方。"陈伯心内欢喜，趁着休息的时候，感叹起来，"等一切都结束了，老夫就要到这种深山里隐居。盖一间茅草屋，放几头牛，酿几坛酒，嘿，快活似神仙！"

然而这生机勃勃的平安景象，却让颜季明心情更为沉重，花草树木全都没看进眼里，脑中都是沿途所见的惨状。

"河北二十四郡已经全部沦陷……可是各地的烽火台每天照常升起平安火，谁都不敢抵抗，也不敢上报朝廷。"

陈伯听着，无奈地叹了口气。

颜季明坐在路边，抱紧双膝，难过道："若是在清河也找不到盟友，便只有我们颜家孤军奋战了。"

以卵击石……死路一条……

他紧闭双眼，深深地吸气。

陈伯见状，赶紧安慰起来："嗨，少爷，担心也没用，船到桥头自然直！"说着，他犹豫了一下，把手里的酒葫芦递过去，"来，喝一口，能让你舒坦些。"

颜季明道："陈伯，你知道我喝不了酒……"

"哎呀，凡事都有第一次嘛。"陈伯叫道，"这可是好酒，老夫抠搜了一路省下来的！"

"那你自己留……"

"嗖——"

颜季明话没说完，忽然斜刺里飞过一支箭，直奔向他，却恰巧被陈伯手里递过来的酒葫芦挡住。酒葫芦应声崩碎，酒水四溅。

突来的袭击镇住了两人，吓得他们目瞪口呆。还是陈伯先反应过来，转头望向箭支来处，猛地大吼："趴下！"

说着，他奋不顾身地冲上前，抓住颜季明往一旁翻滚过去，堪堪躲过几支紧追而来的箭！

"陈伯！"颜季明狠狠地撞在地上，痛呼一声，却见陈伯再次回头，望向他们来时的路。他跟着看过去，正看到远处几个骑马的人影，直奔他们而来。

马上的人，又在张弓搭箭。

"看来我们被跟踪了，少爷。趴着别动！"颜季明惊住的时候，陈伯却很是镇定，他按了一下颜季明，以完全不符合他这个年纪的矫健姿态一跃而起，直冲向自己的马，抽出一个被布条包着的长条形物件，甩手一挥，竟然精准地挡下了又一支袭来的箭。

## 十八 乱世重逢

箭头刺破了长条物上面的紧裹着的布条，布条散落开来。陈伯握紧一抖，布条被挥落的瞬间，他手中竟然出现了一柄比他身高还长的陌刀。

"小子们，放马过来吧！"陌刀在手，陈伯周身气质一变，横刀立在颜季明身前，直面冲来的骑兵，俨然有种一夫当关万夫莫开的气势。

"陈伯……"颜季明在后面都看呆了，他虽然知道陈伯必然是有点本事的，否则父亲不会派来跟着自己，却没想到，这个常年醉醺醺的老家奴，看样子居然是个使陌刀的高手。

陌刀乃双手长刀，刀柄极长，刀身沉重锋锐，是当时战场上用来砍杀骑兵的武器，必须要军中特别身强力壮的人才能使用。

陈伯这矮小的身材，怎么会……

"少爷，退后！"不容颜季明多想，此时骑兵已经冲到了面前。陈伯双手紧握陌刀，双目紧盯着来者，眼中全无一丝平日里的浑浊和醉意。颜季明见状，手忙脚乱地去拔腰间的刀，可马蹄震动着地，仿佛也控制了他的手，他颤抖的手伸出去连刀柄都没摸到。

就在此时，四个骑兵已经杀到了面前。陈伯怒喝一声，举刀狠狠朝前挥砍过去，陌刀在阳光下划出一道耀眼的刀光。只听到人喊马嘶，仅一个照面，陈伯就将冲在最前面的三个骑兵斩落马下。

以人力去对抗战马的冲击本就是螳臂当车，奋力一搏后，陈伯的动作已经稍显滞涩，然而此时第四个骑兵又冲到了他的面前。陈伯吃力地提起刀，再次拼力挥了过去，可是最后那个骑兵手中的刀劈砍下来的速度更快，一刀下去，陈伯的手臂上就炸起了一团血花。

陈伯闷哼一声，陌刀落地，一只手捂着伤口跪倒在地上。

"陈伯！"颜季明大惊失色，连忙上去扶住他，急得要哭出来，"陈伯，你怎么样？"

"嗐，大意了。少爷，别管我，你快逃！"

颜季明没有回答，只是一边扶着陈伯坐下，一边愤怒地瞪向第四个骑兵。他拔出腰间的刀，怒吼道："来者何人？报上名来！"

来人拉了拉马匹，斗笠下一双凶狠的眼打量着颜季明，转了转手中的刀，满是轻蔑。

颜季明挡在陈伯前，冷声道："若是谋财，大可不必害命，我身上带的盘缠，通通给你。"

"哈哈，钱财？贵族公子果真阔气，可惜本大爷可不缺你那点钱！"

贵族公子？颜季明仿佛明白了什么，可没等他厘清思绪，眼前的人已经再次策马冲来。他根本无暇思考，只能下意识地双手举刀，硬生生地接了一招。

加上马的冲势，对方这一刀极为凶猛，以颜季明那点功夫根本应对不了，他直接被撞得仰天倒地，双手剧痛，眼见着要连刀都握不住了。

陈伯怒吼道："少爷，快逃啊！别管我了！"

"混账！说什么呢？"颜季明艰难地站起来，浑身抖颤地再次挡在了陈伯面前，斩钉截铁道，"陈伯，一直都是你保护我，现在，该由我来保护你了！"

"少爷！老夫这命不值得……"陈伯哽咽起来。

"你们就是冲着我来的？"颜季明无暇理会陈伯的痛心疾首，死死盯着再次回转身的骑兵。

"哈，反正你已经死到临头了，告诉你也无妨，我们是博陵郡张太守的门客，前几天我们还见过。"

博陵郡张太守！

颜季明脑中嗡的一声，不就是那个告诉自己要上命下从的人吗？他倒真是服从得彻底！

"安将军说过，有异议扰乱军心者，斩及三族。"骑兵举起刀，一脸志在必得的狞笑，"说的可不就是你吗？我们家主人当即下令，要取下你们的人头，献给安将军！"

颜季明愤恨地看着他，思绪翻滚，可下一瞬，双眼却被头顶的一抹黑影攫取了注意，待他看清那从天而降的黑影时，甚至忘了去注意马上的人正挥刀砍向自己。他呆立当场，不可置信地瞪大眼，眼睁睁看着那个黑影以迅雷不及掩耳之势直接落在骑兵的头上。

轰——

声起，人亡。

不过一眨眼的工夫，那骑兵连人带马被那黑影摁在了地上，一点声响都来不及发出，到死都不知道发生了什么。

颜家主仆都呆住了，警惕地看着那黑影从容地抽出骑兵颈间的袖剑，抬头看向他们。

那黑色的兜帽，那深色的长袍，那利落的身形，那凌厉的双眼，还有那长至鬓角的伤疤……

"啊，你……你是……"颜季明记忆深处的一个影像被催动了，他死死盯着来人，欲言又止，抓耳挠腮。

来人却很冷静，他看着颜季明，平淡地打了个招呼："你们来了。"

"啊！"颜季明终于想了起来，大喜道，"你是那个清河人，李萼!"

李萼起身,挨个检查了一下那些骑兵的尸体,确认他们都死透了,才回过头,淡淡地应了句:"嗯。"顿了顿,又调侃道,"你依旧不擅武艺啊。"

颜季明的神情很是尴尬。

"行了,先去我们村吧。"李萼拉着一匹马过来,指了指陈伯,"老人家得赶紧疗伤。"

颜季明连忙小心翼翼地扶着陈伯上马。陈伯趴在马背上,嗞嗞地吸着凉气。

"哎哟……少爷,我跟你说,要不是太久没动手,生疏了,老夫是决计不会给那群贼人留破绽的!哎哟……嗞嗞……腰也闪了……"他瞥着在前面领路的李萼,眼中有一丝警惕,问道,"少爷,你和这位小郎君是怎么认识的呀?老夫怎么不知道你还有这么厉害的一个朋友?"

颜季明想到长安那次遭遇,又是尴尬又是好笑。他见李萼没什么反应,干脆道:"我和他是……算是生死之交了吧?"

"啊?还生死之交?哎哟哟,那你一定欠他一条命吧?"陈伯明显不信。

"是我欠他。"颜季明还没说话,李萼先开口了,"老人家你不用试探了,我不会害你们的。"

陈伯不乐意地哼了一声。颜季明连忙哄道:"真的,陈伯,他是行侠仗义的人!"

"行侠仗义?"陈伯到底是经过风浪的,没那么好哄,狐疑道,"那怎的那么巧和这群杀手前后脚到?"

颜季明闻言也愣了一下,想到李萼那句"你们来了",也有些不确定了:"对啊,李萼兄,你怎么知道我们在这儿?"

## 十八 | 乱世重逢

李萼下意识地抬头看了看天，料想鹰眼一事三言两语对他们也解释不清，干脆道："安禄山起兵后，我便一直在这里的周边警戒。"

"这么多山林……就你一个人？"

"我自有办法。"李萼见陈伯眉头更紧了，只能道，"此处是到清河郡的必经之路，我只是远远看到这里有人，于是过来查探，并不知是你们。"

"所以你不是在跟踪我们？"陈伯问道。

"陈伯！"颜季明有些不好意思，抬高了声音，又有些抱歉地看向李萼，解释道，"对不住，李萼兄，毕竟我们方才……"

"无妨，谨慎点是对的。"李萼反倒露出一丝笑容，"老人家暂且放心，我若要害你们，绝不至于如此麻烦。"说着，他抬了抬手中的缰绳。

"唉，也对。"陈伯觉得李萼言之有理，不再质疑，面上便显出些尴尬来。他捂了捂自己的腰，忽然道，"少爷，那个……老夫告诉你一个秘密。"

"什么？"

"其实，我在柴房的地下埋了私房钱，要是我死了，你就拿去花了吧……哒哒……哎哟……"

颜季明哭笑不得："陈伯，别这么说了，你不会有事的。我们这不是正要去给你疗伤吗？"

话虽如此，可他举目四望，却连村庄的影子都看不到，只能问："李萼兄，还要走多久才能到你们的村子？"

"还有些路。"李萼看了一眼陈伯，见小老头痛苦地捂着腰，扭头对颜季明道，"但还不至于远到需要你去挖私房钱。"

"哎哟——"陈伯略觉尴尬，大声呻吟起来。

"对了李萼兄，"颜季明哭笑不得，只能帮陈伯转移话题，"清河郡如今怎么样了？"

李萼沉默了一下："城门大开。"

虽然没有出乎意料，可颜季明还是神色一黯，下意识地低下头，掩饰自己的失望。

"你们二人是去搬救兵的？"李萼问，"安禄山叛军最先抵达的，不就是你们常山郡吗？"

"是……"想到家乡的父老乡亲，颜季明握紧了拳头，"他们来得突然，我们不及准备，迫于那反贼淫威，不得不放他们过去。如今父亲留在郡中与他们虚与委蛇，令我们二人联系河北各郡，集结所有力量，阻止他们南下。"说罢，苦笑一声，"只是如今看来，是我们异想天开了。"

"没关系。"

"什么？"

李萼还当他没听清，又说了一遍："没关系的。"

"怎么会没关系呢？"颜季明苦涩道，"没有人帮我们了。"

"有的，"李萼望向远处，平静道，"一定有。"

颜季明勉强地笑了笑："像李萼兄这样的人，能有多少呢？"

"你行的是正义之事，是世间所有良善之人所期盼之事，只要我们坚持下去，定能找到同道之人，关键是，你不要放弃。"

李萼的笃定让颜季明有些诧异，转而露出了一丝笑意，点头道："对，得道多助，我不会放弃的！"

"快到了，"三人走了许久，李萼忽然停下脚步，指了指前面的一片山壁，绿树掩映中，竟然藏着一个一人多高的洞穴，"穿过这个洞穴便是。"

"洞穴？"颜季明惊讶地看着李萼。李萼拨开遮挡的树木，

## 十八 乱世重逢

拉着马匹径直走进了洞穴。颜季明连忙拉着马追上去,大叫道:"李萼兄,等一下!我跟不上你的脚力……"

"嘻嘻!"一阵轻笑声突然从头顶传来。

颜季明一愣,抬头看去,却是两个小童正乐呵呵地看着他,一个头扎双髻,袖着双手蹲在树上面无表情,还有一个则短衣短衫,头顶一簇毛发,倒挂在树上,乐呵呵地看着他,张口唱道:

"燕燕飞上天,天上女儿铺白毡,毡上有千钱。……"

小童唱了两遍,才意犹未尽地停下,见颜季明一直在树下看着他们,笑嘻嘻道:"你是李萼哥哥的朋友吗?"

"啊,我?"颜季明跟陈伯编谎话可以,但对着小孩纯真的大眼,却又不敢放豪言了,只是迟疑道,"应该算吧。"

"啊哈,李萼哥哥居然有朋友!"

"朋友还来做客了!"

两个小童叫着,跃下树,冲他招了招手:"那还等什么,快过来吧!"

两人声音未落,身影却已经消失在洞中,可见脚程之快。颜季明无法,只能牵着马硬着头皮追了进去。就见洞穴里树根盘绕,两个小童在昏暗的光中像两只猴子一样上蹿下跳,还比试了起来。

"快去禀告师父,李萼哥哥带客人来了!"

"我们谁先到谁告诉师父!"

"怎么这都要比!"

颜季明顺着小童的声音在黑暗中一路追赶,终于看到前方出现了洞穴另一头的光,他紧张的心情立马松弛了下来,拉着马快步跑向出口。刚出洞口,只觉得眼前豁然开朗,待看清楚眼前的场景时,他愣住了。

洞口位于崖上，此时他居高临下，正好能看到眼前山谷中成片的农田、错落的房子，还有袅袅升起的炊烟……这已经是他许久没有见过的场景了。

"就是这儿了。"李蓴在洞口等他，待他看完了村子的全貌，才平淡地介绍道。

颜季明震撼莫名："想不到，这儿还有一个这么像世外桃源的地方。哦不，这就是世外桃源吧！"

李蓴不置可否，转身道："先带老人家去疗伤吧。"

颜季明回过神，连忙应和，想到自己此行的目的，忧心道："李蓴兄，我和陈伯正在被追杀，若是让外头的人发现了这里……"

"我知道，不用担心，"李蓴在前头走着，闻言回头道，"先随我来，见见墨家村的主人。"

## 十 九

## 剑圣裴旻

李蓴带着颜季明进入静室时,裴老已经等候多时。

静室空旷,除了对门墙上一个古体的"墨"字,和案上正中央供奉着的一把宝剑,以及两盏灯外,再无他物。

裴老正背对着他们,跪坐在宝剑前,静静冥思。

气氛宁静却不祥和,裴老身上散发的威压之气让颜季明甫一进去就神色一敛,跟着李蓴恭敬地坐在了客座上。

裴老两边的两个小童此时也格外肃穆,皆不发一声地垂眸站着,要不是精精儿得空朝李蓴挤了挤眼,颜季明都要以为他换了个人。

"来了。"裴老待他们坐定,转过身来,平静地看向颜季明,"颜家小子。"

"见过……嗯……"颜季明抬手欲拜,张口却语塞,"墨家村……主人。"

"老夫不是什么主人,"裴老看似苍老,话语却格外有力,"我姓裴,名旻,你叫我裴老便可。"

"裴……旻？裴旻！"颜季明大惊，"您就是剑圣裴旻？裴老……将军！"

他这个反应，李萼感同身受。裴旻的大名，行伍出身的人无人不晓。他以一身高超的剑术名闻天下，被授予将军之位，生涯鲜有败仗，曾经官至左金吾卫大将军，是名副其实的传奇人物。

谁都不会想到，这个当年叱咤风云的人，如今会隐居在此，而且已苍老如斯。

颜季明很是激动："裴老告老还乡后，家父听说您是河东郡人，曾有意前往拜访，奈何打听故旧，皆不知裴老去处，很是引以为憾，却不承想让小子在此处得见，真是三生有幸！"

说罢，颜季明忽然深吸一口气，正色拜倒，重新行礼道："常山太守颜杲卿之子颜季明，拜见裴旻大人！"

他这礼行得如此郑重，倒让一贯不拘礼数的李萼有些惭愧，他悄悄地挺直了背。

裴旻坦然受了这一礼，抬手让颜季明起来，感慨道："颜家高义，才俊辈出，我一个隐居山林的孤老头子，配不上颜公这般挂念。"

"裴老过谦了，裴老乃当世人杰，若有裴老振臂一呼，定会有无数英雄豪杰效死追随！"

"不，值得追随的，应当是你们颜家人。"裴老道，"听闻安禄山起兵时，我就在担心颜家人的处境，如今看到颜公子，便知道颜家，果然还是那个颜家。"

"裴老虽然这么说，可如今，我身为颜家子弟，跑遍河北二十四郡，却依然……"颜季明神色黯然。

"颜公子可否与我细说一下，如今外头形势究竟如何？"裴旻道。

颜季明深吸一口气,将他所知道的情况细细说了一遍,说到父亲颜杲卿的嘱咐时,想到自己如今一事无成,几度哽咽,眼眶通红:"……如今,我已束手无策,只怕回去后,只能与常山郡的父老共存亡了。"

李萼虽然早就发现了颜季明和陈伯在河北的行动,但是更具体的信息却并不清楚,如今听颜季明说着自己这段时间的经历,想到他之前还是一个会捡花送给城外小孩的少年,现在却背负着这样的重担,忍不住皱紧了眉头,双拳紧握。

裴旻听完,沉默了许久,长叹一声,道:"颜公子,你可知道,你要面对的是什么?"

颜季明神色肃然,他以为他知道答案,但潜意识里他明白,裴旻想让他知道的,是他尚不知道的事。他认真地看向裴旻。

裴旻看了看自己满是老茧的手,低声道:"范阳,那是我守了一辈子的地方……"

这是一个未曾想到的开场白,连李萼都不曾听过。两个年轻人顿时屏气凝神,认真地听了起来。

"多年之前,我任职于幽州都督府,抵御奚人和契丹人,从未打过败仗……没有战事的时候,便是打理琐碎的日常杂务,巡逻边境,核查人口,调解戍卒之间的纠纷……牧民的牛羊被偷,也要我们去追查……都是些苦差事,但反而不是小事。因为在那个地方,偷牛羊是死罪,因为牛羊是牧民的命根子。

"一日,有村民报官说,村里的羊被偷了。我照常派两个戍卒去调查此事。可是一夜过去了,派去的戍卒却没有归来,也没有任何音讯。于是我立刻动身前往案发地,却发现了怪事……"

裴旻的表情阴沉了下来,显然是想起了极为不好的往事。

他冷声道:"村子里的人,都消失了。"

李萼和颜季明愕然，对视了一眼，神色肃穆。

"我搜遍整个村子，房屋是空的，不只是人，所有牲畜都不见了，只有杂乱的踪迹。那时候，我也曾听说过这种事，就是整个村子的人一夜之间全部神秘消失。有人说是猛虎所为，但我从来不信。这一次，十几户人家的人和家畜全部消失，如果被猛兽袭击，必然会是一片狼藉，但这一次不是。

"我下定决心要追查清楚村民的下落，于是只身一人顺着踪迹往前走，一路走入密林，直到踪迹变成了血迹。我看到了我从未见过的诡异光景……

"十几头牛羊，被悬挂在树上，树下，无数牛羊的头骨被炙烤着；头骨堆的上面，架着一口铁锅，锅里沸腾着黑红的汁水……这分明是一种我从未听过的祭祀，有人在用村民的牛羊，搞这种邪门仪式。

"就在我上前去准备细看那口锅时，我的四周突然出现了一群人，他们身穿黑袍，面覆鬼甲，手持武器……"

"他们是什么人？"李萼问道。

裴旻的面色沉重："不知道。从兵器和装束上来看，他们既非边民，也非番人，或许来自远方的西域。"

李萼皱了皱眉，面露沉思之色。

"我当时唯一可以肯定的是，他们就是凶手。"

"然后呢，他们怎么样了？"李萼既然插了嘴，颜季明也忍不住了，迫不及待问道。

"他们率先对我群起而攻之。我既然心念已定，自然不会对他们有丝毫怜悯，更没有任何顾忌……一共三十一人，全部就地处决。"

颜季明长舒一口气，露出一丝快意来。

"不过,事情却没有如往常般有了结后的畅快感。"裴旻神色更沉,似乎接下来要说的才是重点,"我感觉到,在那密林深处,有一双眼睛一直窥视着我,从一开始他就在那里,散发着一股腥臭味。

"我毫不犹豫地追了过去,果然看到一个庞大的身影隐藏在山雾之中,那双泛着绿光的双眼一闪而过。我张弓便射,却没想到那身影虽然庞大,却异常矫健,躲过了我的一击,转身便消失在密林深处。我继续追了许久,可恨山雾弥漫,终究还是追丢了。"

说到此处,裴旻还是难抑懊恼,微微地握紧了拳头:"第二日,我率领营帐的人马搜索了整座山,但我发现,凶手的尸体都消失了,包括所有相关的痕迹。一天前我看到的一切、我杀的人,仿佛从未出现过。而那群神秘人的身份,自然再也无从查证。"

"唉。"颜季明也忍不住遗憾地叹息了一声。

"但是,多年以后,我又看到了他。"

虽然已经猜到裴旻所说之人极有可能是安禄山,但是两人万万没想到他们竟然还会有交集,神色皆一变。

"那是在我告老还乡的饯行宴上,幽州各营帐的兵将都前来祝酒,我突然闻到了那股久违的腥臭味。"裴旻的语调紧绷起来,"那腥臭味在那一次事件后时常闯入我的脑海,令我久久不能释怀。当我再次闻到这个味道,我确信,那个人,就在这里,在我的饯行宴上。

"我顺着腥臭味一路寻去,果真看到了一个与记忆中极为相似的壮硕的身形。我并不认识他,便询问了身边人,才知那是幽州节度使麾下一个新来的捉生将,他精通好几种番语,性情豪爽，长袖善舞。我见到他时，他正与其他人谈笑风生，看起来左右逢源，人缘极好。

"可尽管他已经非常巧妙地隐藏了本性，我却知道，那个藏在密林之中，注视我的庞大身影，就是他。他就是迷案的罪魁祸首，那双藏在黑暗中的绿眼睛的主人……安禄山！"

话到此处，裴旻究竟想表达什么，已经不言而喻。

李萼和颜季明皆如琴弦一般，随着他的讲述，寸寸绷紧，直至面色都凝结成霜。

"他是个残忍至极的怪物。"裴旻沉静的话语中难掩担忧，"安禄山一旦渡过黄河，天下必将生灵涂炭。"

"可是，河北二十四郡已经全部陷落，我们，已经没有人能阻止得了他了。"颜季明听得心急如焚。

"是啊，但凡有那么一个郡愿意协力一搏，至少能够拖延一点时间，让其他地方做好守备，训练义兵。"裴旻垂眸叹息，"只可惜现在……"

"我们常山郡还在！"颜季明俯身叩首，恳求道，"现在只需要更多人手。还请裴公出手相救！"

裴旻沉吟不语，面上露出一丝无奈。

颜季明低着头，努力不让人看到他逐渐酸涩的表情。

李萼看着他强忍着颤抖的背影，低头看向自己断指的左手。他早已习惯了左手无名指处的缺损，可此时却感到指根处隐隐作痛。他握了握拳，再张开手，如此反复了数次，仿佛终于厘清了心底涌动的情绪，露出一丝释然的笑，抬头道："我跟你去。"

颜季明背影一顿，扭头望向他，通红的眼眶中还带着一丝迷茫，似乎还没反应过来。

裴旻则一脸了然，暗自叹息了一声。

"墨家村都是裴公收留的妇孺和伤残兵，其余就是一些以制墨为生的工匠，帮不上什么忙。"李萼缓缓起身，戴起兜帽，"颜公子，如若不弃，我随你一道去常山。"

"李萼兄愿意助我，自然是最好不过……"颜季明一脸忧虑，"可是李萼兄走了，墨家村的人怎么办？"

"这就无须颜公子担心了，"裴旻开口，"老朽虽然已经不能行军打仗，但守守这小小村子，还是绰绰有余的。"

颜季明还是一脸忧虑。

"有大家，才有小家。"李萼道，"我们要铲除奸恶，守住河北，这墨家村，自然也就安全了。"

话说到这分上，颜季明终于彻底释怀，他抹了把眼睛，挤出一丝笑，点头道："嗯！"

## 二 十
## 黄河巫祸

事不宜迟，李萼和颜季明二人决定第二天就启程。

有空空儿和精精儿在，河北二十四郡的消息已经传遍了墨家村。二十四郡是其中绝大多数村民的故土，然而正如李萼所说，他们基本都没有战斗的能力，只能在第二天天一蒙蒙亮，就到村口为他们壮行。村民们一个个脸上写着担忧和义愤，给他们塞着连夜筹备的干粮。

陈伯伤重，不宜行动，便留在墨家村养伤，他被精精儿和空空儿一边一个架着，在村口千叮万嘱。

"少爷，你千万小心！"

"少爷，你一定要等老奴回去！"

"少爷，切不可逞强！"

"……"

"知道了陈伯，你安心养伤，我在常山等你！"颜季明眉间的忧愁并未散去，只能强笑着应了所有的叮嘱，跟着收拾好行囊的李萼上了马。

陈伯转而望向李荨，恳切道："李少侠，你是有本事的人，还请你千万照看好我家少爷，他，他……"

"我知道，他不是习武的料。"李荨倒是很冷静，还有心情调侃这个，"我说过，颜公子有恩于我，我会照看好他的。"

颜季明的那点不安都被李荨的调侃气没了，叫起来："怎么又提这个！我有好好锻炼，虽然不能与你们相比，但是自保还是可以的！"

"唉，少爷，刚才老奴说什么来着，你怎么转头就忘了？"陈伯叹气，"不要逞强！"

"哎呀，我走了！"颜季明若不是骑在马上，怕是要气得跳脚。他最后看了一眼村民，打马率先疾驰而去。

李荨笑着摇摇头，他望向人群中央的裴旻，忽然抱拳深深地行了一礼，神色颇为恭敬。

裴旻会意，遥遥点了下头，摆摆手示意了一下，于是李荨转身上马，朝着颜季明的方向追了过去。

"少爷！"陈伯眼见自己看着长大的孩子肩负着重任消失在夜色中，忍不住老泪纵横。

"陈伯，您放心，有李大哥在，不会有事的！"精精儿倒是全场少数神色振奋的人，连忙安慰陈伯。

"李大哥很厉害的。"空空儿也附和了一声。

"唉，那可是打仗，打仗！"陈伯不知该如何解释给两个小娃娃听，只能点头，"也是，我先养好伤，才能派得上用场。"

他这般嘟囔着，小心地转身，踮着脚往回走。精精儿和空空儿扶着陈伯，不约而同地回头，望向他们的师父。

裴旻与其他人一道目送着李荨和颜季明消失不见，回头看了两个孩子一眼，转身回到静室，思忖良久，突然点灯提笔，一连写了好几封信。等到精精儿悄无声息地来到他身边时，天光已经大亮了。冬日清冷的阳光照在窗前的案几上，显得墙上那大大的"墨"字格外黑白分明。

"这些信，依着之前的规矩，全部送出去。"

"全部？"精精儿不是没做过这事，但往日师父都是偶尔寄一封，这次居然突然要寄这么多，"师父，信鸽怕是不够用。"

"还要我教你想办法吗？"裴旻语带严厉，"叫空空儿来！"

"哎呀，空空儿在照顾陈伯呢。我寄，我寄就是了！"精精儿最爱逞强，闻言一蹦三尺高，拿着信就往外跑去。

裴旻看着小徒弟离开，抬头盯着头顶的"墨"字，沉凝的面色中竟然出现一丝彷徨。

"该是时候了吧……"


"将军，今夜怕是过不了黄河了。"

黄河北岸，裴旻最不希望安禄山出现的地方，安禄山正领着大军，遥遥眺望着南岸的夜色。

夜风凛冽，每一次呼啸都仿佛席卷着冰碴，击打在北岸每一个人身上。大军森然林立，静静地站在安禄山身后，严阵以待。

严庄见安禄山没反应，躬身道："属下已经带人搜罗了附近所有的船只，但远远不够数量。而且……"他沉吟了一下，"今夜有暴风雪，明日定是严寒，这两日，怕是不利于过河了。"

他一边说，一边观察安禄山的神色，却发现他的神色异常平静。安禄山越平静，严庄的心里就越忐忑。

这不是个好消息，安禄山当然知道，然而正因为如此，依照他的性子，此时绝不会如此淡然。自诩了解安禄山的严庄，竟然也有些摸不清这个男人心里在想些什么。

## 二十 黄河巫祸

天时地利都不占,此乃兵家大忌,即便是严庄,此时心里也有些着急了起来。现在大军士气还算旺盛,可是在黄河边等得越久,士气便越容易转衰,到时候万一河北二十四郡出什么变故拖住了他们,给了南岸准备的时间,那他们将会陷入腹背受敌的泥沼。

然而严庄可不是如此容易气馁的人,他已经飞快地思考起应如何稳住大军的士气。是不是应该掉转马头,先彻底稳固在二十四郡的势力,以大军坐镇黄河以北,再招兵买马,囤积粮草,与南岸成对峙之势,以图长久之战?

"怕是唯有如此了……"

"将军……"他刚开口,却听安禄山突然道:"既然乘不了船,那就全部砸碎吧!"

"什么?"严庄一脸惊愕。他不顾忌讳,仔细看向安禄山的脸,想确认他有没有疯。

可安禄山的神色还是如方才一般平静,定定地望着黄河,再次道:"砸碎所有船,将破船、草木,一同沉入河中,阻断河流,之后便听天由命了……"

"阻断……"严庄若有所悟,也望向黄河。冬天的黄河看似宽如天堑,水流滚滚,实则已经极浅,且漂浮着很多大片的薄冰。他微微探手,感受了一下冰凉的北风,微微皱了皱眉。

安禄山却没有那么多的犹豫,他做了决定后,感觉更加轻松了,抬头看着沉沉的夜色,平静道:"我是巫女的儿子,我,相信天意。"

说罢,他略微思索了一下,突然一抬手,下令:"巫师何在?给我在此设坛!"

"设坛?"严庄和他身后的其他亲信都愣了一下,纷纷望向他。此时此地，此情此景，设坛未免有些不知所谓了。

安禄山却不为他们的目光所动，坚定地说道："如今大军已挥剑南望，正是我们设坛祭天之时。来人！点燃圣火，我要告慰天神，请它降下恩泽，护佑我们的勇士！"

随着巫师手里的第一声铃音撕破夜的沉寂，火光熊熊燃了起来。

"我们赞美，战士们强大而纯洁的灵体……"

沉沉的祝祷声缓缓响起，向着四面八方扩散而去，形成一团仿佛比黑夜更深沉的阴云，笼罩在全军乃至黄河的上空，并逐渐在整个天地间蔓延。

"他们为圣火照耀的江河指明前程，自开天辟地以来的江河之水，长期停滞，迄今还未曾流动，而现在，为取悦神主和大女神，正沿着勇士开辟的道路，流向众灵体选中的地方，流向预定的土地……"

安禄山紧盯着面前的火盆，他能感受到熊熊的烈火炙烤着他的脸，像是之前每一次祭天那样，宛如天神炙热的手抚摸着他的脸颊，那热度带着残酷的警醒，可是在苦寒之地却又有着极致的温柔。

他贪恋这样的温度，这让他心里平静，却又不至于麻木。

"我们赞美，战士们强大而纯洁的灵体……"他跟着巫师一起吟唱了起来，"他们草木茂盛，鲜花怒放，自开天辟地以来的各类植物，长期埋在地下，还未发芽生长……"

他的声音逐渐盖过了巫师，乘着呼啸的北风，在十万余大军的头顶滚滚而过："而现在，为取悦神主和天神，在月光照耀的大地上，在众灵体选中的地方，它们将按约定的时间……破土而出！"

## 二十 黄河巫祸

一阵狂风忽然呼啸而来，吹得旌旗猎猎作响。狂风裹挟着冰点一样的雪花，打在每个人脸上。所有人都岿然不动，紧紧盯着河边高台上，安禄山身前的火盆。

祭坛中的火苗在越来越大的暴风雪中，竟然诡异地泛起了青色的光，不弱反强。火焰在狂风中疯狂地舞动着，与猎猎的旗帜声，还有天地间的呼啸声，相互应和，在十几万士兵的凝视下，竟然真有点冥冥之中有谁在传达天意的感觉。

安禄山仰头作势感受了一下寒冷的狂风，忽然睁开眼，往旁边探了探手，一个全身被毛皮裹住的巫师立刻递上了一个羊的头骨。安禄山双手捧着头骨，缓缓举过头顶，再次吟诵起来："我们赞美，光明与誓约之神，他拥有辽阔的原野，他熟谙真诚的语言。他守护着向毁约者、伪善者和心怀叵测者发动进攻的勇士们的道路！

"啊！请聆听我们的祷祝，请品尝我们奉献的供品，请莅临这样的祭礼，而后，万物终将苏醒……"

安禄山一遍遍地吟诵着，任暗色笼罩，任暴雪击打，任狂风呼号，仿佛感受不到任何冰寒和痛苦，竟似真的要与天神对话到天明。而十万大军也静静地等着，无人发出一丝声响，带着崇敬和坚定，笔直地站着，彻夜守候着高处那团圣火。

"……万物终将苏醒，于是，伟大的土地，终将浴火重生！"

"将军，河面结冰了！"安禄山的身后，忽然传来严庄惊喜的叫声。他隐约明白了安禄山的意图，一直守在河边试探着，此时喜出望外，"很厚，足够过军马！"

安禄山不动声色，他微微抬手，身后的将领立刻会意，纷纷下去整顿自己的队伍，整备物资。

在如苏醒的猛兽一般跃跃欲试的十几万大军前，安禄山抬起手,指向黄河,指向黄河以南,最后一次抬高声音,朗声道:"神主和天神在上!道路已经显现!我名禄山,意为战神,亦为光明!我将以战神之名,令天下重获光明!"

话音刚落,东方的山坳间霍然出现一道金光,那是日出的第一道光束,它以比寒夜的狂风更猛烈的摧枯拉朽之势席卷了整个天际,普照在黄河的冰面上,当真如一条为踏上冰面的军队铺设出的光明之路。

被一夜的暴风雪刮掉大半的士气转瞬就悉数回归了,甚至更胜从前。十几万大军宛如一条黑色的巨蟒,向着南面行去。

前面,就是洛阳了。

二 一

# 长安急报

"急报!"

一个撕心裂肺的声音响彻大明宫外,八百里加急的军马跑得口吐白沫,守门的羽林卫忙不迭地打开城门,眼看着信使疾驰而入,正想习惯性地抱怨两声,却被信使背上的一片箭羽惊出一身冷汗!

他这是刚从战场上下来!

虽然天寒地冻下,信使伤口流出的血液已经凝结,但依然挡不住他冲入朝堂,跪伏在众君臣面前时,如阴云般弥漫整个宫廷的浓郁的血腥味。人心顿时惶惶不安。

而信使的话,更是如一盆冰水,直直地浇在所有人头上。

"启禀皇上!安禄山聚集二十万铁骑起兵造反……"信使浑身血污,全身颤抖,眼见着已经如强弩之末,却依然声嘶力竭道,"太原副留守被安禄山擒杀!河北二十四郡望风而降!叛军正在渡越黄河!东都洛阳危在旦夕……"

朝堂上,鸦雀无声。

所有人的表情都是复杂的，带着震惊、茫然和恐惧。

洛阳危在旦夕？

神都危在旦夕？

自隋以来，朝廷一直在长安和洛阳之间反复迁移，尤其是武周时期，在则天大帝的治理下，洛阳这个城市的风头之盛，远远超过长安。人才济济，皆望洛阳；商队连绵，皆向洛阳。

即使现在长安才是大唐的首都，但人们依然习惯称洛阳为东都，可见其在人们内心的分量之重。可以毫不夸张地说，长安和洛阳，就是如今泱泱大唐皇冠上两颗最大的明珠！

而如今，其中一颗明珠要掉了？这与沦陷半壁江山又有何异！

而且，始作俑者还是天子如此信任的三镇节度使安禄山！

所有人都屏气凝神，小心翼翼地望了一眼最高处，却都如看到了什么恐怖之物一般立刻垂头。

天子缓缓地站了起来。

李隆基执政至今四十余载，励精图治，开创了太平盛世，甚至完成了泰山封禅这种先祖都未曾做到的成就。即使如今已经进入垂垂暮年，但他的帝王之气却是厚积薄发，如今惊怒之下，威严尽释，当真如泰山一般，压得堂下众臣喘不过气来。就连天子被年岁压得有些伛偻的身躯，此时也显得高大无比，仿佛挡住了整个朝堂的光亮。

他久溺声色的脸因为暴怒而显得愈发狰狞，须发皆白，无风自动，当真如下一刻就要飞将出去挥爪断喉的龙一般。他日渐浑浊的双眼如今布满了血丝，阴沉地瞪着堂下，双唇紧抿，不清楚他在想什么，也无人敢抬头去看他。

朝堂上，除了信使压抑不住的痛苦呻吟和喘息，一片死寂。

李隆基显然是在等有人站出来说些什么，可此情此景，谁也不敢出这个头。有人有些不怀好意地看向最前面的杨国忠，这个宰相素来爱掐尖出头，这不就是他最好的机会吗？

　　在某些人幸灾乐祸的眼神中，杨国忠竟然真的缓缓抬起腿，向着李隆基走去。

　　李隆基没有反应，只是静静地等着杨国忠靠近他，像是一头等待着猎物靠近的猛兽。

　　"皇上……"杨国忠走到李隆基面前，弯下腰。

　　李隆基森然道："你是想说，你早就提醒过朕吗？"

　　"臣不敢，臣只是懊悔，没有用皇上在意的正道来获取消息，错失了良机。"杨国忠不紧不慢地答，"皇上，臣以为，当务之急，还是先有个应对之策为好。"

　　"你说说。"李隆基并没有看他，他的眼神巡视着朝中武官的行列，却失望地发现几乎没有堪用之人。

　　"皇上，臣以为，除了发兵平叛外，还有一个人，足可以扼住安禄山的咽喉。"

　　"谁？"

　　杨国忠往前靠了靠，凑近李隆基，在他耳边悄声言语了两句。

　　李隆基眉头一皱，转而又舒展开，眼中溢上一丝残酷之色，冷声道："你酌情去办。"

　　"是，皇上！"

　　安禄山造反的消息来得突然，自然不是一次朝会就能定下对策的。被紧急召入宫中的军机要臣个个愁眉紧锁，和皇子、将军们都等在御书房外。

　　御书房门开了，高力士走了出来。大家本以为是要宣众人入内,却见他反手关上了门,一脸沉重地守在了门口。

太子李亨一直站在最前面,他身形高大,面容俊雅,颇有李隆基中年时的风范,却又多了一丝刚正之气。此时他看了一眼众人,示意高力士随自己往边上走几步。待到边上角落处,李亨转身冲高力士一拱手,低声道:"二兄,父皇可还好?"

高力士受皇上宠幸的程度,其实远超朝中其他大臣的想象,皇上亲近之人当然深有体会,一个个都对他恭敬有加,"二兄"这个称呼,便是李亨私底下对高力士的敬称。

高力士却也从中明白了李亨的惶惑,低头微微叹了口气:"被信任之人如此背叛,皇上心里定不会好受。一会儿见到皇上,殿下还是专注正事为好。"

这是他在暗中提点李亨,虽然一会儿是进去商讨如何对付安禄山,但是说话要讲究艺术,重点在于如何平叛,尽量不要提及安禄山这个名字。

李亨领会了,看了看紧闭的御书房,咬牙道:"那厮当真猪狗不如,他要什么父皇便给什么,三镇都给了,郡王也封了,荣义也嫁给他儿子了,还想如何?如今竟然还造起反来!"

高力士听着,看似不动声色,实则内心亦如烈火炙烤,毕竟安禄山要造反一事,他是早就预料到的,然而身在宫廷之中,皇帝又无心政事,即便帮杨国忠在华清池奏报了此事,也无法让皇帝相信。如今事态发展至此,他比周围人更加不好受:"太子息怒,乱臣本就是恩将仇报之辈,如今……"他顿了顿,打量了一圈四周,低声道,"外敌为重不假,内患还需谨防。"

李亨闻言,也在四周打量了一圈,发现群臣中没有杨国忠,自然明白了高力士的意思。他冷哼一声,点了点头:"我晓得了,多谢二兄。"

"唉,待过得此难关,还需太子好生辅佐皇上,助其重整朝纲。"

高力士这话似乎意有所指,李亨心里一动,却不再多言。他身为太子,皇帝垂暮,已到了异常谨慎敏感之时,他本以为高力士对皇上忠心耿耿,难免会帮着皇上防着自己,甚至会与靠裙带关系得势的杨国忠结成同盟,可如今看来,事实似乎并非完全如此。

就在此时,杨国忠姗姗来迟,看起来竟然颇为从容,与周围人的焦急、惶恐格格不入。

他一到,本来在窃窃私语的诸位大臣都停了下来,或是与他遥遥行礼,或是视若无睹。可见朝中派别泾渭分明。

高力士越众上前,冲着御书房门里禀报道:"皇上,人都到了。"

"进来吧……"

李隆基的声音听起来疲惫而沙哑,一如众人鱼贯进去时看到的他的神色一般。所有人行跪拜礼后,皆垂首噤口不言。

"高仙芝来不及赶回,朕已决意封他为这次平叛的副将,如今朕想听听众卿的意见,若安禄山当真渡过黄河,该作何应对?"李隆基不愿意让众人看见他形容憔悴,背过身去,看着墙上的地图说道。

他的语气中隐藏着深沉的愤恨,听得在场众人大气都不敢出,但是皇上的话已经问出来了,自然还是要有回应的。

"皇上,臣……"果然又是杨国忠最先开口,谁知却被李隆基打断:"国忠,你的事,一会儿再说。朕现在要知道,如何才能让那个人的项上人头,尽快摆在朕的面前!"

杨国忠神色尴尬。且不管皇上这话有几层意思,但在他听来，分明是不认可他的军事能力。他自知自己几次南征失利，死了好几万人，已经引得朝堂乃至皇上的不满，但从未有人敢当面提及，皇上也看在贵妃的面上对他安抚有加，而如今安禄山一造反，皇上便不再给他颜面了。

杨国忠低着头阴着脸不再作声。此时李亨硬着头皮开口了："父皇，安……那人统领三镇，辖下兵马十万有余，几乎是如今全国三分之一的兵力，如今陡然南下，寻常守军定难抵挡。当务之急，还是火速传讯河南，令他们整备乡民兵丁，死守城阙，为我们调集四方兵力争取时间，方可与其对抗。"

"对抗？"李隆基冷声道，"朕派兵平叛，居然要用上对抗这种话吗？"

李亨低头："儿臣知罪，只是如今兵力悬殊，儿臣以为还需正视当下北方兵力不足的事实，酌情应对。"

"哼！"李隆基并未失去理智，自然知道儿子说的是对的，可是要他此刻承认却万分困难。他衣袖一拂，一声长叹，"这才几日便悉数沦陷，河北二十四郡，难道就无一义士吗？"

李亨深吸一口气，往旁边一瞥，恰好看到杨国忠脸上一闪而过的冷笑，像是等着看自己与父皇起龃龉。李亨神色一沉，飞快地看了一眼身后。

"皇上，臣有一想法，不知当不当讲。"李亨身后，一个武将会意，站了出来。

"讲。"李隆基头也没回。

"臣查了军报，虽然安禄山起兵这些日子，河北二十四郡日日升起平安火，但不管是迫于反贼淫威，还是已经举城抵抗，定还有为数不少的守军留在河北。臣以为，是不是可以派信使渡河北上，查探二十四郡的动静，联络各郡太守，恩威并施，令他们起兵拖住反贼,若是能拖到与援军一道前后夹击,则最好,若不能,为南岸拖延些调兵遣将的时间,也是好的。"

"如此一来,北岸的百姓便不管了吗?"那武将刚说完,一旁便有人开口驳斥,"河北二十四郡的兵力本就在安禄山麾下,你要那儿的百姓拿什么去拖住安禄山?"

"覆巢之下焉有完卵!若是让那等乱臣贼子掌控朝政,莫说河北,这大好河山都会生灵涂炭!北方素来百战之地,民风剽悍,还有张家、颜家这等忠义大族镇守,大义当前,为百姓计,为天下计,只要朝廷遣人传信,定会一呼百应,待贼子伏诛,他们立下的便是不世之功,朝廷自然不会亏待他们。"

"天下承平已久,民风再剽悍,也是多年不曾受兵戎之扰,若贸然行事,别说天下,河北就已经先生灵涂炭了!"那人毫不退让,"况且,河北二十四郡这般配合,说不定正是因为安禄山打的旗号是'清君侧'!"

这话一出,矛头便直指杨国忠了。

原来这竟是一场一唱一和的双簧表演。

杨国忠绝想不到在他已经权倾朝野的情况下,竟然还有人敢在皇上面前如此针对自己,神色顿时阴狠了起来,回头盯着刚才说话之人,冷笑道:"看来,你是很想与安禄山一道成一番大业啊。"

安禄山起兵的口号早已传遍朝野,杨国忠在朝中树敌无数,暗中拍手称快的人自然不少,但敢当面说出来的却只有这一人。他被杨国忠毒蛇一样的眼神盯了半晌,不甘地低下了头,大声道:"启禀皇上,微臣不敢,只是安禄山这出师之名……"

"行了,此时说这些有何用?要说清君侧,你们都在朕的身侧。"李隆基还是背对着群臣,声音愈发疲惫,并带着一丝厌烦,

"太子，他们说的，你去督办。"

"是，儿臣领命！"

"征讨事宜，待高仙芝到了，再和兵部商量。下去吧，朕，累了……"李隆基扶着桌子走了两步，高力士见状，立刻上来，搀扶着李隆基在众人的恭送声中离开了御书房。

主仆二人走出没多久，李隆基看着高力士搀扶着自己的手，突然道："力士啊，你还记不记得黄瓜？"

高力士一怔，他陪伴李隆基多年，自然知道李隆基所问何事，当即点头："记得，那个供奉侏儒，是个机灵小子。"

"他给朕当拐棍，当了不少年吧……"

高力士细细揣摩着李隆基此话的意思，一边附和道："是，他个子矮，给皇上用甚是称手。只可惜，他恃宠而骄，不敬大臣，枉送了性命。"

"前阵子，朕还想起他来着。"李隆基语气平淡，带着一丝凉薄。

高力士愈发摸不着头脑，只能低头："皇上是念旧的人。"

"岂是念旧，"李隆基冷哼一声，"那日花魁盛宴，朕看到安禄山搀着的那个叫李猪儿的小子，恍惚间，还道是看到了黄瓜呢。"

高力士醍醐灌顶，这才明白李隆基的意思，他紧皱眉头，也沉下声："原来那厮早有狼子野心，居然敢如此明目张胆地模仿皇上，只恨老奴愚钝，没有察觉出来！"

"察觉出来又如何？"李隆基自嘲道，"该来的，还是要来。朕只能怪自己，识人不明，引狼入室了。"

## 二二
## 何处平安

"嗷呜！"月下狼嚎四起，在群山中回荡不息。

颜季明捧着一壶水，听到狼叫，忍不住瑟缩起来，见正在篝火边烘烤干饼的李萼不动如山，于是又小心翼翼地挺了挺腰。

虽然两人已经快马加鞭，但是河北地广山多，再加上暗处可能还有杀手窥伺，是以到常山少说还需四五日行程。颜季明直到上了路，才意识到自己和李萼其实并不熟，之前路上有看着自己长大的陈伯照顾着，他还能心安理得地享受，而如今一应事项都交给了李萼处理，李萼还没说什么，他已经有些良心不安了。

"李萼兄，多谢……"煎熬了一天，他终于开了口。

李萼一愣，望向突然向自己道谢的颜季明，有些莫名其妙："何出此言？"

一旦起了头，颜季明就不纠结了，坦然道："一个是前日陈伯那般质疑你，他也是行走过江湖的人，有防人之心，多谢你宽容体谅。"

"我都说了，谨慎点是好事，"李萼觉得好笑，"这都过去多久了,你怎的还挂在心上?"

"还……还有,"颜季明被说得有些不好意思了,连忙道,"我以前还总说自己不是什么贵公子,但如今遇到事了,才知道餐风露宿的滋味,要不是陈伯和李萼兄你在,我怕是已经成了狼群的腹中餐了。"

"哦,这个嘛……"李萼笑了笑,"无妨,纵使真是贵公子,你也不是难伺候的那一种。来,接着!"

颜季明手忙脚乱地接过李萼扔来的热饼子,看看李萼又看看饼子,一时之间有些五味杂陈,最后只能笑着叹口气,一口咬了下去,含混道:"唔……多谢。"

李萼"嗯"了一声权当回应,又拿了块饼子,用削尖的木扦子穿了,继续烤起来。

颜季明看他熟练的手法,有些好奇起来:"李萼兄是清河土生土长的人吗?"

"嗯。"

"你身手那么好,都是跟裴将军学的?"

"不是……"李萼道,"我只跟裴公学了点兵法的皮毛。"

"啊?"颜季明诧异道,"清河还有能教出你这样身手的高人?难道……是家学渊源?"

"家学?"李萼苦笑,"我从小父母双亡,家中赤贫,以务农为生。"

颜季明愣住了,他眼中的李萼器宇轩昂,强大神秘,和他口中的家贫、务农仿佛是两个世界的事,这让他更加好奇了:"那你……"

"后来十八成丁,我便参军了。"李萼抬抬手里的木杆,"这些也是在军队里学的。"

李萼说得风轻云淡，但颜季明却能明白其中有多少辛酸艰难，他不忍再问，只当这便是李萼身手来源的答案，笑道："看来我现在吃的，还是军粮呢。"

颜季明没有继续追问，让李萼免于再次勾起最痛苦的回忆。李萼领了他这份情，声音也温和了不少，调侃道："就你这饼子，也就将军能享受到。"

"啊，那你们平时都吃什么？"

"寻常兵士的饼子里，若不带点飞虫沙石，都会觉得缺了点什么。"

"哇，当真？"

李萼笑着扭过头。

颜季明叹息一声，奋力吃饼，忽然道："对了，李萼兄，你说要教我功夫的事，还作数吗？"

李萼回过头，挑眉："我何时说过？"

颜季明一脸狡黠："那日在马车里，我央求你教我飞檐走壁的功夫。"

李萼歪头一思索，迟疑道："我那时好像说的是'你不是练武的料'？"

"但你没有拒绝啊！"颜季明一拍大腿。

"哈！"李萼笑了一声，摇着头，"跟读书人说话，当真粗心不得。"

"怎么会呢！李萼兄，咱们也算相识一场，以后但凡有我颜季明能帮得上忙的地方，你尽管说便是。"颜季明笑着，还夸张地拍了拍胸脯。

李萼刚想说你这小身板能帮上什么，但转念一想，忽然道："或许还真有。"

"哦？"颜季明来劲了，"你说！"

"你们颜家人，是不是都读过很多书？"

"啊？"颜季明一愣，笑容居然有些僵，"大概是吧。"

"什么叫大概是？"

"该读的书都要读，我也不知道该说自己读得多，还是读得少了。"颜季明有些落寞，"家中人才辈出，同辈中，我算不成器的了。"

"你还小，"李萼没想到能把颜季明的伤心事引出来，只能安慰道。

"小什么，我都成家了。"颜季明却道。

"啊？"这下李萼是真的诧异了，他上下端详颜季明，见他分明还是个少年的样子，居然已经成了家。

但想到人家高门大户，本就不愁聘金彩礼，若是门当户对，成亲早也是常事，便只能压下惊讶，强作淡定地点头："哦，那是不小了。"

"是啊，该活出个男人样了。"颜季明低头嘟哝了一声，转而振作，问李萼，"李萼兄，你问我读书做什么？"

李萼险些忘了自己问话的本意，神色居然有些窘迫。他盯着木扦子上的烤饼道："我方才不是说，我从军前，一直在务农……其实小时候父母还在世时，也曾读过一阵子书，但后来他们不在了，我寄住在亲戚家，便辍学了，是以长这么大了，字还没认全……"

"李萼兄……"颜季明听着，神色逐渐严肃，"谢谢你！"

李萼一愣，不明白自己为什么又被道谢。他望向颜季明，一脸不解："什么？"

颜季明手里攥着饼子，端坐着，恳切地道："你说得没错，家风所致,我们自小刚学说话,就会背书,然而即便如家中父辈那般学富五车,在朝中依然备受打压。我于是学我十三叔去习字,可家训又有言,'真草书迹,微须留意,然而此艺不须过精……',说字写得好了,别人光惦记你的字,忘了你读的书。如今又遇到安禄山兵临城下,我枉读那么多年书,却毫无用武之地……可是,李蕚兄,何其有幸,我遇到了你。"

他抬起头,一脸感动:"你如此身手,还一心向学,原来,我还是有点用处的!"

李蕚很是无奈:"读书之人秀在内心,习武之人秀在外表……颜公子,书多有用,不该是我来告诉你吧?"

"我知道,我当然知道,"颜季明有些惆怅地低下头,"只是经过这一路,一时之间,我有些惶惑了……"

李蕚当然明白他的心思。颜季明出身颜家,接受的是"唯有读书高"的教育,但是这样的人生观,却屡次被安禄山之辈打破,内心会不安、怀疑,实属正常。

他也没什么可表示的,只能又递了个饼子过去,道:"待回了常山,我寻些适合你练的招式教给你。"

颜季明的双眼一下子亮了起来,一脸激动:"当真?"说罢又不安起来,"但……但你们都说,我不是习武的料子,若是真的为难,就……就算了。你放心,识字我是一定要教你的!"

"不为难,"李蕚微笑,"读书的时候,你别嫌我愚笨就好。"

颜季明把头摇成拨浪鼓:"不会的!不会的!那就这么说定了啊?"

"一言为定!"

颜季明如愿以偿,喜不自胜,一边拨着篝火一边道:"哎,对了,李蕚兄,那你之前书读到哪儿了……"

"等等！"李蕚忽然低喝了一声，抬头看了看天，吸了吸鼻子，突然起身，"我去看看！"说罢直接蹿进树林。

"什么？"颜季明反应不及，拿着拨火的树枝站起来，左右张望，什么都没看到。

万籁俱寂，李蕚既然没说让他跟着，也没让他小心，说明附近没有危险。那他跑哪儿去了？他发现了什么？

一声鹰啸远远地划过，在寂静中显得格外凄厉，激得颜季明头皮一麻。他犹豫了一会儿，干脆从火堆里抓起一个火把，朝着李蕚消失的方向跑去。

树林里枝杈密布，草木丛生，没有因为寒冬而有丝毫枯萎、寥落，反而因为需要在恶劣气候中生存，枝叶愈发锋利、坚韧。颜季明没跑几步，就被枝杈和杂草刮得周身生疼，他咬牙跑着，一面小声地喊："李蕚兄，李蕚兄，你在哪儿？"

火光下，杂草丛隐约还有刚被人踩过的痕迹，他顺着这些痕迹跑了许久，终于一个猛子冲出了林子。眼前豁然开朗，而在火光照耀下，脚底竟然是万丈深渊！颜季明差点没收住脚，好在旁边伸出一只手猛地抓住了他。他顿时吓得猛吸一口气，定睛一看，抓住他的人正是李蕚。

"多谢！……"颜季明拼命喘气，不知是累的还是吓的，他有些埋怨道，"李蕚兄，你怎么不说清楚就走，我……"

"你看那儿。"李蕚不答，只是往前示意了一下。

颜季明顺着他示意的方向看去，呼吸一顿。

远处的地平线上，天竟然已经亮了。

不，那不是东升的日光，是火光，是照亮半边天的熊熊烈火！

"那是……巨鹿郡！"颜季明认了出来，大惊道。

"嗯。"

"既然有了这么大的火,那烽火……"颜季明说着往大火四周看了一圈,倒吸一口凉气,"平安火!居然还是平安火!这么大的火,肯定是军队放的啊!"

"安禄山,过巨鹿了。"李萼冷声道。

颜季明紧握的双拳颤抖着,他的脸因为愤怒而抽搐起来。看了一会儿远处的火光,他咬牙道:"走!"

"好。"

今夜既然已经无法安眠,不如继续赶路。二人很快便顶着夜色,上马往巨鹿郡的方向奔去。奔出树林时,颜季明才闻到一股刺鼻的烟味,他转身望向火的方向,此时看不到火光,只有那边的天空隐约倒映着的红色。

漆黑的浓烟已经和黑夜融为一体,唯有呼啸的北风还在向河北二十四郡扩散着这幕惨剧的消息,用裹挟着无数生命的刺鼻的气味和宛如垂死哀号一般的烈烈风声。

然而当有人接收到了信息,登高远望时,却能看到,那人间地狱中的平安火,也在熊熊燃烧。

或许,这就是未来自己家乡的下场。

颜季明握紧缰绳,眼泪忽然汹涌而出。

二三

# 牛刀小试

　　纵使二人星夜兼程，然而俗语也有言，"望山跑死马"，更何况是夜里看见的仿佛远在天边的火场。待他们赶到巨鹿时，已经是第二天的傍晚了。

　　还未进城，颜季明就已经感到了扑面而来的死亡气息。

　　"这，真是巨鹿郡？"

　　一路奔波，他们沿途看到了无数城破人亡的惨烈景象，本以为对这种景象已经麻木，却没想到，来到这被彻底烧毁的巨鹿郡时，他们还是被眼前的惨状震撼到失去言语。

　　此时这个曾经拥有近十万人口的大城，已经彻底成了一片焦土，残垣断壁一片漆黑，浓郁的黑烟连寒冬的北风都刮不散，焦糊和恶臭味弥漫四周。城中饿殍遍地，焦尸无数，看起来，大火燃起时，绝大部分人竟然都没能逃出去。

　　侥幸活着的人坐在废墟之中，已然没了生的希望。焚城的余温成了他们在这个冬日唯一的暖意，可一旦这余温消失，失去房屋和粮食的他们，终究会熬不过这北方的严冬。

整个巨鹿城,已经成了一座大坟。

颜季明和李萼骑着马行走在城中,看着满目惨状,耳听妇孺绝望的哭声,都沉默不语。

颜季明不忍再看,强行将目光从周围的惨状上挪开,眼角却瞥到一点光亮,他抬头望去,看到不远处的烽火塔上,又燃起了星点的火光。

"到底是谁在点平安火?"即便早已在远处看到,但此时他还是不可置信地问出了口,"都到了这个地步,居然还点平安火,不觉得荒谬吗?!"

"哈哈哈!荒谬?"他话音刚落,一个嘶哑的笑声从旁边响起,一个衣衫褴褛的男人抱膝坐在地上,嘲讽道,"荒谬的事情多了去了!"

男人仰头,看了一眼颜季明,又低下头,漠然道:"你道我们这城,是为什么被烧的?"

"为何?你们抵抗了?"

"抵抗?哈哈!抵抗倒好了,抵抗了才死得不冤!"男人伸手抚了抚身边躺着的一大一小两具焦尸,眼泪混着烟泥滚落眼眶,"数日前,安禄山行军到我们巨鹿郡,就因为郡名有个'鹿'字,犯了他名字里那个'禄'字的忌讳,就说我们的巨鹿,是在'拒'他的'禄',是为不祥,会妨碍他的大事……于是,一把火把我们城烧了个干净。"

颜季明咬紧了牙关,看男人抚着身边焦尸的头部,已是满手的黑泥。

"哈哈,没了……"男人双眼无神,面如死灰,形似癫狂,"没了,什么都没了,都没了……"

他叫声一顿,却又哽咽着哭了起来:"我们已经什么都没了,他们却还要来抢东西,每天晚上都来抢,我们已经什么都没了啊……"

"谁来抢?"一个低沉的声音从颜季明身后传来,男人一愣,这才看到那个骑马少年背后,还有一个黑衣骑士。

李萼催马上前,低头看着他,又问了一遍:"谁来抢?他们在哪儿?"

"就……就是留下来的几个贼兵……"男人有些慌张,却还是小心翼翼地指了指远处亮着平安火的地方,"他们就在那儿,在烽火塔上。"

李萼和颜季明闻言,同时望向了远处的烽火塔。

颜季明似乎猜到了李萼的想法,忽然有些紧张,他强抑住急促的呼吸,轻声道:"李萼兄,我们……"

"颜公子,你说过,安禄山大军过境,河北二十四郡却还是都燃着平安火,未尝有一烽火。"

"对。"

"是不敢,还是不能?"

"我不知道。"

"至少我们知道了,这儿,是不能。"

颜季明盯着那团平安火。

李萼拍马往前,笃定地道:"烽火,该燃起来了!"

烽火塔矗立在一座山崖边,那是巨鹿城一带的最高处。

虽说是烽火台,却是由一个院落和院中的一座高塔组成的,塔高五六丈,由泥砖层层垒砌而成,周围的院墙也有一丈多高,仅有一个两三尺宽的院门。塔周围一片空旷,地形易守难攻,周围稍微有点风吹草动,就能被塔上的人发现。

李萼和颜季明躲在远处的树丛下，远远观望着烽火塔的动静。夜色深沉，顶多能看见塔的楼体以及点点火光，却看不清塔上究竟有多少人。

"李萼兄，怎么办？"看不到对方有多少人，颜季明惴惴不安。

"无妨。"李萼道。他沉吟了一下，抬头看了看漆黑的天空，忽然吹了一声尖厉的口哨。

这声口哨在寂静的黑夜中尤为刺耳。颜季明吓了一跳，紧张得东张西望："李萼兄，你做什么？这样会不会……"

他未说完的话被李萼抬起的手按回了肚子。李萼一动不动，微微抬头，紧紧闭着眼，没一会儿，就听到天边有一声真正的、熟悉的鹰啸声传来。啸声穿云，直接划过他们头顶，奔向烽火塔的方向。

颜季明仿佛明白了什么，又似乎什么都不明白。他屏住呼吸看着李萼，看他闭着眼，眼球似乎在眼皮下转动，然后缓缓睁开眼，长长地舒了一口气，低叹道："不管多少次，总归无法习惯。"

"李萼兄，你这是……"

"门口四个甲士，"李萼不等他问完，抬了抬头，"望楼上还有两个弓弩手。正面进攻，行不通。"

颜季明大为震撼："你是如何知道的？"说着他也努力睁大眼睛往烽火塔那边张望，但黑黢黢的，什么都看不到。

"我看到的。"

"啊？"

"先占据高地，一路杀下去，可行。"李萼强行转移话题。

颜季明明白了，点头道："好，那我……"

"颜公子，你在这儿藏好，"李萼拨开树丛，"我去去就回。"

颜季明闻言，急道："李萼兄，我也要去！对方可不是当初追杀我的那种草莽宵小！"

"有你跟着，我们连院墙都摸不到。"李萼直言道，"你在这儿躲好。"

说罢，没等颜季明再说什么，李萼拉好兜帽，如离弦的箭一般蹿了出去。

院子四周虽较空旷，但院门口四个甲士的视野尚有限，可塔下的动静，但凡望楼上的人往下瞄一眼，都能看得一清二楚。颜季明屏住呼吸，紧张地看着李萼鬼魅一样的身影快速地接近院墙。这个寒冬的夜虽然星月璀璨，但也有稀薄云层在大地投下的斑驳阴影。李萼一边快速接近院子，一边时刻注意着望楼上和院墙旁甲士的动静，每当有被发现的可能，便立刻躲入云层的阴影中，这看在远处颜季明的眼中，就仿佛那抹身影与夜色融为了一体，在一步步地靠近院墙！

他惊叹莫名，眼看着李萼的身影神不知鬼不觉地翻过了院墙，更是惊为天人，似乎忘记了自身处境的危险，满眼都是对李萼的敬佩和担忧。

他捏了捏一直握在手中的剑柄，却发现手心里已经满是冷汗！

"李萼兄，千万小心！"他低喃。寒冬腊月，汗水却顺着他的额头流了下来。

李萼这边当然没有颜季明看在眼里的那般轻松。在他正要翻过院墙时，一声鹰啸忽然从头顶划过，他心中一凛，没敢贸然翻墙而过，而是趴在墙上探头看向院内，果然看到不远处一个甲士站在那里，正抬头看着刚刚那声鹰啸划过的方向。

"哎呀！"李萼低叹一声，十郎的这次出声警示弥补了他之前的漏算。他趁着那甲士还没回头，直接从墙顶飞扑了过去，袖

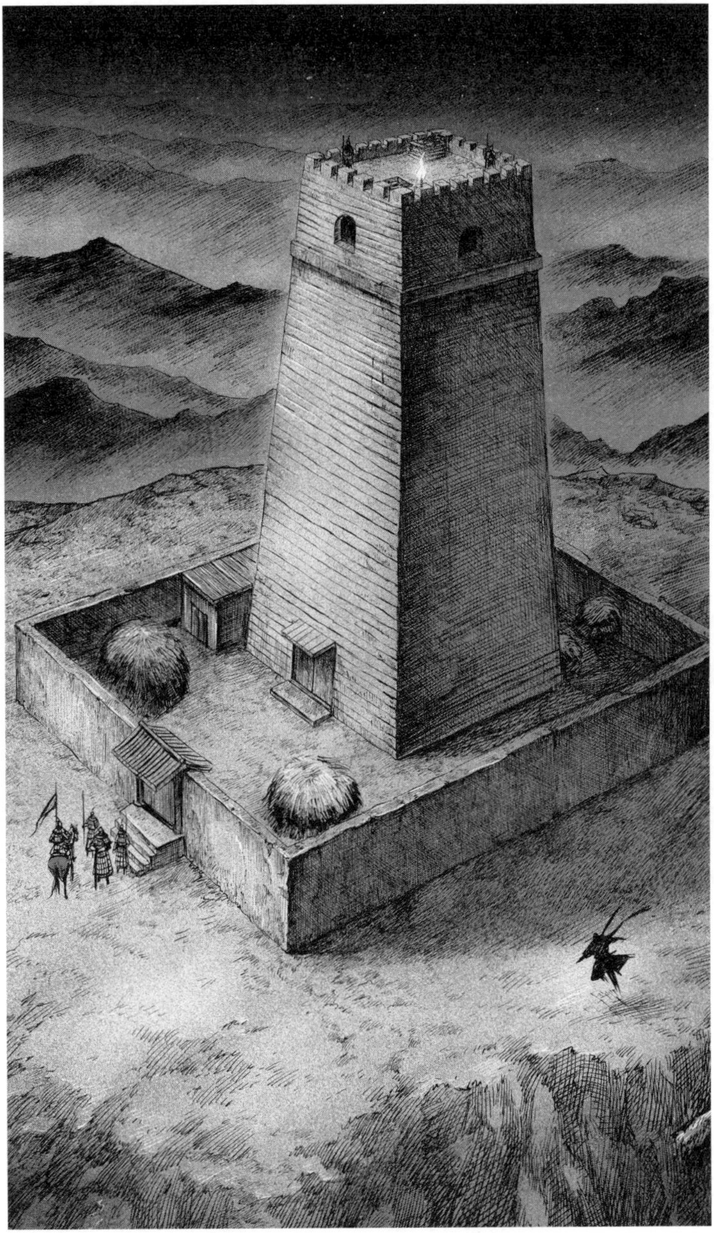

剑一闪，一剑扎入他颈间甲胄的空隙！

"咕噜，唔……"甲士的惊呼就这么被袖剑捅回了喉咙里。李蕚抓住他的肩膀，不给他任何垂死挣扎的机会，扣着他的脖子将他轻轻地放在地上，拔出了袖剑。

甲士立时便断了气。

地上留了尸体，被提前发现的可能性直线上升。李蕚已经没有退路，他抬头看了看高耸的烽火塔，没有多想，转身就开始攀爬。

颜季明不知院中发生的事，原以为下一次看到李蕚时他应该就在塔顶，却不料看到一个黑影正徒手攀爬烽火塔。他瞪大双眼，立刻观察起院墙外甲士的动静，身子前探，时刻准备着在李蕚被发现的时候，自己现身去吸引敌方的注意。

李蕚丝毫不知远处颜季明的心绪起伏，他十指用力，借助墙面的零星凸起，一点点往上攀爬。在即将爬到塔顶时，身边的瞭望窗中，突然探出一个人来！

李蕚连忙一跃跳到旁边，即使已经尽量减小动静，但细微的声响依然让那个探头的甲士心生疑窦。他探头张望了许久，没发现什么异常，才缓缓收回身子，转身离开。

"又算漏一个。"李蕚已经无心去责怪十郎了，只能怪自己的鹰眼使用尚不纯熟。他冷静地盘算着，继续往上爬，在接近塔顶时，他看到靠着塔边站着一个弓弩兵，正和另一个弓弩兵在聊天。

袖剑再次出匣，他攀着墙静静等待着。

"一会儿要不要再去山下捞一把？"

"哈哈，当然，否则在这儿干耗着，多没意思。"

"那也别干等了，这就去吧！"

"走吧！"

在那个弓弩兵应声转身的一刹那，李萼终于等来了机会，他猛地一蹬腿，飞身上塔，一剑扎进后面那个弓弩兵的后颈！

后面的弓弩兵当场倒地身亡，动静不小。前面的弓弩兵立刻回头，喝问道："什么人？"顺势举起了弓弩。李萼早有准备，他在袖剑收回的瞬间，矮身一探，横刀出鞘，一刀砍掉了那弓弩兵的手，断手与弓弩一道飞了出去！

"有敌人！"剧痛之下，弓弩兵却依然反应很快，他后退一步企图躲过李萼的下一次攻击，一边嘶吼着喊了起来。

塔下立刻骚动了起来。

见事已至此，李萼便不再小心翼翼，干脆一脚踢在还在躲避自己攻击的弓弩兵的腰腹上，直接将其踢飞出了塔顶。

"啊——"弓弩兵惨叫着落下烽火塔，惨叫声随着他沉重的落地声戛然而止。

"有敌人偷袭！"

"全部上楼！"

沉重的脚步声伴随着叫嚷声，从塔下一路往上。原本院门口的四个甲士也都全部跑进院中，往塔上奔去，眼见着就要将李萼围困在塔顶！

远处的颜季明见状，无暇多想，拔刀向烽火塔飞奔过去。

李萼站在塔顶，他看了看塔底的草垛，那是他本来看好的下塔落脚点。可是在看见跑上来第一个冒出头的甲士脸上狰狞的面具时，想到两个弓弩兵方才的对话，一股怒气自胸腔升起。他回过身，面对已经悉数冲上来的五个甲士，握紧了手中的横刀。

"都到齐了吗？"他森然道，"都到了就痛快点，一起上吧！"

"找死！"甲士见对方只有一人，士气大振，一拥而上。

## 二四

# 烽起巨鹿

颜季明紧紧握着刀。

他已经爬到了塔上,盘旋而上的石梯就剩下短短几阶,阶梯尽头小小的门洞外,满是刀剑交击的声音,有甲胄当啷,有血肉撕裂,有人闷哼,有人惨叫,还有人怒吼。

没有听到李萼的声音,可他知道,只要打斗声还在继续,李萼就还在。

可此刻他却僵住了。

眼前的台阶好像突然拉长了,连两边墙上的火把都开始闪烁起让人晕眩的光,他感觉脚下好像在晃动,让他连站都站不稳。

他的心如擂鼓,甚至盖过了激烈的打斗声,耳中、脑中鼓荡的全是自己的心跳和急促的呼吸。他咽了下口水,咬牙往上又迈了一步,却立刻感到头晕目眩,握刀的手似乎麻木了,他甚至感觉不到双臂的存在!

"公子,你不是习武的料。"

"他们说得没错,你不是这块料。"

"公子，切不可逞强！"

……………

脑中回荡的声音越来越响，让他的全身都颤抖了起来，脸上汗如雨下，而就在此时，他看到门洞处已经有鲜血顺着台阶缓缓滴落，顿时脑中一片混沌，手脚冰凉。

"季明，你还有明天。"

"季明，你不害怕吗？"

"我害怕……"他低喃道，声音颤抖，"但我是颜家人，颜家人不出逃兵！"

颜季明咬牙冲了上去！

李萼知道这会是一场苦战，这些甲士不同于之前那些布衣杀手，是一群百战之兵，他们全身的甲胄堪称刀枪不入，不但相互之间配合默契，且悍不畏死。

趁着甲士人多放不开手脚，李萼先干掉了三个，剩下的两个完全被他激发出了凶性，其中一人的武器被李萼格挡掉落后，他竟然疯了一样扑上来紧紧抱住李萼的腰，将他扑倒在地。李萼趁势用袖剑划开了这人的脖子，然而自己却被这具尸体限制住了，无法摆脱和起身，最后一个甲士已经冲上来，挥起斧头劈了下去。

最后这个甲士身体最是壮硕，显然力道也最为刚猛。斧头未到，罡风已经凛冽割面。李萼勉力抬臂举刀，横刀架住了那一斧，却被对方借势下压，双臂立时便感到了巨大的压力。

"去死吧！"甲士整个人压下来，李萼的手臂越来越弯，眼见着斧刃离自己的脸越来越近，耳边甚至能听到刀刃被斧刃砍出豁口的金属碎裂声。他咬紧牙关，拼力撑着双臂，却依然无法阻挡斧刃贴上他的鼻梁。

出师未捷！李萼死死盯着面前的人，心里满是不甘，但却没多少后悔，他不后悔留下来与他们搏杀，因为这些人该死，他只是不甘，不甘自己本可以做更多事情，为百姓，为那些人，为颜季明……

颜季明？

他的双眼忽然一亮，看到那个熟悉的身影出现在持斧甲士身后。甲士正全神贯注于李萼身上，对身后竟然毫无察觉，而下一瞬，他的身形忽然一顿，只觉后背一阵剧痛。甲士微微低头，正好看到一截刀刃从自己的前胸钻出来，然后又立刻缩了回去。

"啊——"甲士的双眼布满血丝，满是愤恨和不可置信地倒了下去，轰的一声，激起一片尘沙。

李萼挣脱掉抱着自己的甲士的尸体，缓缓坐起，正要说话，却见已收回刀的颜季明脱力了一般一屁股坐在了地上，大口喘气的样子，仿佛他才是劫后余生的那个人。

李萼揉了揉自己酸胀的手臂，似笑非笑地看着面前的少年恍惚的神色逐渐平复，问："第一次杀人？"

颜季明还是有点惊魂未定，茫然地点点头。

"能一刀刺中要害，不错。"李萼真诚地赞扬道。

颜季明闻言，眨了眨眼，难以置信似的看了看自己的手，那双已经被刀柄勒出深深的勒痕，通红、颤抖的手。

"我从小爱听侠义故事，"颜季明忍不住道，"总是想象自己也能像故事里的豪侠们一样，置生死于度外，路见不平，拔刀相助……就像你一样。"

李萼不置可否，只是轻笑了一下。

颜季明全不在意，继续道："为此，我几乎每天都对着木桩练剑，就算他们说我不是这块料，我不该逞强，我还是一直佩着刀。我想，总有一天我会做到的，万一呢，万一有这一天呢？"

他说着说着，声音却低了下去："但真正到了这个时候，我，我却连刀都拿不稳……"

李荨一怔，收了笑容，认真地看着他。颜季明抱住膝盖，眼神茫然："换作别人，应该早就一口气跑上来了吧……可我没有，我，我的腿一直在抖，我明明听到呼喊声、厮杀声、兵器碰撞的声音，就在耳边，那么响，那么乱，那么激烈……我越听，越喘不过气来……"

"李荨兄，"颜季明带上了一丝哭腔，"我，我居然希望，当我走上来的时候，看到的是你一个人站在那里，已经干掉了所有贼人……可我更怕，我怕看到的，会是相反的结果……很害怕，真的，很害怕……"

李荨沉默了一会儿，缓缓起身，平静地道："但你还是走上来了。"

"是啊，我走上来了，"颜季明的脸上似哭似笑，"我还是走上来了。如果不走上来，我会后悔一辈子，不管结果是什么，我都会瞧不起自己。你是我的盟友啊，唯一的盟友，我怎么可能，怎么可以，让你独自去面对……"

李荨听罢，没有回答，而是转身拿起一个火把，看着熊熊的火光，笃定地道："颜公子，不要害怕。"他把火把递到颜季明面前，看着他的双眼，一字一顿："你会得到更多盟友的。"

颜季明茫然地抬头，看着面前的火把，神色逐渐坚定。他起身接过火把，走向中间的柴笼，那是点燃烽火的地方。

李荨静静地站在一旁，看着他。

颜季明刚要探出手，突然犹豫了，他转头，无助地问："如果……如果没有人响应怎么办？如果我们做了那么多，点燃了烽火，但是周围依然还是平安火怎么办？我……我跑了那么多郡，每一个，他们都明明知道……"

"那我们就一个烽火塔一个烽火塔杀过去！"李荨看着他的眼睛，掷地有声，"颜公子，若在军中，你现在就是那击鼓之人。你已经看到了敌人的凶残，也看到了百姓的悲惨，只有你我愤怒吗？不会的，只是他们还没看到希望，还未找到方向而已，而这——"他指了指火把，"就是方向！点燃烽火，敲响战鼓，给所有人一个冲锋的信号。相信我，只要还有人心向光明，你必然能点燃他们心中的火，毕竟……"

他指了指自己，微笑道："已经有人在追随你了。"

颜季明笑了："没错，李荨兄一人，可顶三军！"说罢，他神色一肃，面容坚定地望向柴笼，深吸一口气，将火把扔了进去。

柴笼瞬间便燃烧起来，转眼就成了一团熊熊大火，在小小的塔顶，亮得灼目，热浪扑面。

在柴笼燃烧的第一个噼啪声响起时，颜季明回过神来，他眺望远方，看着夜色中连绵的群山和苍茫的大地，看了许久。

"没有人响应……"他轻声道，难掩失落，"还是漆黑一片。"

"李荨兄，难道，真的所有的烽燧据点，都已经被贼兵占据了吗？"

李荨走到他身边，也看向远方，回答道："或许，是他们还不敢点……不过没关系，至少第一把火，已经点燃了。"

"嗯……"颜季明应了，深吸一口气，又振作了起来，笑道，"既如此，那我们这就去常山吧，至少在那儿，我们还可以点燃第二把火！"

说罢，他转身往门洞走去。

一声鹰啸忽然划过，撕破黑夜，连烽火都晃动了几下。

"等等。"李萼突然道,他跃上烽火塔的塔沿,蹲下,忽然指向远处,"你过来看!"

　　颜季明怔了一下,立刻转身,几乎小跑着到了李萼身边。他看到黑夜中一只巨鹰展翅飞过,而就在巨鹰掠过的地方,极远处的一座山上,一点火光亮了起来!

　　"烽火,是烽火!"他的脑中轰的一声,整个人激动到颤抖。他往前扒着墙沿,指向那个越来越亮的火光,"是烽火!李萼兄,是烽火!"

　　"嗯,"李萼嘴角带着一丝笑意,眼神锐利如鹰,"是烽火!"

　　"烽火亮起来了!啊,那儿也有!"

　　群山莽莽,那些融入黑暗,连星月都无法照亮的层峦叠嶂上,忽然一个接一个地亮起了星点之火。它们是那么遥远,越来越远,可它们又是那么近,近到仿佛在与第一把烽火呼吸与共,连闪烁都是一个频率!

　　"他们看到了!他们看到了!"颜季明眼眶含泪,双手紧紧抓着墙,强忍着哭泣,张嘴却还是哭音,"白石山、燕山、太行山……还有长城!它们会亮的,一定都会亮的!一直亮到洛阳,到长安!爹,孩儿没有辜负你,孩儿做到了!"

　　颜季明没有说错,就在巨鹿郡烽火燃起之后,不过一个时辰,还笼罩在深沉夜色中的河北二十四郡,都已经被星星点点的烽火照亮。它们漫过群山,绵延过长城,借群山之力,向天下发出了安禄山起兵后的第一声预警!

　　"报!"几个时辰后,又一个信使冲入皇宫,到了李隆基的面前,跪地激动大叫,"启禀皇上!河北二十四郡点燃烽火!"

　　"看到了,看到了……"李隆基披着袍子,头发散乱。他看向南面长安城的烽火台方向,那儿也有一团火光在熊熊燃烧着,"终于,不是平安火了……"

"父皇,看来河北二十四郡,还在!"荣王李琬第一时间得到消息入了宫,此时面上难掩激动,道,"儿臣这就派人去联络!"

"去吧,莫让他们再失望了。"李隆基又看了烽火一眼,转身慢慢走进寝宫。宫门打开,杨贵妃拢着毛皮大氅,款款候在门口。她一脸惶惑地上前,挽住李隆基的胳膊,颤声问:"陛下,要打仗了吗?"

"无妨,"李隆基柔声安慰,"孩子不听劝,我们当父母的,教训教训便是。"

"呵呵,陛下说得是。"

高力士关上宫门,将温存的两人掩在门后,转头却看到周围金吾卫来不及收回的冷眼,长长地叹息了一声。

只怕这个"孩子",搅动的,不仅仅是宫外啊。

## 二五

## 弃子何辜

"日本晁卿辞帝都，征帆一片绕蓬壶。明月不归沉碧海，白云愁色满苍梧。"长安的街边，一家酒肆的二楼围栏里，阿倍仲麻吕坐在那里，看着一个小小的册子，轻声念着一首诗，念罢，他微微低头，"《哭晁卿衡》——李太白……"

他合上册子，仰头深吸一口气，这才发现自己已经泪流满面："李白大人，我已经回来了，可你又在何处？"

他举起酒杯，看了看空荡荡的对座，苦笑着一饮而尽。

一个小厮跑过来，托盘上放了不少碗碟小食，一样一样放在阿倍仲麻吕面前。阿倍仲麻吕有些错愕："这是……我好像没点这些。"

"掌柜送的，"小厮咧着嘴笑，"他说方才看见大人，还当见了鬼，有些失态，特地赔罪来着。"

"哦。"阿倍仲麻吕失笑，"掌柜有心了，我无妨的。"

他叹了口气："这几日，这样的反应，我见得多了。"

"大人福大命大，必有后福！"小厮乐呵呵的，最后放下一盅温好的酒,"这是掌柜之前特地为李大人准备的太白酿,李大人许久不来,先请大人品鉴品鉴。"

"太白酿?"阿倍仲麻吕精神一振,赶忙问道,"这几日,你可见到李白大人?"

"实不相瞒,许久未见了。"小厮憨实的脸上露出一丝怀念的神色,"上回最后一次见着李白大人,也是去年的花魁盛宴了,那时候……"他小心翼翼地看了一眼阿倍仲麻吕,"大人您遇难的事传到了京城,李白大人听闻后,在咱们这儿喝了好大一通酒,夜半还发酒疯来着,还是我们掌柜带他回去照顾了一宿,第二日便离开了。"

"唉,我对不起李白大人。"阿倍仲麻吕难掩自责,"当初应该好好告别的。"

"大人何须自责,这本就不是大人能掌控的事情,再说了,李白大人若是知道大人还活着,不知该有多高兴。"小厮整理了一下桌面,收走几个杯盘,把抹布往肩上一搭,忽然叹道,"更何况,如今这世道,离开这儿,反而是件好事。"

阿倍仲麻吕听着,看了看楼下人影稀疏的街巷,也叹了口气:"是啊,离开,反而是好事呢。"

流落安南时,听说自己这些人只能被送回大唐,相比团长藤原清河的如丧考妣,阿倍仲麻吕的心里其实是有一丝庆幸的。还能见到李白大人,并且向大唐报告安禄山的狼子野心,说不定我们这一回去,就能临崖挽救大唐。

可谁能想到,他与安禄山起兵造反的消息,几乎是前后脚到的长安,他历经艰险得到的消息,全无用武之地。而李白大人也走了,一年多过去,好友早就四散天涯,杳无踪迹。

虽然大唐皇帝还让他官复原职,不至于让他在这儿有生计之忧,可是现在,就如小厮所说的那样,留在长安,留在大唐,反而不是一个好的选择了。

可正如现在还在城内惶惶不可终日的百姓一般,天下之大,他们又能去往何处?

"唉!"阿倍仲麻吕又喝了口酒。不过是走了会儿神,这酒便已经凉了,但想到这是太白酿,他便又多喝了几口,细品之下,竟然全是苦涩。

他吃了几口掌柜送的点心,小心收好诗册,下楼往住处走去。路过一家果子店时,他忽然想起那是李白大人特别钟爱的点心。往年这里顾客络绎不绝,甚至要排队才买到,如今竟然门庭寥落,连点心的香气,都淡薄了许多。

"掌柜的,给我来一份吧。"他掏出钱袋,看掌柜利落地装着果子,忽然觉得柜台里头有些空旷,"掌柜,怎么就你一人?"

"你问我儿子吗?"掌柜已经须发皆白,闻言往空空如也的身边望了一眼,神色麻木。他把果子递过来,苦笑道,"他当兵去了。"

"什么?"阿倍仲麻吕一愣,"这店经营得好好的,怎么就去当兵了?"

"要打仗了,谁还有闲钱吃这个?我这店,也开不了多久了。"掌柜一边麻利地摆弄着果子,一边道,"这不,朝廷招兵平叛,还开了府库,去当兵就给银钱细软,那不比做生意稳妥多了?"

"这时候征兵,还来得及?"

"有什么来不来得及的,不是说北上平叛的是高仙芝、郭子仪那样的名将吗?没事的,说不定那二位将军带兵一叫阵,那胡杂就直接被吓退了呢!"

掌柜的说归说,笑容中却带着勉强。阿倍仲麻吕见状,也不忍多问，只是草草附和了几句，便心情沉重地离开了。

"高仙芝、郭子仪，他们是名将没错，论行军布阵，带兵打仗，绝不会比安禄山差，可是……"阿倍仲麻吕想到在安南追杀自己的那群人，不是临时招募的朝廷士兵能招架的，不由得心里一凉。

安禄山手下的，可都是真刀真枪在边关征战多年，杀人不眨眼的精锐！而如今招募的，很多都是连刀都没拿过的市井子弟，别说打仗了，鸡都不一定杀过。就算他们的将军再骁勇善战，又怎么可能领着这么一群兵，去和安禄山手下的铁骑对抗？

不过，连他都知道的事，那些将军会不知道吗？

阿倍仲麻吕想到此，苦笑一声，摇了摇头。

还是先进宫吧，再寻一寻那本神秘的《推背图》，说不定能找到破局的方法。

走了几步，街边忽然一阵喧闹。锣鼓鸣响，人头攒动，一个车队缓缓行来。"让开！让开！"车队前的士兵粗鲁地开着路，正走神的阿倍仲麻吕被推搡到路边，若不是身旁一个路人搭了把手，他指不定会摔个跟头。

"发生何事了？"他道了谢，顺口问道，可没等那路人回答，就见一列囚车从面前经过，打头那辆囚车里面跪着的人，温润的眉目带着些异域的特点，身形高大瘦削，分明就是安禄山的长子——安庆宗！

而后面那辆囚车里面坐的贵妇，自然就是他的妻子，宗室之女荣义郡主！

"老爹造反，儿子哪还有脸在这儿苟活！"路人恶狠狠的声音传入耳朵，"皇上要把这夫妻俩一道斩了，告慰河北二十四郡那么多老百姓的在天之灵！"

"让安禄山绝后！"

"对！"

"安庆宗，这就是你爹造反的下场！"

…………

你一言我一语中，阿倍仲麻吕被人流推挤着，竟然也下意识地跟着囚车小跑了起来。他看着囚车中面如缟素的安庆宗，不知为何，竟有些心酸。

作为日本留学生，阿倍仲麻吕与身为胡人的安庆宗本也认识。安庆宗虽然是安禄山的长子，但性格却与其父截然不同，温润好学，知书达理。因此即便他蒙受父荫，入长安没多久就官拜检校太仆卿，但在长安的外国人中，依然颇有声望。

安禄山只有三个儿子，听说安庆宗最得宠爱，如今开战伊始就斩其子嗣，朝廷是不是有些太过……

阿倍仲麻吕理不清自己的思绪，只是莫名地有种兔死狐悲的感觉。同样是流落在外的异族人，他是有家不能回，而安庆宗……安禄山明明知道他就在长安，却还敢起兵造反，安庆宗，这是被父亲抛弃了吗？

"庆宗！"他忍不住叫了一声，声音淹没在周遭愤怒的咒骂声里，却没想到依然被安庆宗听到了。安庆宗麻木地望过来，看到阿倍仲麻吕，愣了一下，紧接着双手握着木栅，朝他露出些笑意，嘶哑地叫道："晁大人，你还活着？"

"嗯！"阿倍仲麻吕强颜笑道，"我还活着。"

可你就快死了。

安庆宗点点头，见周围的人都不怀好意地瞪向阿倍仲麻吕，于是放开手，缓缓转身，点头道："真好，真好……"

阿倍仲麻吕心中酸楚，他不愿眼看着安庆宗被斩首，便停下了脚步，目送囚车队伍一路远去。

天宝十四载腊月，安禄山反叛的消息传到长安，不日，河北二十四郡烽火连天，圣上下旨，令打开府库，于京师招募兵士，由荣王李琬为元帅，高仙芝和郭子仪为副帅，带兵北上平叛。

与此同时，居于长安的安禄山之子安庆宗夫妻坐罪赐死，斩于东市狗脊岭。

监斩官——杨国忠。

## 二六

## 洛阳陷落

凛冽的北风带着刺鼻的血腥味越过黄河南下时,随着安禄山大军背后烽火的连绵升起,南面迫近的硝烟中也露出了兵锋的寒芒。

在陈留郡,安禄山的大军第一次遭遇到激烈的抵抗。

与事先探察到的该郡只有寥寥乡兵守卫的消息不同,安禄山兵临城下时,郡城中突然冒出数万官兵,在己方将领的指挥下高踞城上,竟然做出要与叛军一决高下的姿态,而且还真将叛军挡在了城外!

但这也仅是因为在叛军猝不及防的情况下。

南下之路太过顺畅,以至于叛军一度忘了他们并非大唐唯一的军队,然而一旦反应过来,他们远胜过对手的战斗经验足够他们应付当前的局面。

激战半日后。

"将军!"一个士兵冲入安禄山营帐,跪地大叫,"陈留太守郭纳请降献城!"

安禄山端坐在华丽的营帐内,看着眼前营火熊熊,热气在士兵的铠甲上都蒸起了一层细密的水珠,得意地大笑:"这怎么就降了?见了血了吗?"

"禀将军!陈留守军看似势众,实则多为市井子弟,战斗时毫无章法,即便不降,也撑不了多久。"严庄在一旁道。他早就在前线观察过了。

"哈!"安禄山笑了一声,"太守降了,守将没降,这算什么?莫不是还要我们去说服人家不成?"

"郭纳派使者与我们约定,今日酉时,他们将开北门相迎!"

"瞧瞧,"安禄山大笑,对严庄道,"谁说他们不懂,他们懂得很!"

严庄笑道:"我军之勇武,可震慑敌军于百里之外,如今他们但凡还有眼睛,都能看到双方实力的高下,如何还会做这螳臂当车的蠢事!"

"螳臂当车?对!哈哈哈!"所向披靡的南下之路令安禄山意气风发,他夸严庄道,"不愧是汉人出身的军师,说话就是好听!"

严庄摇摇头:"属下只是有感而发。"说罢,他叹了口气,"大唐有将军的军队在,实乃大幸;但想到还有郭纳之辈为官,又深感不幸。属下只能庆幸自己在将军麾下,才免遭被自己的上司背叛的命运。"

"行了,"安禄山摆摆手,"把前面的人都叫回来吧,歇息歇息,只等酉时,我们拿下陈留!"

"将军,那到时候陈留如何接管?"

"郭纳会做人,就让他继续管着,我才没空为那些小事费心。"安禄山随意道,"至于俘虏来的兵,若愿意投入我们麾下,那便收过来看看。若不愿意的，都关起来，让郭纳他们自己养着。"

严庄应了一声，一一记下。

接下来一切都如料想那般水到渠成，城内将士浴血奋战之时，北门却豁然洞开，穷凶极恶的曳落河汹涌而入，瞬间就冲垮了城内的防线。严庄所言不假，在此守城的大多是临时招募的市井子弟，绝大多数甚至是泼皮无赖、游手好闲之徒，平日最会见风使舵的他们几乎毫不犹豫就缴械投降了，甚至还主动交出了自己的长官。

陈留，没有撑过一天。

严庄看着帐中卸甲后的安禄山，想到半日前郭纳才派人请降，一眨眼陈留已经落入囊中，还真有种恍若隔世的感觉。

其实在得知陈留有守将反抗时，他的心底里是有一丝欣慰的。

他身为一个汉人，当初投身仕途，是冲着能报效国家、一展抱负去的。而如今他却在这里跟着安禄山造反，自然是因为他的才能在长安无法得到施展。朝廷中没人赏识他吗？有的，否则他也不会有机会加入金龟袋，接触到朝中那些最有权势的人物。

可是越是身在其中，他就越发感到窒息。曾经他以为是为了守护大唐、维护秩序而建立的金龟袋，如今已经逐渐变味，抑或它其实早已变味，只不过有人用那光鲜伟大的表象将他蒙骗了而已。如今的金龟袋完全就是一个为了维护自身利益而不择手段的组织，是深藏在朝中的一个怪物，邪恶、贪婪，如同一个毒蛊，内里相互蚕食，对外荼毒生灵。

他也曾享受过身在其中大权在握的快感，那种掌握生杀大权的滋味让人欲罢不能，但是每每沉迷其中，他就能感到自己在寸寸腐烂，以至于去上朝时，或在杨国忠府中聚会时，甚至行走在长安城中时，都感到阵阵烦闷。

在来到安禄山身边时，他一度认定大唐已经烂透了，即便没有金龟袋，也有着所有走向衰败的朝代共通的弊病。官官相护、奢靡成风、贪污腐败，为官者麻木不仁，为将者贪生怕死……追随安禄山南下这一路上的所见所闻，都让他愈发坚定了自己的信念，他以为他们能一路所向披靡地进入长安。

但是陈留的守军却让他有那么一瞬间，以为大唐的风骨犹在，一如往昔。

但，也仅仅是一瞬间罢了。不过一天工夫，安禄山大军已经入城，陈留的太守和守将正被押送过来。

果然，命中注定他应该追随安禄山。放眼大唐，安禄山是唯一一个能让他尽情施展才能的主公。他期盼着安禄山夺得天下的那一天，那也将会是他真正彻底拥有属于自己舞台的那一天。

"将军，敌军将官已经押到，是现在审还是押送牢房？"帐外，士兵大声禀报。

安禄山的手边已经散落了不少空酒坛，他兴致颇好，仰头又喝了一口，大声道："押进来，我亲自审！"

"是！进去，都进去！"

驱赶声中，一群唐军将官被绑着赶进了营帐。他们早已被卸下甲胄兵刃，一身布衣布鞋，披头散发，神情委顿，看起来像是逃难的寻常百姓。待看到帐中座上的安禄山时，众人神色各异，畏惧有之，仇恨更有之，但最终，都纷纷被按跪在了地上。

安禄山看起来丝毫不像是真的想要提审他们，他掂着一坛酒，一言不发，喝两口，看他们两眼，像是在观赏什么玩物。原本跪在地上还昂着头的几个将官在他玩味的盯视下，愤怒得青筋直跳，张嘴想破口大骂，但是两边士兵明晃晃的刀刃让他们骂不出口，最终只能一个个屈辱地低下了头。

"你……"终于,安禄山纡尊降贵地开了口,看着跪在最前面的中年将领,语气悠然道,"叫什么……"

"报!"一声大喝突然在帐外响起,打断了安禄山的话。安禄山神色一沉:"说!"

"有长安急报,需要将军亲自过目!"

气氛凝滞了一下。安禄山冷哼一声,让刚振奋了一些的陈留将官又低下了头。他重重地放下酒坛,对严庄道:"你去看看!"

一个士兵风尘仆仆地进来,双手递上了一块小小的麻布,上面密密麻麻写着小字。麻布比纸更不易损毁,是细作传递消息常用的材料。严庄上前接过,展开麻布看了一眼,神色大变。

"怎么了?是杨国忠又作什么妖了吗?"安禄山晃着酒坛,漫不经心道。

"将军……"严庄感到呼吸困难,又看了一遍布条,确认自己没有看错,最终神色凝重地看向了安禄山,"出事了!"

"何事?"

严庄看了一眼座下众人,硬着头皮走上前,凑到安禄山的耳边,低声道:"大公子,没了……"

"什么?"

严庄知道安禄山不是没听清,但此时他只能重复道:"十日前,大公子在长安,被斩首示众……"

"咔嚓!"

酒坛,摔得粉碎!

## 二 七
## 原形毕露

营帐中的氛围,宛如坟墓。

俘虏们坐跪难安,他们本以为自己被抓进来只需要挺过一轮审问就行,完全没想到会遇到这样诡谲的情景。

收到那个消息后,安禄山就再也没说过话。他一坛接一坛地喝着酒,就如喝水一般。他好想真的把自己灌醉了,可是显然没有,因为酒并没有麻痹他的情感。一边喝,他的眼泪一边汹涌而下。

俘虏中没人听到那个消息是什么,但仅仅看眼前的情景,心中隐约也猜到了几分,又是快意,又是害怕。

但没人敢说话,连严庄都不敢。

"我生来……没有父亲……"终于,安禄山说话了,声音沙哑。他瘫坐在营帐最上首,低垂着头,像一具行尸走肉。

"我不知道他是什么样的人,也不知道他现在是生是死……"

"我的母亲带着我改嫁后,绝口不提此事,只说我是轧荦山赐予的礼物。"

"所以我一直都不知道拥有生父究竟是什么感觉。"

安禄山的回忆来得突兀，看似平和，却句句让人心惊肉跳。所有人只能安静地听着，大气都不敢喘。

"后来，我也成了父亲。"

严庄神色一黯。他比别人更清楚，安庆宗对安禄山来说意味着什么。

"孩子出生的那一天，我还在百里外的集市做买卖……一心想着多赚一笔再回家。等回家后，孩子已经喝饱了奶睡着了。"

他抬起双手，看着自己粗糙的手掌，虎目含泪。

"我的第一个孩子，庆宗……我本该是第一个抱他的人，他第一次开口说话，第一次骑马，第一次张弓射箭，长出第一根胡须……我本该都在的，可我都不在。"

"庆宗啊，他是特别的。我的其他儿子都太像我了，连毛病都一样。可是庆宗，他不同，他比我文雅，比我聪明，他从小就会读书写字，所以到了长安后，他很快就适应了朝廷的礼节，没人能小瞧于他……那靠的可不只是我，更是他自己的气度和才华……"

安禄山完全陷入了回忆中，痛苦也随之溢了出来，声音逐渐哽咽："他还迎娶了宗室的郡主，成了皇亲国戚，得到了皇家的庇护……他是个完美的儿子，我每天都在向上苍祈求他健康、顺遂，毕竟，他将会继承我的一切……一切……"

他抽噎了一声，捂住头，嘶哑道："可现在，我的庆宗，我的第一个孩子，他在长安，被杀了……我这个做父亲的，依然不在他身边……"

虽然早有预料，可是听到安禄山亲口说出来，还是让所有人心里一沉。

这句话中仿佛饱含着父亲对儿子的深沉爱意，可是帐内的每个人感受到的都是更为汹涌的杀气。这杀气是如此浓郁，熊熊燃烧的炉火都不及它一半滚烫，隆冬时节，单衣跪在地上的俘虏们已经汗流浃背。

安禄山举起手中的酒坛，掂了掂，又随手将其扔开。他仰天深吸一口气，狠狠闭了闭双眼，再睁开时，眼中已经如死水一般寂静。

他再次盯着跪在最前面的那位中年将领，沉声问："你是谁？为何挡我去路？"

那将领三四十岁，外表精干瘦削。听到安禄山的问题，他虽然强作镇定，却难掩惊恐，咬着牙关道："我……我乃大唐……大唐河南防御使，张介然。我……我奉圣上之命，赴陈留郡平……平叛！"

"平叛？"安禄山面无表情地反问。他缓缓起身，探手，摸到了自己佩刀的刀柄。他一点点抽刀出鞘，任凭刀刃与刀鞘发出令人头皮发麻的厮磨声，"平什么叛？到底谁叛了谁？谁叛了谁？！"

他"噌"地抽出自己硕大的横刀，迈步走向张介然，狠声道："我为大唐镇守边疆，餐风露宿，吃尽苦头。朝中那些人却视我如奴如犬，召之即来，挥之即去，命贱如纸！究竟是谁叛了谁？究竟谁该死？！"

张介然被刀尖对着，急促地喘息着，却一言不发，紧闭双眼。

"你看着我！"安禄山沉沉地道，"你为何不敢看我？是不是连你都觉得无颜面对我？"

他声调越来越高，刀尖也离张介然越来越近。

严庄坐不住了,他扑上前抓住安禄山粗壮的胳膊,叫道:"将军,降将不能杀!"

回应他的却是安禄山猛力一甩,严庄并不瘦小的身躯就这么被甩了出去,撞在帐壁上,整个营帐都晃了一晃。

安禄山彻底愤怒了,他甩开严庄后,直接上手抓住张介然的头。他本就魁梧,巨掌张开能覆住一个成人的头脸。张介然的眼睛在他的指缝中闪烁着无边的惊恐。

"看着我!回答我!我到长安,铲除奸臣,何罪之有!"安禄山怒吼着,手上力道越来越大,指缝间流出了张介然惊恐的泪水,而他自己,也已经泪流满面。安禄山抽噎着,发出如野兽哀鸣一般的嘶吼声,"我的儿子……又何罪之有!"

他哭得如此情真意切,手下的力气却一点不松,反而越来越紧。指缝中那双眼睛从愤怒到惊恐,到最后已经难掩绝望和哀求。张介然额头和下巴的皮肤都已经被巨力捏出了白印,如此钳制,别说安禄山的问话他答不出,即便有答案,他也无法说出口。

他唯一能发出的,只有濒死的呜咽声。

"呜呜……"他拼命扭着头,但这一切努力都如曳落河面前的陈留郡一样,不堪一击。

得不到回答,或者本就不想得到回答的安禄山干号了一声,忽然举起刀,狠狠地砍了下去。

"噗"的一声。

鲜血四溅,地上、周遭人的脸上,还有安禄山的身上……那鲜血还冒着腾腾的热气,带着浓郁的血腥味弥漫了整个营帐。

严庄趴在一旁,他的脸被摔肿了,此时还维持着艰难起身的姿势,死死地盯着缓缓倒下的张介然,面如死灰。

万不该如此的,万万不该……

多少年厉兵秣马，筹谋计划，生受了朝中金龟袋多少明里暗里的折辱，才有了今天的师出有名，为的就是让天下人能如河北二十四郡的太守们那般不明所以，抑或是假装糊涂，让出道路使他们能一马平川直取长安！

所以不管他人如何诠释，只要他们现在还举着正义之师的旗帜，就不能，也不该杀俘。这不仅仅是犯了兵家大忌，还犯了人伦大忌。此事一旦传出去，不管他们如何掩饰这次起兵的目的，都会被千夫所指。

安禄山不可能不知道这点，不可能意识不到这点，他疯了吗？还是他原本就根本不在乎？

他抬头看向安禄山，眼神中的惊恐逐渐褪去，取而代之的，是不动声色的审视和警惕。

安禄山当然无心顾及严庄的心情，他看也不看张介然的尸体，一脚踏在尸体汩汩流出的鲜血上，发出一声长长的叹息，忽然"哈"地笑了一声。

"我是……叛贼？"他语带讥诮地呢喃道，"哈……叛贼……既然如此……"

纵使心里有了准备，但是对于这急转直下的情况，严庄还是感到心惊肉跳。他无暇多想，几乎挣扎着爬向安禄山，嘶声警告："将军！将军！不可……"

安禄山理都不理他，盯着眼前惶惶不安投降的众人冷笑："我便成全你们！"

"将军！"严庄终于抓住了安禄山的裤脚，但耳边却已经听到安禄山斩钉截铁的命令："来人！杀光他们，一个不留！"

前功尽弃！

严庄眼前一黑，他无力地松开手，闭紧了双眼。

陈留郡太守郭纳献城不过一天，安禄山悍然撕破"清君侧"的幌子，下令杀降。河南防御使张介然在内的近万士兵，无人生还。

天下哗然。

## 二 八
## 季明问刀


陈留郡的惨事传到河北常山郡，已经是半个多月以后了。

恐怖的传言甚嚣尘上，仿佛一夜之间，这里每个人都有了位于黄河南岸的亲朋好友，他们用各种比军报还快的方式给亲友们传递着消息。

"是吗？"一个惊诧的声音从下面传来。

"可不是，听说啊，他们整整杀了四天四夜！那么多尸体，坑里埋不下就烧，柴火不够了就扔河里！睢水、涣水、汲水……陈留周围的河全都被堵了，码头都是血红的！"

"咝——哎哟喂，别说了，听得我身上一阵阵地发冷啊……"

"可不是嘛，我听到的时候也吓得半死！"

"那照这么说，安禄山是真的造反了？"

"瞧你这话说的，别的郡不好说，咱们这还不清楚吗？就是苦于没法子而已。"

"哎，你说这陈留再往南是哪儿？不会就到长安了吧？"

"那还不至于，应该是洛阳。"

"啥，洛阳？哎哟，那可是东都啊！"

"是啊，那可是东都啊……"

两人长吁短叹地走远了，丝毫没注意到他们头顶的房檐上，一个男子蹲坐在上面，毫无遮挡。

李萼看着他们的人影消失在拐角，面无表情。

他微微仰起头，闭上双眼，放缓呼吸，努力摒弃一切杂念，只是用心去感知周围的一切：落叶的声音、旧伤隐隐的疼痛、自己的心跳、血液的流动、风吹过皮肤……他捕捉到了风，努力地去感知风的动向，想象身体像随风摆动的一根野草、一粒砂石、一只鹰……

一声鹰唳骤然划过头顶，他精神一振，仅仅抓住这一瞬意识腾空而起的感觉，仿佛随风追上了那空中的霸主，本来漆黑一片的眼前忽然亮了起来，他感觉自己像是附身在了鹰的身上，展翅翱翔，俯瞰着大地，一如往常一般。

整个常山郡就在他的眼底，屋舍、街巷、城墙和行人……就在李萼想看清行人的动静时，视角忽然向上一转，直冲云霄，眼前霎时一片亮白。眼睛受到刺激，他下意识皱紧了眉头，眼中的画面随之骤然消失。

他轻叹一声，睁开眼，抬头望向天空，一个小黑点蹿入云中，又破云而出，很是潇洒自在。

"十郎，你可真是……"他摇了摇头，转而苦笑，"罢了，怪我。"

这只巨鹰就是大漠上那只金雕，因为传闻它能力搏独狼，故又被人称为"食狼鹰"。李萼图方便，便给他起名为十郎。转眼，他们已经相伴四年了。

自从知道自己觉醒了"鹰眼"这个技能，李萼便一直想掌握它。可他越是心急，便越是难以自由驾驭。

当时阿莲娜劝他不要着急，他的"鹰眼"能通过训练被激发已属不易，要想运用自如，自然还需要机缘，光是苦练并无用处。

然而就在他放下执念的时候，黑衣大食的围剿却让他失去了所有的无形者同伴，虽然对方早有预谋且志在必得，可事后他还是时不时会想：若是自己早早掌握了鹰眼技能，是不是就有可能避免这场灾难？

明知这个想法于事无补，可每每使用鹰眼，他都会不由自主地产生一丝罪恶感。十郎仿佛能体会到他的抵触，纵使努力响应，也总是不得他心。

渐渐地，李萼便也很少刻意去练了，一是这本就不可强求，还有就是他不知道为谁去练这个。

他在意的，他想守护的人，似乎都已经不在了。

而现在，在被十郎屡次"坑害"后，他忽然意识到，不能再坐以待毙了。

他必须尽快熟练掌握鹰眼，不仅仅是为自己，为这天下，更是为了那些人，那些依然值得自己守护的人。

"李萼兄！"

李萼还待再尝试一次，突然听到颜季明的呼喊声，低头望去，就见他提着一把木刀，正在院子里东张西望："李萼兄！你在哪儿？"

"这儿。"李萼起身，轻巧地跃下，正好落在颜季明面前。

颜季明一脸羡慕："哇，每次看李萼兄的身手，想学的东西便又多了一个。李萼兄，教我飞……"

"要练刀吗？"李萼打断他。飞檐走壁非一时之功，还是不要让颜季明在这上面浪费时间为好。

"啊，对！刀我问人借来了。"颜季明有些不安道，"现在学，还来得及吗？"

"无妨，走。"

"李萼兄，你的刀！我给你也要了一把！"颜季明追上去。

"不用，"李萼随手拾起一根小木棍，"我用这个便很好。去哪儿？"

颜季明知道李萼怕误伤自己，便也不逞强，笑了笑上前领路："府里有个小校场，平时团练兵训练都在那儿。如今……"他情绪低落了一点，"他们都有事情要做，现在就空了。"

"你的父亲还没回来？"李萼问。

他和颜季明日夜兼程赶回来，满以为会立刻借着烽火之势干一番大事，谁料颜杲卿却并不在府里，而且他似乎预料到烽火台是儿子的杰作，还特地留下叮嘱，让他们等他回来，不要轻举妄动。

这一等，便是三天。

李萼都有些怀疑自己来此的目的了。

"还没有。"颜季明也有些不安，但转而又道，"但是我听到一些消息，据说我的十三叔他们也没降，还派人联络了我的父亲，我父亲才出门的。"

"十三叔？"

"哦，"颜季明脸上发亮，"他是平原郡太守，叫颜真卿，写得一手好字，或许你应该听过！"

李萼点点头，并没什么太大的反应："是听说过。"

想到李萼年幼辍学，或许确实对此了解不多，颜季明也无所谓，继续道："只可惜现在各郡之间联络不便，而且忠奸难辨，或许父亲就是因此耽搁了吧。"

他话是这么说,但想到自己和李荨如此拼命点燃的烽火台,带来的却不是如自己所设想的那种力挽狂澜的结果,到底还是有些失落,微微叹了口气。

李荨看了看他,轻嘲道:"怎么,这就气馁了?"

"只是有些许失望罢了,"颜季明坦然道,"毕竟李荨兄你为了点燃烽火台,也是九死一生,而如今却……"

"所以你这是心情不悦,无心练刀了?"

"怎么会!"颜季明深吸一口气,又重重地吐出来,咧开嘴,朗声道,"恰恰相反,我现在满腔斗志!"

"那,我就要见识见识了。"李荨站着不动,"你尽管过来攻击我便是。"

"那我来了啊!"

"别废话!"

"啊呀呀呀——"颜季明握着刀直直地冲了上去,冲着李荨的脖子就是一刀!

李荨挑了挑眉,轻轻一闪,与颜季明擦肩而过,顺便抬手一棍砸在他背上,无情地数道:"一杀。"

颜季明往前踉跄了几步,愕然回头,见李荨收回手,于是调整呼吸,再次转身向前,挥刀一下接一下砍去!

李荨干脆不摆架势了,只是轻松地闪躲着颜季明狂乱挥舞的刀,时不时抽空拿小木棍回击两下,每次都能精准找到颜季明的破绽。颜季明的招式和街头打架的莽夫没差多少,手脚都在动,却中门大开,几乎没什么打斗技术可言。

但时不时地,他却又能在几次挥刀时显示出一点点曾经练过的属于武人的架势。

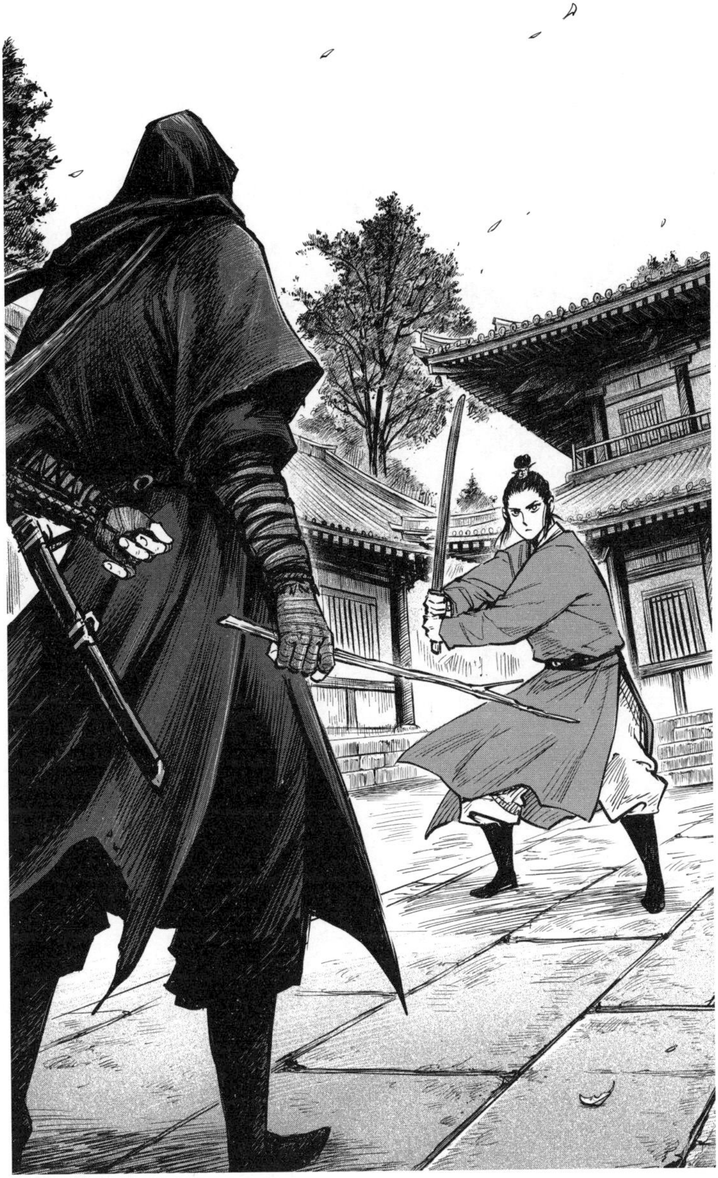

李萼背着一只手，从一开始的无语，到现在居然有点乐在其中，一边打一边计数："四杀，五杀……九杀，十杀！好了！"

说话间，他不再留情，一棍抽向颜季明胸腹，手腕一紧，仅凭木棍传过去的力量，就将颜季明震倒在地。

颜季明跌坐在地上，握紧木刀，下意识就想爬起来继续。李萼喝道："若正面对敌，你已经死十次了！究竟是你来练武，还是我来练鞭尸？"

颜季明一愣，颓唐地坐回地上，急促地喘息着。他的眼中满是不甘，甚至有一丝懊丧。

李萼见状，叹了口气，伸出手："再来？"

颜季明想也不想，抓住他的手，起身道："再来！"

"但不能再让你自己乱来了。"李萼轻笑，"我算看明白了，陈伯诚不欺我。"

## 二九
# 各有所长

"我不是那块料是吧……"不用李莩往下说，颜季明就知道他要说什么，刚鼓起的劲又泄了下去，"那我怎么办，我真的没偷懒！"

"我知道，"李莩道，"无妨，还来得及。"

"真的吗？"

"大唐承平已久，即便是传自军中的杀敌之术，普通百姓练久了，也变成了强身健体的玩意儿……而杀人，并不需要那么多招式。"李莩说着，忽然抬手，在颜季明下意识往后仰时，飞速地点过他的头、颈和前胸，"眉间、人中、下颏……脖颈、心窝、丹田……人的致命要害大都在身体的中线。"

颜季明刚被比画完"周身要害"，下意识地摸了摸自己的脖子，看起来有些呆滞。

李莩无奈，只能站到颜季明身后，一手抓住他握刀的手腕，一手托住他的手臂，在他耳边道："因此，你要做的是守住自己要害的同时，攻敌之要害。"

颜季明认真地听着,双眼死死盯着自己的刀,感受着李萼带着他转动刀柄。

"放松,你无须死记我现在带你做的,你只需领会我告诉你的经验就行。"李萼拍了拍他的手背,帮他摆好架势,"你要用刀身来挡住要害,寻机格开敌方的攻击,进而进攻对方的破绽……就这三个动作,挡、格、掀。"

听来越是简单,操作起来反而越发漫无目的。颜季明脑门上的汗越来越多,甚至响亮地咽了咽口水,看着手中刀的神色有一丝茫然。

李萼只能自认没有传道授业的天赋,可时间紧迫,他并没有那么多闲心去循循善诱,只能抓住颜季明的左手继续道:"万一格挡失败,便要用这只手来挡住敌人的劈砍……"

"啊……"这句话颜季明听懂了,惶惑道,"那这手不就没了?"

"废掉一只手,总比丢掉一条命强,"李萼淡漠道,"况且,这是最坏的情况,不到万不得已,绝不可使用。我之所以告诉你,是怕你到绝境之时茫然无措,失了这绝地反击的机会,枉丢了性命。"

"哦,对!对!"颜季明深吸一口气,眼神又再次坚定起来,"我明白的!"

李萼感受到了他身体里的力量,放开手道:"记住,将你的刀当作右臂的延伸,不要贸然先攻,要先看准敌人的刀路,因敌而变化。"说着,他背过身,一字一顿道,"此乃——掀击势。"

"掀击势……"颜季明咀嚼着这个名字,看着还在慢慢往前走的李萼,心里一动,照着他方才教自己的架势摆了起来,屏气凝神。

李荨仿佛毫无察觉，还在悠然传授："敌不动，我不动……敌一动，随之而动！"

话音未落，他猛地转身挥棍，直劈颜季明眉心。颜季明几乎下意识地抬手便挡，刀刃恰好挡住了李荨的棍势。

颜季明这一挡随心而动，身体比脑子更快，他自己都没反应过来，等意识到自己挡住了李荨的突袭时，不可置信地瞪大了双眼。

"啊，我……"他还想表达什么感想，却听李荨紧接着道："现在，反手格开，取敌要害！格！掀！"

颜季明像是被操控的木偶一般，下意识地顺着方才李荨教的方法手臂一挥，一抬，刀势如风，三个动作的组合宛如有了自己的意识，带着他的刀直指李荨右侧的空门，劈向李荨的颈间！

李荨只能抬起右手，用右臂架住了这刀，方才止住了这一次的交手。

颜季明维持着劈砍的动作，愣愣地看向李荨，仿佛还不敢相信刚才发生的事情。

李荨却从容得多，露出了一丝笑意，放下手："不错，若是真刀，我这只手臂就没了。"

"真的？"颜季明强忍欢喜，"不是骗人的吧！"

"当然，是骗人的。"李荨故意顿了顿，很享受地看到颜季明再次被打击得垂下了头，笑道，"关键是你动作学会了，接下来只需要多练习，毕竟真正的高手，会有无数方法躲你这一刀。"

被打击得多了，颜季明早就习惯了。他很快振作起来，再次摆出架势，叫道："好，我找到感觉了，再来！"

李荨哭笑不得："哪有那么快……"但还是举起了木棍。

"可否容我试试？"一个轻柔的声音忽然传来。两人循声望去，就见一个窈窕女子款款走来。她朗目疏眉，容颜秀丽中带着一丝英气，神色沉稳，笑意浅淡，一身荆钗布裙亦不掩其大气端方，一看便是大家出身。

这份气度，让她手里的木刀都显得不那么突兀了。

女子举起刀，竟然摆出了掀击势的架势，朗声道："李荨先生，久仰！请赐教！"

李荨没有直接答应，而是先端详了一下她的姿态，挑了挑眉，带着一丝兴味道："练过？"

女子微笑："现学现卖。"

"哦？"李荨更有兴趣了。他回头，见颜季明双眼发亮，一副兴致盎然的样子，显然与女子甚是熟稔，便问，"你姐姐？"

颜季明笑了，他望向女子，两人眼神交汇，一派柔情缱绻。他少年之气尽敛，挺直腰板，从容道："不是，她是我的内人，也是我的青梅竹马——何红儿。"

李荨愣了一下，这才想起他早就知道颜季明已经成婚这件事，只是没想到他的妻子竟然是一个气质比她的丈夫还要沉稳的人。两人年纪相仿，男才女貌，倒真是天造地设的一对。

他朝何红儿点点头，算是和她打了招呼，转而直接回归主题："你的架势不错。"

何红儿不为所动，反而愈发握紧了刀。

"不过……实战可不看架势！"李荨话音一落，举棍便上。

他这一棍毫无怜香惜玉之情，棍风呼啸直扑何红儿面门，却见何红儿面色沉静，抬手就是利落的一挡、一格、一掀！

她这三下宛如行云流水，竟然当真完全破开了李荨的攻势，同时还不忘直取他的命门。这可比颜季明的攻势来得迅猛凌厉得多！李荨惊讶之下却并未失措，转手也是一挡一掀，以更为刁钻的角度将这招还了回去。何红儿还待再挡,却发现着力不对,被这一棍打散了重心,猝不及防之下被生生逼退了两步,却又立刻摆好了架势,收回了周身破绽。

她作势再战,李荨却放下了木棍,调侃道:"还说没练过?"

何红儿不动声色,平淡道:"举一反三罢了。"

"好,"李荨露出一丝笑意,"有天分!"

说出这话,他下意识地望向一直在天分这件事上备受打击的颜季明,却见他丝毫没有被打击到,反而双眼发亮,面带笑意地看着何红儿,满脸的与有荣焉,看起来就差冲着李荨得意地说出句"看,这就是我颜季明的内人"了。

何红儿得了李荨的夸奖,依然不卑不亢,只见她抱拳行礼,正色道:"多谢先生赐教。"

"欸,不打了?"颜季明见状,还有些失望,"红儿,李荨兄说你有天分,不如趁热打铁……"

"父亲大人回府了。"直到看向颜季明,何红儿的神色中才流露出一丝独属于女子的柔软,道,"我们进去。"

## 三十
## 剑指土门

三人到达议事厅时,颜杲卿和一众将领都在。长史袁履谦刚在中间的长桌上铺开地图。随着河南、河北各郡的轮廓在图中寸寸展现,众人盯着横亘中间的长长的黄河,眼中都不由得流露出一丝沉重。

颜杲卿站在最上首,风尘仆仆,面容憔悴,眼神却凛然有神。他冲李萼点了点头,待何红儿关上房门,便开门见山道:"南岸,情况不妙。"

场面为之一窒,纵使大家有心理准备,但是颜杲卿这般直言出来,还是让人心里一阵惶惑。众人面面相觑。

颜杲卿看着地图,语气沉重道:"十七日前,陈留陷落。邑居万户,死者万人。安禄山大开杀戒,所到之处,寸草不生……"

"啊?"颜季明尚不知此事,忍不住惊叫了一声,"他不是打着'清君侧'的名号吗,怎么敢……呃……"

何红儿握住了他的手,朝他轻轻地摇了摇头。

其他将领却都已经知晓此事,一个个面沉如水。

颜季明见大家都没反应，连李萼都不动声色，便知道自己的消息滞后了。他皱紧了眉头，抿紧嘴继续听起来。

颜杲卿没有看自己的儿子，只是冷静地盯着地图，仿佛能在上面看到反贼大军的行进，继续道："十四日前，荥阳陷落。固守城池的团练兵被叛军杀气所慑，从城墙上自坠如雨，不攻自破……死者不计其数。"

寂静的厅中，明明只有颜杲卿低沉中带着些许沙哑的声音在回荡，可是每每一句话罢，间隙的寂静中却仿佛暗藏着阵阵嗡鸣，像刀剑交击之后，又像人类濒死之时，沉重得让人喘不过气来。

"十日前……洛阳陷落。"

"咝——"即便有心理准备，但是陡然听到这句话，还是让颜季明忍不住倒吸一口凉气。他猛地抬起头，很难相信现在还有人能保持冷静。

幸好，他不是唯一一个。果然，在座还有两位一直驻守在城中的队长也都面露震惊之色。

"才四天，就丢了？"其中一个还忍不住问了出来，声音几乎有些颤抖，"四天，才四天啊！那可是东都！东都洛阳！不比长安小啊！"

"就四天。"颜杲卿早已对这个消息麻木了，平静地道，"官军连战连败，连败连战，最终还是只能弃城，退守潼关。"

"洛阳是谁守的，怎的如此无能？"另一个队长大骂道。

颜杲卿瞥了他一眼，沉下声："是封将军。"

那队长一愣，有些心虚："是……封常清封将军？"

"对。"

"不，不可能啊，封将军又不是初出茅庐的小子，也是个身经百战的老将了，怎么可能被安禄山撵成那样？"

"还是那句话,"颜杲卿闭上眼,叹息道,"大唐,承平太久了。他们几个老将,手下无兵无钱,军备废弛。守城的那些兵,多半也是如我们这般临时招募的,怎么可能是安禄山虎狼之师的对手?"

"可是,过了洛阳,就是潼关了,过了潼关……"那队长眼中闪过一丝惊悸,说不下去了。

"就是长安了。"长史袁履谦替他说了出来。他与颜杲卿也算是老搭档了,颜杲卿出门那段时间,都是他在打理常山事务。此时他长长地叹息一声,"杲卿,潼关是谁守?"

"听传闻,应是高仙芝。"

"高仙芝"这三字一出,仿佛石子入水,一潭死水瞬间活了起来,有人甚至露出释然的笑,拊掌道:"果然还是要高将军出马。"

"有他在,潼关不会破!"

"放眼大唐,还真只有他了……"

颜季明也跟着心里一松,转头笑着看向自己的同伴,却见李萼神色复杂,看起来仿佛心事重重。

"李萼兄,李萼兄?"

"嗯?"李萼回过神,"怎么了?"

"哦,我看你……咦?你说你曾从军,莫不是……"颜季明脑子转得飞快,双眼也随着自己的猜测而瞪大了。

李萼本也没想瞒着,见他猜到了,也只能苦笑一声:"没错,我之前就在高将军麾下。"

"啊!那……"颜季明激动起来。

"嘘——"李萼示意了一下颜杲卿那边,"之后再说。"

"嗯!"

## 三十 | 剑指土门

众人对高仙芝镇守潼关一事感慨完,终于想起来此的重点,问道:"大人,那我们接下来该如何做?"

"这就是我今日召集诸位的原因。"颜杲卿双指在地图上划动,道,"现在,范阳至洛阳都已被贼兵占据,安禄山后方无虞,补给可谓畅通无阻。若是我们就这么坐视不理,贼兵破潼关、陷长安,也是迟早的事。"

所有人面色重新凝重起来。

"之前安禄山过我常山,我们势单力薄,只能虚与委蛇,任其在河北横行,以至于现在洛阳沦陷如此之快。大唐变成如今这副模样,我们难辞其咎!

"如今河南大半沦陷,潼关兵临城下,我们自然无法千里驰援,但是我们也有我们能做的。"颜杲卿在地图上一点手指,"我们要切断安禄山的补给线,叫他后院起火,无法安心前进。"

众人精神一振,纷纷正襟危坐,看向颜杲卿指点的地方,心下皆了然:"土门关!"

"没错,土门关。"颜杲卿斩钉截铁地道,"此乃东西之咽喉,它三省通衢,素来是兵家必争之地。原本反贼南下,应该先彻底打下北边才可高枕无忧,更何况我们这儿有黄河天险,理应是先往西出土门关过太原,沿汾水而下经蒲津关过黄河,绕过洛阳,直达潼关,径取长安。如果走这条路线,安禄山必然还没过黄河便会损失不少兵马。"

"谁料他却借了黄河结冰的机会,略过土门关,直接到了河南。又有谁能想到,他那么快就能打下洛阳,兵临潼关。若是过了潼关,长安危矣!"

"但是太原还在!"颜季明已经听出问题关键了,激动地道,"所以安禄山既已渡河南下,却还要留高邈和李钦凑这两个得力干将把守此处，看起来似乎是监视我们，实则是因为我们离土门关最近，他们好在那儿防范太原守军过来。若太原府的官兵过了土门关，到时候不仅可以切断他们的补给线，甚至还能和潼关一道对其形成夹击之势！"

颜杲卿点点头："正是如此。"

"打下土门关！"一个队长一拍桌子，大喝道。

"对！"

"我去探过，他们没多少守军！"

"但是，"眼见众人开始忍不住计划起来，颜杲卿抬了抬手，示意大家先静一静，"今日接到线报，贼将何千年要带一队精锐射手到我们这里，人数为一千，协助土门关守备。"

刚振奋起来的人一怔，神色再次凝重。

"一千……"袁履谦皱紧了眉头，"我们本就人手不足，若是再来一千，还是精兵，那着实有些吃力了……"

"大人，之前您不是说前去联系援军了吗？若是到时候联合援军一起，是不是有可能……"

"话虽如此……"颜杲卿紧皱着眉头，"实不相瞒，联系我的正是身在平原的族弟颜真卿。他身为平原太守，当初安禄山举兵过境，他也选择了与我们一样的办法。等到叛军主力一走，他就派人联系了我，欲与我一起商讨对策。引太原府兵过土门关，正是他传信给我的建议之一。"

"是十三叔！"颜季明喜上眉梢，"太好了！若是十三叔也一道举事，那定能成功！李萼兄，你记得吗，就是我与你说过的那个书法一绝的……"

"平原郡太远了，"李萼突然道，"来不及的。"

"嗯？"颜季明一怔。

一直藏在阴影中不作声的人突然开口,其他人也下意识地看了过来。

"我们从清河过来,一路眼见贼兵烧杀抢掠,官兵奔逃,百姓四散,十城九空。而平原郡与清河相距不远,且不说它本身能保存多少兵力,就是沿途招募,怕也难有成效。"李萼被满屋的人看着,并不怯场,反而侃侃而谈,"若是要等那边的援军过来,土门关的贼将肯定早就收到消息不说,援军的数量,也不一定够我们拿下那个时候的土门关。"

"这位是……"有一位队长看起来不是很服气,但还是客气地问道。

颜杲卿并没有见过李萼,但既然让何红儿一道请来了他,自然是有所耳闻,只不过介绍一事,还是得交给清楚的人,他看向了颜季明。

颜季明连忙道:"这是我的好友,名李萼,清河人。他身手极好,是特来相助的义士!"

"那李萼兄弟认为该当如何?"那位队长又问起来,但语气不再咄咄逼人,可见颜家人在他们心目中确实分量不低,一旦打消疑虑,便会全心信任。

李萼看向颜杲卿,见他并无犹豫之色,心里便有了数,道:"在下的意见是,今夜就举事,夺回土门关!"

"什么?"众人一惊,纷纷转头望向颜杲卿,却见颜杲卿沉吟不语,竟是默认的意思。

李萼又道:"打开土门关后,即刻向河北各郡传檄文,告知所有人,朝廷大军已经过土门关进河北。河北百姓得信,自然知道该帮哪边,如此一来,朝廷军一旦进入河北时,定将势不可当。

"到那时,前有潼关固守,后有河北二十四郡联合朝廷军切断兵道,安禄山只能如同瓮中之鳖一般困守洛阳城,进退两难,最终束手就擒!"

李萼说得掷地有声,听得在场其他人都血脉偾张起来。

"这么说,如果刺杀了高邈、李钦凑这两个贼子,可以一举扭转天下局势?"有人忍不住问。

他身边有人立刻回答他:"我觉得是,要不然安禄山人都在洛阳了,为什么还想着给这儿增加守军?他又不是兵多了闲的。"

"哦,有道理!大人,我觉得这李萼小兄弟说得靠谱!"

"纸上谈兵而已。"谁知颜杲卿张口就泼了一盆冷水,"土门关戒备森严,平日常人出入都难如登天,更遑论深入关城行刺守将了。"

面对如此质疑,李萼却毫不动摇,反而笃定地道:"确实不易,但也并非不可能。"

颜杲卿一愣,抬头望向李萼,想从这个年轻人脸上找到哪怕那么一丝强作镇定的样子,可是没有,甚至他的眼神,比他的口吻还要坚定。

"兵在精,不在多。若真要举兵攻打,那确实不易,但是只要给我一个机会,一个能与那二将面对面的机会……"李萼举起左手,"嗖"的弹出袖剑,毫不犹豫地表明了他刺客的身份,平静地道,"我定能杀之!"

三一

# 血漫潼关

"可是,我们该如何与潼关取得联系?"

一番布置后,终于有人想到了这个关键问题。袁履谦不愧为长史,心思细腻不少,见众人都看过来,继续道:

"我们既然要与潼关守军夹击安禄山,必然需要高将军知情,他方能派人接应我们。还要联系上太原守军,毕竟到时候是他们入关帮助我们收复河北。否则光凭我们夺回土门关后直接过去请他入关平叛,他们会相信我们吗?即便信了,没有朝廷或是平叛将军的首肯,他们也不敢贸然出兵吧?"

"对啊,说不定还会把我们当成想引君入瓮的叛贼同伙。"其他人也恍然大悟似的,纷纷商议起来。

"那该如何取信于他们?太原还好说,只要他们愿意派人来看,便能知道我们确实夺回了土门关,但高将军远在潼关,该如何取信于他呢?"

"如今还有办法能联系上潼关吗?"

"送信或许可以,但是光凭一封信,恐怕难以取信高将军。"

"我们之中有可能让高将军相信的人,只有太守大人了吧?"

虽然不情愿,可是众人还是一脸愁容地把目光投向了座首的颜杲卿。

让颜杲卿出马,那是万万不能的。

且不说今夜便要举事,即便不是,以如今这个形势,常山郡也决计离不了颜杲卿,更何况是奔赴潼关前线这样生死难料的事。

颜杲卿紧皱眉头,他细致地看着桌上的地图,仿佛真的在思考从常山到潼关之间以最快速度往返的可能性。

"父亲!不如让我……"颜季明坐不住了,刚抱拳开口,肩膀忽然被人从后面按住。他愕然回头,却见李萼已经放开他的肩膀,走到了他的前面。

"诸位,此事可否让我来试试?"

"李萼兄?"李萼挺身而出,颜季明不喜反忧,他压低声音道,"我知道你之前曾效力高将军麾下,但如今你既然在此,定有你的苦衷,若是实在为难……"

他之所以之前不说,正是因为依照大唐此前的府兵制度,一旦应征入伍,要六十岁才能退伍。李萼既然已经默认他曾在高仙芝麾下,如今却站在这里,说不定会被人误认为是逃兵。

"何来苦衷,不过是往事罢了。"李萼明白他的顾虑,很是坦然,"我甚至有些庆幸,能在这时候就派上用场。"

他向在座抱了抱拳,朗声道:"在下或有办法取信于高将军,但愿……高将军还记得我。"

高仙芝已经记不得,这是第几批撤入潼关的溃兵了。

但他知道,眼下正疯狂奔来潼关关口的,是最后一批唐军溃兵。因为他们身后，就是如狼群一般的叛军骑兵。

马蹄声轰然如雷，几乎充斥了所有人的耳朵。关口狭窄的山隘中，密密麻麻挤满了撤下来的唐军士兵，他们丢盔弃甲，早已溃不成军。曾经的同袍之情荡然无存，他们用恨不得把身边人掀到后面垫背的力道相互推搡着，每个人脸上都溢满了惊恐和绝望，以至于朝着潼关的脸一张张都显得青白发灰，看起来像是尸潮。

这群会动的"尸体"正在源源不断地涌入关内，然而更多的士兵却还远远地被挤在后面狭窄的山隘中，不管怎么努力，前面永远是扒拉不开的同袍，后面还有不停想推倒自己的曾经的战友。

潼关很近，近到就在眼前，可潼关也太远了，远到怎么也跑不到。

身后震颤着大地的马蹄声已经越来越响，让人不禁两腿发软。

"嗖嗖嗖……"无数羽箭划破空气的声音传来，就在头顶。

唐军士兵们太熟悉这个声音了，他们不用抬头就知道那是后方射来的箭雨。没人抬头，更没人回头看，所有人疯了一样拼命往前挤，只祈祷自己能是侥幸躲过这一波箭雨的人。

然而箭雨还是让人们如被狂风刮倒的麦田一般成片倒伏，即使没有中箭，也会不慎被前面的尸体或者伤者绊倒。越来越多的人被堵在隘口，呼喊和求救的惨叫声充斥着山谷。

唐军士兵还在源源不断挤入关内，可是追兵也越来越近。高仙芝站在城楼上往下看，心里默算着敌军和关口的距离，待已经看清对方第一排骑兵武器上反射的日光时，他看着还乌泱泱挤在关外的唐军，咬了咬牙，道：

"传令，弓箭手准备！"

他声音不大，可他身后的封常清却听得一清二楚。封常清心里虽然明白，却还是略带哽咽道："大夫，那尚未撤入的兵卒怎么办？他们……也在射程内……"

高仙芝如何不知，但他死死盯着下方还在拼命往前挤的兵卒，沉声道："封二，我们已经无路可退了！"

封常清面露痛苦之色。他自己就是刚从洛阳退下来的"溃兵"，如何不知如今他们身处什么境地。

"潼关布防尚未万全，若是在关口挡不住敌军，已经撤入的兵卒和百姓也将被屠杀……"高仙芝深吸一口气。他这番话与其说是在说服封常清，不如说是在说服自己，"我们身后，就是长安了。我们已经是最后的防线了……"

"属下明白！"封常清再次开口，却已经泪如泉涌，他哽咽着大吼，"弓箭手准备！"

城墙上的弓箭手清楚地听到了命令中的哭音，一个个只能红着眼睛朝着城墙下张弓搭箭。

令官开始大声报距离。

"五百步！……四百步！……"

山隘中人声嘈杂，城墙上令官的声音他们根本听不见，但是不管是还未撤入的溃兵，还是后头的追兵，都似乎察觉到了潼关城头上气氛的变化，都开始更加急切地朝关口涌动，人吼马嘶在山隘中混成一团，嗡鸣不绝！

"三百步！……二百步！……"令官的声音几乎像是嘶吼，每一次报数的间隔都仿佛一辈子那样漫长，但终究还是得说出那个词，"关门！"

"关门！关门！……"

指令层层传递，到达关口，大门应声而动，数丈厚的城门发出令人心悸的嘎吱声，在关外的溃兵听来，仿佛是头顶铡刀落下的声音，听得人魂飞魄散。

两扇城门间的距离不断缩小,从一次还能容十余人同时进入,到后来只能容三五人同时进入,再到只能勉强挤过一人,到了最后,便干脆连伸进一只手的缝隙都没了。

"轰——"

城门彻底关上了,严丝合缝。

关门时的嘎吱声变成了雨点一般的咚咚声,那是无数人扑在门上拼命拍击的声音,每一下都是垂死之人的挣扎,他们怒吼着,哭叫着,用尽全身力气求救。

"开门!"

"快开门!让我们进去!"

"求求你们!快开门!"

"救命啊!"

…………

身后来的箭雨还在落下,并且随着马蹄声的逼近而越发密集,喊叫声中开始混杂越来越多的惨叫,拍门声却在逐渐减少。

"一百步!"令官的声音已经完全嘶哑,尖厉破碎,"敌军进入沟壕!"

高仙芝猛地抬头,喝道:"就是现在!射——"

"射——"封常清紧闭双目,嘶声下令。

潼关城上,万箭齐发。

这不是后方追兵边骑马边射出的箭雨,零散的、随机的,像是戏耍和驱赶,让人尚有一丝侥幸能躲过去的空隙。

这是一场凶狠的暴雨,无差别地砧向关外城楼下所有的生物。它们出现的那一刻,遮天蔽日,所有抬头看的人都被那阴影所笼罩,黑压压的,让人喘不过气来。在夺去生命前,它先夺走的是人们的光明和希望。

关外，只剩下惨叫了，人的惨叫，马的惨叫。

即使弓箭手们已经努力把射程放远，但是由于关城门的时间过于紧迫，有的敌军已经冲到了溃兵前方，更有悍不畏死的少数敌军，已经踩着尸体冲到了城门下，企图在城门关闭前冲入关口！

城下敌我双方的士兵已经混杂在一起，根本无法区分。

高仙芝说得没错，再多开一会儿城门，安禄山的骑兵就要冲入潼关了。

潼关城下，是一片人间炼狱。

"死守关口！"看到还有不少叛军在冲击城门，封常清嘶吼起来，"射！继续射！不要放过一个反贼！"

"射！继续射！"号令不绝，箭雨亦不绝，一波又一波追着人群中的叛军骑兵而去，数十名骑兵浑身插着箭摔入城墙前的壕沟，但更多的叛军见势不妙临壕勒马，一边撤往唐军射程外，一边转头同样以箭雨回敬唐军。

城楼下的人就没那么幸运了，他们本就挤在一起，前有箭雨，后有追兵，在推搡和慌乱间，被敌人和自己人一点点杀戮殆尽。

"停！"喝令再次传来，城楼上的将士们立刻收手。

城下一片死寂。

潼关外的百步射程内，已经再无活物。

从城楼往下望去，只能看到尸横遍野，血溢壕沟，曾经还在山隘中嘶吼奔跑的人，现在已经全都没了声息，只有壕沟内蒸腾而起的袅袅热气，昭示着他们不久前还是鲜活的生命。

高仙芝定定地看了会儿城下的惨状，视线缓缓上移，阴沉地看向百步外，在壕沟边缘骑着马、悠然站立的反贼将领，就是他第一个勒马，止住了后方骑兵的冲锋。

那人身躯魁梧,肩部围了厚厚的狼皮,下着一身与高仙芝一样的明光铠。他虽然罩了鬼面,可顾盼之时,黑黢黢的眼洞中精光森然,显然也在打量站在城楼上的高仙芝。

他们之间,是满坑满谷的尸体。

将功未成,万骨已枯。

他们之间真正的博弈,现在才刚刚开始。

忽然,在已经变成血池的尸坑中,突然传来一声呻吟。

那声音如此突兀,以至于甫一出现,就吸引了双方所有人的视线,潼关城楼上,关外壕沟边,无数人眼看着那尸体堆中,缓缓爬起了一个人,一个唐军兵卒。

这个兵卒没穿铠甲,显然为了能跑进关内用尽了办法,可最终还是没有如愿,只不过上天垂怜,在双方密不透风的箭雨中,他居然没死!

"哼哼……喀喀……"他全然不知自己正被无数人看着,自顾自呻吟着,在尸堆中艰难挣扎,一边拼力继续往潼关方向爬,一边努力起身。他仰起头,麻木地向潼关方向张望,"开……开……开门……"

"蠢货!"看到他在死寂中挣扎,城墙上的人尚来不及感动庆幸,便已经开始为他焦心着急。高仙芝更是咬牙切齿:"别起来,蠢货!"

只可惜,那个士兵听不到,也想不到。

他颤抖地站了起来,踩着同袍的尸体,一步一步,蹒跚着走向潼关紧闭的铁锈色的大门。

他现在满脑子里,只有潼关。

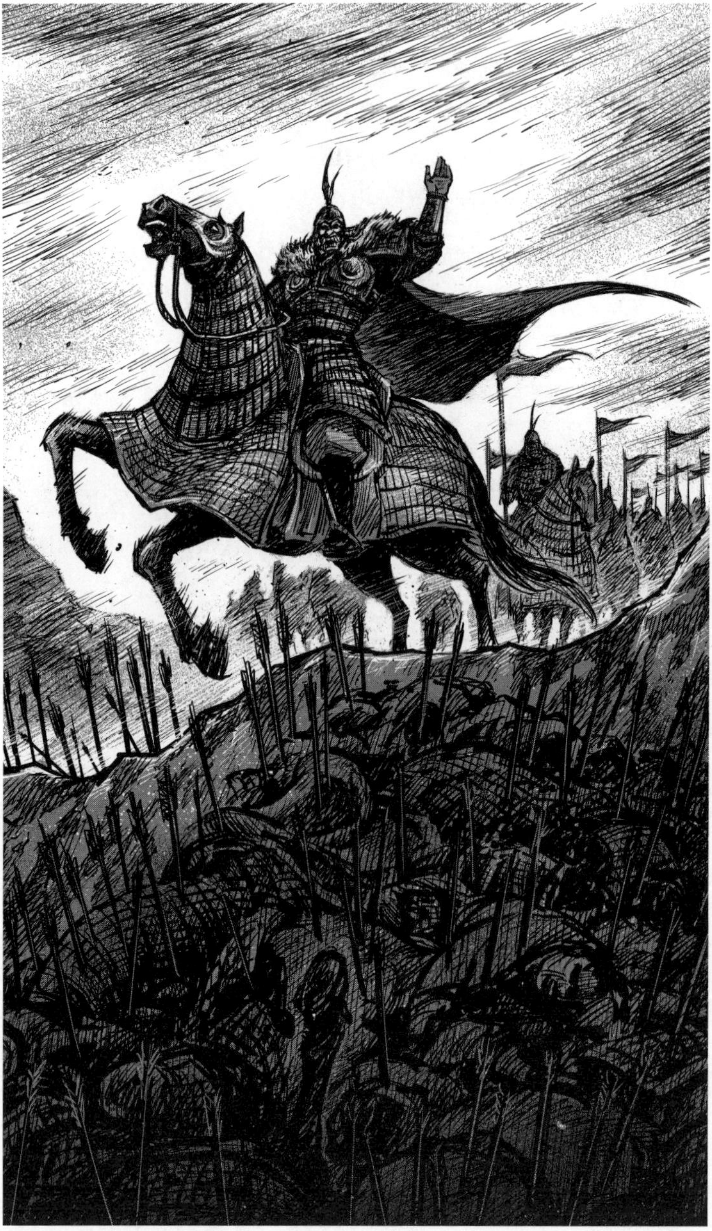

三二

# 阵前削爵

"开门！开门！开门啊……"

"我要回家！呜呜……我要回家……"

"给再多钱也没用，我不干了……封官也没用……娶不上媳妇，那就不娶了，我认了……"那人神志已近癫狂，一会儿高声大叫，一会儿嘟嘟囔囔，但是行动却很坚定——他一直跌跌撞撞往城门走。

他浑身满是血泥，上气不接下气。

城楼上没人得到命令，只能静静地或者说怔怔地看着他往城门走来，然而他做的这一切都是徒劳的，因为城门始终紧闭着。

"开门啊！开门！"他当然看到了尸体堆积的道路尽头，归乡的大门依然紧闭，只能一边踉跄，一边号啕大哭，含糊地嘶吼，"让我回去！我要回家，我要回去，呜呜……我要回去！"

城楼上，高仙芝死死地看着这个兵卒，脸色铁青。

虽然壕沟边的鬼面将领一直没有动静，但他几乎可以透过那张狰狞丑恶的面具，看到下面那张脸上戏谑玩味的笑。

这人不可能活着进潼关,不可能的,但是……

"大夫,敌军都在射程以外。"身后的封常清平时最是爱惜士兵,即使大多数时候能猜到高仙芝所想,却还是忍不住试探道。

高仙芝暗叹一声,平静道:"开门,注意敌方动静。"

"是!"

见封常清近乎雀跃地把命令传下去,高仙芝面色却越发凝重,他冷冷地盯着在看好戏般不动声色的反贼头目,心里不祥的预感越来越重。

"开门!"那名兵卒离城门越来越近了,他越来越声嘶力竭,涕泗横流,满脸血泥,脏污不堪,形似癫狂,"开门啊!开门!"

就在他已经吼出哭音的时刻,突然一阵嘎吱声响起,随之而来的是前面的两声呼唤:"喂!兄弟!这边这边!"

他努力睁了睁被血泥糊住的眼睛,惊喜地发现潼关的城门竟然开了一条缝,有两个人半侧着身子躲在城门后,拼命朝他招着手:"这边!快进来!快!"

"啊……"巨大的惊喜充盈了他的脑海,他甚至感受到有一股清风从门缝处吹来,吹拂着他的脸颊。他激动得全身发颤,用尽全身力气拼了命往城门挪去,"呜……等等我……呼哧……"

"快跑!快!"门里,前来接应的队头尽可能地往前伸着手,焦急地催促道。他死死盯着那个兵卒,恨不得冲出去把他拖进来!

可是对面一动不动的反贼头目也让他心里打鼓,他不知道他们在打什么主意,怕就怕自己出去了,对面一放箭,人救不回来,自己还要赔在那儿。

"快啊!快!"他越来越着急,"就差几步了,快点!"

"呜……啊……"那兵卒早已精疲力尽,此时已无力行走,全凭着本能爬着，一寸又一寸，在一声声催促下，他终于爬到了梦寐以求的城门前，门缝中吹来的风不仅更明显了，他甚至能看清门后那两张焦急的脸。

他泣不成声，用力爬过去，朝着城门伸出了手，只要抓住他们，只要握住他们的手……

"快！"队头心急如焚，他用尽全力，朝着那近在咫尺的指尖探出手。

"嗖——噗！"

门里的人愣住了。

那队头的手还朝前探着，却只能眼睁睁看着那已经触到的温热的指尖骤然滑落，兵卒惊喜掺杂着痛苦的表情瞬间凝固，他满是血污的身体砰然倒下，融入他脚下的尸山之中。

他的背心，扎着一支箭。

"队头！队头快回来！"

"关门！关门！"

"快关！他死了！"

城下，焦急劝阻的声音源源不断地传来；城上，高仙芝面沉如水，冷冷地看着壕沟边的叛军鬼面将领从容地收回手里的巨弓，摘下头盔和面具，缓缓抬头，露出一张鹰视狼顾、面相凶戾的脸来。

他扎着契丹人典型的双环发辫，丝毫不掩饰其残忍的本性，不仅咧嘴笑得很开心，还伸出手指在颈间一划，吐出舌头，朝着高仙芝遥遥比了个"杀"的动作，可谓挑衅味十足。

"孙——孝——哲——"高仙芝身后，封常清咬牙切齿。这个契丹将领的凶狠残忍，他在洛阳早已领教，若是他早点摘下头盔露出面目，那自己根本不会产生救那个兵卒的侥幸心思。

孙孝哲挑衅完，丝毫没有刚才进攻潼关失败的挫败感，反而饶有兴味地看了一眼潼关，转身下令："撤！"随后头也不回，打马离开。

马蹄的轰鸣声逐渐远去，消失在山隘尽头。此时的潼关仿佛一座被挖开的坟，虽然有了流动的风，却也露出了满坑满谷的尸体。城楼上的人静静地看着这惨绝人寰的景象，丝毫没有劫后余生的庆幸感，反而一个个心情沉重，如丧考妣。

偌大的潼关，无一丝声响。

封常清被孙孝哲的出现勾起了丢失洛阳的耻辱，再加上今日种种，心中郁愤难当，忍不住跪在了地上，抱头痛哭起来。

他戎马数十载，什么风浪都经历过，却没想到有朝一日，竟然要承受东都失守、手刃同袍的痛苦。

高仙芝又何尝不是如此。他看着远处贼兵离开时扬起的尘土，又看向城下的尸山，面色凝重。

"恭喜大夫，成功击退贼军。"一个阴柔的声音忽然传来，语气中不仅没有丝毫欢喜，反而有些不怀好意。

城上的守军都厌恶地看向这个声音的主人——监军太监边令诚。

他可能是潼关唯一一个锦衣绸袍的人，圆领宽袖，颇有魏晋之风，然而其长相却很是粗陋，淡眉鱼眼、扁鼻凸嘴，简直不堪直视。原本这样的长相在宫中根本讨不了好，奈何他向来擅于见风使舵，早早攀上了杨国忠这棵大树，才有了今天这颐指气使的地位。

高仙芝根本不屑理会这种小人，只是冷声道："有何可恭喜的，他们马上就会卷土重来，到时候定会有更多人马……我们还需继续固防，以抵御下次进攻。"

边令诚阴阳怪气道:"固防?难道不应该是率军出关,乘胜追击吗?"

"乘胜?"封常清听不下去了,他瞪着边令诚,压抑着怒火道,"监军,死了那么多人,你没看到?乘的是哪门子胜?"

说着,他指了指关内:"我们的兵卒,都是临时招募的市井子弟,即便拼尽全力,也难以与敌方正面交锋!陈留、荥阳、洛阳……光是守城都难,现如今这般情况,何来乘胜追击?难道不是好生守住潼关,才是当务之急吗?!"

边令诚冷笑一声:"呵……封常清,你倒是会找机会给自己开脱。我大唐王师,天武骁骑,到了你的嘴里,怎的就成了一群乌合之众?弄丢洛阳,分明就是你的怯懦无能所致!朝廷把兵给你,你却一味宣扬敌强我弱,怎么可能打得了胜仗?"

封常清身形一僵:"怯懦无能?"他想到自己带兵在洛阳的鏖战,气愤难抑,怒道:"朝廷命我守洛阳,前后不过给了半个月准备时间,没兵没粮,我连日奔波才招募了五万子弟,匆忙训练,仓促上阵,自反贼进犯洛阳那一日起,就无一人退缩!我们从城外战到城内,逐个城门争夺,从上东门打到都亭驿,又从都亭驿打到宣仁门,最后一直打到上阳宫内,困守宫城多时,才不得已凿墙撤退。放眼洛阳,我无一处随意弃守,无愧于朝廷的交托!监军说我无能可以,但要说怯懦……"他怒不可遏,"我不认!"

"若不是封二在洛阳看清敌方实力,与我会合时劝我直接退守潼关,"一旁的高仙芝也道,"说不定我也已经陷落在洛阳了。"他瞟了一眼边令诚,冷声道,"边监军今天还不一定能在此处见到我等。"

"嗬,封将军,你倒是没白跟高将军这么多年,人家还这般维护你。哦,差点忘了,"边令诚忽然拍了拍脑袋,装腔作势道,

"朝廷刚刚传令，即刻削除封常清一切官爵俸禄，白衣从军，等候发落。封常清，你已经不是将军了！"

封常清闻言，顿时心如死灰。他愣怔良久，方面无血色地跪地磕头道："臣——草民……遵旨……"

高仙芝面色黑沉，正想上前拉起封常清，却听边令诚得意扬扬道："封常清！你既已知罪，我作为监军，便给你个戴罪立功的机会……你现在立即带上先锋队出潼关，追击敌军，将敌军将领的首级带回来！"

见封常清一脸惊愕地望向自己，他还当是对方没明白自己的"好意"，笑道："只要挽回了朝廷的颜面，不仅失去的都能回来，说不定还能加官进爵，何乐而不为呢？"

回答他的，却是高仙芝迎面一拳！

"说什么浑话！"高仙芝怒不可遏，一拳打在边令诚脸上，没等他哀号出声，又抓住他的领子，单手将其提起来，直接按在了城垛口上。边令诚半个身子都露在了墙外，向下看了一眼，吓得他屁滚尿流，夹紧了双腿。

"你那么想出关，我现在就成全你！什么先锋队、敌将首领，把你丢下去了，要什么没有！"

"大……大夫……"边令诚两股战战，颤声道，"出……出关迎敌，是……朝廷的意思！"

"你身为监军，此时能不能出关，看不明白吗？你想死可以，但我的麾下，不会再白死一个人！"

"喀喀……我就是……传达上意，"边令诚还在挣扎，"难道……大夫要……违抗上意吗？"

高仙芝闻言，下手更重，看着翻白眼的边令诚，冷声道："你说的上意，究竟是朝廷，还是……杨国忠？"

"杨国忠"三字,他说得咬牙切齿,听得边令诚一时无言以对,只能惊恐地看着高仙芝。

高仙芝已经了然,冷哼一声:"我高仙芝是在为大唐打仗,不是为你们这群宵小之辈!你休想在我军中指手画脚、任意妄为!滚!"

说罢,他把边令诚往边上狠狠一甩,转身去扶封常清。

边令诚摔在地上,"哎哟哎哟"痛叫两声,见边上无人上来扶他,只能自己狼狈地爬起来,不忿道:"嘿,嘿嘿,好你个高仙芝!枉我还常在朝廷帮你说好话,你不知感恩就罢了,居然还反咬一口!吃狗屎的东西!"他越说越气,转头森然地看向高仙芝的,面色阴冷道:"今日之事,我定会向杨公如实禀报!"

说罢,他气冲冲地跑下了城楼,还怒斥沿途的士兵:"看什么看?别挡本大人的道,让开!"

高仙芝看了看边令诚的背影,不屑地冷哼一声,去扶封常清,柔声道:"封二,起来,你还有事要做呢。"

"大夫……"封常清还是跪在地上,一脸失魂落魄,"我已经……不再是将军了。"

"那又如何?不是将军,就做不了事了?"高仙芝不以为意,"封二,你是不是忘了,当初你死活要追随我时,是怎么说的?"

封常清一愣,望向高仙芝,随着记忆快速回溯,他的眼泪反而更加汹涌:"大夫……"

"你那时不过也是一介白衣,我不收你做侍从,你就说我以貌取人。如今怎么了?我不以貌取人了,你倒是自惭形秽了?"

"呜……"封常清强忍号啕大哭的冲动,强颜笑道,"惭愧,跟了大夫那么多年,大夫没变,倒是我变了……这样也好,大夫,属下又成一介白衣了。"

"那就继续做我的得力侍从。"高仙芝正色道,"起来,下令全军,迅速整顿兵力,开始修缮防御工事。"

他的语气如常,仿佛封常清依然是十多年前那个鞍前马后的侍从。封常清眼泪汹涌而下,他迅速起身,潦草地擦了擦眼泪,大声应道:"是!大夫,属下得令!"

这一瞬间,他恍然想起十多年前自己跟在高仙芝身边的时候,处境和现在其实并无二致,前有外敌虎视眈眈,后有朝堂暗箭戕害,可他们不还是走过来了吗?受阻了,就打破阻碍,倒下了,就爬起来,直到纵横西域,叱咤风云。

即使大夫在怛罗斯一战中受挫,可是论才略,问功高,放眼大唐,又有几人可比肩?

这次也是一样,只要他们坚持下去,这一关一定也能过去!

## 三三

# 安西故人

没了边令诚从中作梗,潼关守军内部的气氛立时好了不少。

但是在北边全盘沦陷、潼关一夫当关的情况下,要想扭转局势,依然难如登天。

布置防御的同时,高仙芝和封常清一刻不停地研究着地图,寻找一切可以利用的力量。

"陕郡、临汝、弘农、济阴、濮阳、云中等郡,都降了。"右羽林将军王承业是高仙芝的部下,他汇报着最新战报。而立之年的他,正处于最为奋发进取的时候,又恰逢乱世,对此战很是上心。

"兵分几路,路路切中要害,转眼半壁江山都快没了!"封常清咬牙切齿。

"那杂胡当真是处心积虑,筹谋已久!"

"若是一直见招拆招,只怕以后沦陷的地方更多。"

"河北沦陷太快,南面援军未至,可我们身后就是长安……"封常清叹息,"我从未感到打仗如此之难……"

"还有杨国忠之流在不停逼我们出击。"高仙芝看着地图，"哼，出击……"

"若是我们当真假意出击一下，会不会就算应付过去了？"王承业问。

"承业，你也不小了，怎的还如此幼稚？"封常清哭笑不得，"边令诚虽是个太监，但他监军多年，也是跟随将军远征过西域的，并非蠢人。"

"我看他完全不懂兵法，便想着干脆蒙骗一下，也算有个交代。"王承业憨厚的脸上露出些许不好意思的表情。

"他是不懂，但他无须懂，他要做的就是充当杨国忠的喉舌，逼我等就范，所以他要的也并非真的是我们出兵，而是我们能犯错。"高仙芝道，"那才是他们的目的。"

王承业恍然大悟，转而一脸义愤："这群杀千刀的！"

"还是太年轻啊……"封常清已经几经起落，此时看王承业愤愤不平的样子，忍不住感慨起来。

"报——"就在大家愁眉不展之时，一个信使跑了进来，手里拿着一个红木盒子，"有商队自常山送来一盒礼品，说一定要交给高大夫。"

"常山？礼品？"高仙芝第一时间警惕起来，"常山位于河北，如何还能传来礼品？"

"属下也问了，对方说是从土门关夹带而出，过太原，绕道长安过来的。"

"那倒确实是当下唯一能走的路线。"封常清道。他走上前，接过信使手中的木盒，道，"我来开吧，以防有诈。"

他把木盒放在桌上，小心翼翼地打开，刚一打开就愣住了。

"怎么了，封二？"高仙芝在一旁见封常清神色不对，问道。

封常清确实神色不对,但却不是不好的神色,而是略带兴奋:"大夫,你来看看!"

高仙芝闻言,走过去探头一看,也愣了一下:"这……"

"一个小球?"王承业也好奇地凑过来看,"这是何物?当心有诈!"

"不,这是蜡丸,"封常清有些激动,"是我们安西军传递密信的方法,自大夫统领禁卫后,我们便极少用了。"他望向高仙芝,一脸希冀,"传信的,难道是安西军的老人?"

"不管那么多,先砸开看看。"此时高仙芝对木盒的来源已经几乎心知肚明。

封常清得令,二话不说地砸开蜡丸,里面果然躺着一卷信件。他小心地展开信,读了起来。

"高仙芝将军亲启……吾名李蒪,曾隶属于安西都护府第七军第十五队……四年前,我曾跟随将军出征怛罗斯……怛罗斯?李蒪兄,你居然参加过那场战役?"灯火幽暗,在颜季明脸上明灭不定,他面容严肃,眼中却有抑制不住的惊讶。

"对。"

"听说是……全军覆没?"颜季明说罢,飞快地抬头看了看李蒪,露出一丝勉强的笑,"万幸不是。"

"差不太多了,"李蒪道,"侥幸而已……继续写。"

"好。"颜季明朝握笔的手上哈了口气,继续持笔等待。

李蒪抱胸坐在一旁,脸隐在兜帽中,看不清面容,以至于连语气都显得很是悠远:"那一仗,我们打得很惨,兄弟们都死了,只有我活了下来……"

颜季明听着,紧了紧手中的笔,定定地看着笔尖下的白纸,深吸一口气，一边挥毫，一边念道："将军戎马一生，战功显赫，唯有四年前的怛罗斯之役，是将军生平唯一的憾败。身为一介士卒，本难启齿，然回首往事，却只剩感慨。想必将军如今，亦是如此……李萼兄，这样可好？"

李萼笑了笑："不赖。"

"我虽在战场上幸存，却未能及时归队，实乃迫不得已，我并非逃兵，也不曾被俘。将军下令撤退之时，我自愿与残余骁勇一同断后，并且战斗到了最后一刻，本以为定会战死沙场，却不料被西域善人所救，得以保全性命……待伤好之后，归乡之路却已经重重险阻……幸而，我现在已经回到家乡河北，将协同常山颜杲卿一族，谋划举义。

"颜太守决定，以宴请犒劳的名义准备美酒佳肴，亲自前往土门关，与贼将会饮……"

写到此处，想到一会儿即将要去做的事，颜季明忍不住深吸一口气，露出一丝紧张来。李萼却管不了那么多，继续道："说了那么多，将军可能也不会信我，估计搬出颜太守的名头也没用，但是……"

听着这大白话，颜季明又不紧张了，他哭笑不得地蘸了蘸墨，在纸上润色道："将军，如今世道凶险，人心叵测，河北如今沦陷大半，确非全都慑于反贼之威，其中亦有心术不正、卖城求荣之辈。颜太守担忧，光凭常山颜家之名，难以取信将军，故李萼不得不厚颜以将军旧部的身份代为提请，常山将在今夜起兵夺回土门关，望将军能尽快派兵至太原，等候接应。"

"厚颜？"李萼听了，挑眉，"我怎的厚颜了？"

"将军或许都不记得你，贸然求人家出兵，怎么不厚颜了？"颜季明头也不抬，笔如游龙，"对了，我们的计划要写在里面吗？"

"不用,别被有心人看到,徒生事端,反正就算失败了,将军到时候等不到消息,也会知道的。"

"好。"颜季明点了点头,于是睁大双眼认真看着李萼,等他接下来的话。

李萼有些不好意思,继续道:"将军,我大字不识几个,这封信,是托我的好友颜季明写的……"

颜季明不料李萼还有这细腻心思,想到能在高仙芝面前被提一嘴,他很是开心地笑了一下,低头写起来:"将军,在下一介白丁,才疏学浅,仅勉强识字而已。故而,这封密函,是由我的好友、颜太守之子颜季明代笔……颜家此举绝非沽名钓誉,自乱贼起兵之日起,河北颜氏一族就已在暗中联络,招募义士,寻找机会,如今若能与将军遥相呼应,陷贼于绝境,则虽死无悔!颜家全族,常山众义士,皆企盼能以绵薄之力助将军讨贼成功,为河北二十四郡正名,为大唐解忧……

"……将军乃我们河北二十四郡的希望,亦切切企盼我等能成为将军之希望。唯愿举义成功,潼关永安!"


高仙芝读完信,旁边的诸位将官已经泣不成声,他的神色却依然冷硬,转头看向身后的封常清,开口便问:"李萼?"

封常清最是感性的人,此时居然也没有贸然感动,反而一脸严肃地低头回想起来,一边想,一边扳起了手指,张口就是一串名字:"第七军第十五队,队头张怀骨,副队头史像奴,以下是安小郎、唐猪子、王文瑾、王丑……李如意、李小苟、李萼……大夫,确有其人!"

一旁众将领都惊讶地看着封常清,完全没想到一个几年前的军中小队成员的姓名,封常清竟然能记得如此清楚。

四年前，封常清应该已经是高仙芝的副将了吧。

"他们后来呢？"高仙芝对封常清的能耐自然是最清楚的，此时毫不意外，又问道。

"他们是精锐弩队，确实已在怛罗斯溃灭。"封常清说完，终于还是没忍住，流下泪来，"我们……有愧于他们啊！"

高仙芝也不由得动容了，他戎马几十年，从未想过一个小小兵卒竟然能和自己产生这样的牵绊。此时他看着信，轻叹："怛罗斯……土门关……"

他沉吟了一会儿，突然转头看向地图，手指点在了太原府三字上："从此处绕长安过去，需要多久？"

"大夫！"虽然高仙芝没有明言，但封常清跟随他多年，何尝不知他此话之意，当即大惊失色，连忙劝阻道，"潼关防务乃重中之重，大夫还需在此镇守，不可擅离！还是让我……"

"让末将去吧！"一个声音斜刺里插进来，两人看去，是王承业站了出来。只见他国字脸上满是泪痕，哽咽道，"封将军当下身份特殊，也不便带兵驰援，末将不才，恳请大夫让我带兵前往太原，接应常山义举！"

他一个魁伟男儿，在这儿哭得上气不接下气，主动请缨还觉不够，甚至双手抱拳，大声道："我以右羽林将军的名誉发誓，必当拼尽全力，不辱使命！"

高仙芝和封常清对视一眼，皆从对方眼中看到了动容，一同朝着王承业抱拳道：

"预祝将军，旗开得胜！"

窗外，东方既白，呼啸的北风吹散了遮盖了一夜的阴云和硝烟，天地间骤然亮了起来。

## 三 四

# 只身犯险

河南尚还处于阴寒干燥的时节,位于河北的常山,却是已经在半个月前,就下起了鹅毛大雪。

明明颜杲卿回府议事时,天气还明朗着,可是当议完事出来,外面天黑了不说,大地已经一片洁白,雪花簌簌而下,且越来越大。

颜季明呼出一口白气,仰头看着飞落的雪花,有些愣怔。这本是个极好的围炉赏雪之夜,但是他们却即将深入虎穴。

"季明。"颜杲卿的唤声传来,他连忙回神:"父亲?"

"前面的路不太好走了,下马吧,快到了。"

"是,父亲。"颜季明下了马,一脚踩进了雪里,这才发现,原来积雪已经没膝。

而土门关,也已经近在眼前了。

土门关,自古为东西必经之道,有"东扼滹水燕赵疆焉。其西南万峰插天,羊肠一线"之说。而此时他们一行人正走在关门前狭窄的山道上,山道两边便是万丈悬崖,当真是"万峰插天,羊肠一线"。

可想而知,若是带兵攻打此处,确实难如登天。

幸好,他们这次带的不是兵,而是……酒!

一行人在守关叛军的眼皮子底下踏着雪艰难行到了关门外,等了许久都不见有人开门相迎,颜杲卿只能大声叫道:"常山太守颜杲卿在此!携美酒佳肴前来慰劳守关将士,请开城门!"

如此叫了三遍,城门才缓缓打开,待看清里面等候着的两个人时,颜季明神色一紧。

李钦凑和高邈!他们竟然亲自来迎了?

同为安禄山副将,李钦凑和高邈二人的做事风格却天差地别。李钦凑高壮魁梧,残忍嗜血,一不顺心便大开杀戒,兴起时甚至敌我不分。高邈精瘦矮小,常喜欢背手踱步,做出一副儒将的样子,实则傲慢狡猾、行事阴损,比李钦凑还不好相与。

"颜太守大驾光临,有失远迎了呀!"高邈率先开口,不怀好意地端详着颜杲卿一行,"这大雪天的,还来送美酒佳肴,真是多有费心了。"

颜杲卿每次与他们中的任何一个接触都身心不适,如今一次看到他们两个,更是只能凝神对付,假意道:"呵呵,想不到二位将军亲自到门口来迎接,在下甚是惶恐。"

"惶恐?"高邈轻笑,"颜太守可是安将军亲赐紫袍的大贵人,我们岂敢怠慢?听闻颜太守最近忙得很,经常见不着人,偶有回府,也要招待不少面生的客人,如今还费心想着我们,我们可当真是受宠若惊啊!"

他这番话摆明了敲山震虎,若不是夜深,李高二人怕是一眼就能看清颜季明等人铁青的脸色。

幸而颜杲卿沉得住气,身形不动如山,才稳住了众人慌张的心情。

"有朋自远方来，自然要好生招待。"颜杲卿面不改色，朗声道，"年关将至，为招待八方来客，下官在府里找到些前几年酿的陈酒，想到各位将士守关辛苦，便备了点下酒菜一道送过来，一来是慰劳慰劳诸位，二来大家也算比邻而居，之前相互误解颇深，以至于平日多有龃龉，然我常山郡内不过是些平民百姓，讨生活不易，将士们守关也不易，我作为一郡太守，理应做出表率，就看二位将军给不给这个一笑泯恩仇的机会了。"

这一番话可谓合情合理，摆明了是借慰劳来求和的，为的是让常山郡百姓过个安稳年，却又说得不卑不亢，让高邈二人一时之间找不出什么破绽。

高邈微微挑眉，似笑非笑地看了一眼颜杲卿，见他不动声色，放声大笑起来："哈哈哈！颜太守如此有心，我们怎能辜负？来，里面请！"

颜季明大大松了一口气，连忙朝后面抬酒菜的人招手，示意他们跟上。

谁料他刚跟着颜杲卿过了城门，后面的人便被守城的士兵拦住了："停！"

颜家父子二人回头，见己方扮成杂役的义士们全被挡在了外面，不由得大惊。颜杲卿刚要说话，就听高邈不紧不慢道："各位赶了那么远的路，应该都累了吧，趁着天还没黑，赶紧回去休息吧。这些酒菜，交给我们的人搬上去即可，就不劳烦大家了。"

高邈一边说，还不忘走过来，一把扣住颜季明腰间的刀，意味深长地道："颜公子，你这把刀也挺沉的，吃个饭而已，多不方便，来来来，交给我来保管吧。"

颜季明眼看着高邈把自己的刀卸下来，面上却不能有任何反对,只能强颜欢笑:"多谢。"

随着守军把一坛坛、一箱箱的酒菜都搬入关内,沉重的城门开始缓缓关上。颜家父子被高邈貌似亲密地请进关内,独留下关外扮成杂役的义士们,他们强作镇定的神色在关门彻底关上时,全都变成了惊慌。

"怎么办?"

"只有颜大人父子二人进去,接下来的计划是否就此作罢?"

"什么就此作罢?这次肯定是不成了,就算大人和少爷真把那俩狗贼灌醉了,他们也不可能跑过来给我们开门呀,关里那么多贼兵又不是瞎的!"

"那他们父子的安危怎么办?"

"不会有事的吧……反倒是我们如果再待在这儿,让他们发现我们都带了真刀真枪,那才有可能真的害了大人和少爷。"

"那我们赶紧走?"

"不,再等等。"一个沉稳的声音忽然传来,众人这才想起长史袁履谦也跟了过来。他虽然是个文人,身形有些发福,却也是能提刀拉弓的狠角色。此时他拢了拢斗笠,道,"你们忘了李萼还在里面吗?"

"对啊,可是加上他也才三个人……"

"他要这般混进去,自有他的道理,"袁履谦盯着城门,低声道,"我们且等等看吧。"


此时,土门关内。

在天寒地冻的时候陡然分到几坛好酒,对于关内的曳落河来说,今天还真是个好日子。他们无暇去考虑那个常山太守究竟是何居心,只管尽情享用酒菜就行。

先给长官们送去了酒菜后，几个曳落河拿着瓜分来的酒，回到各自的营房。一个正在休息的曳落河见状，很是惊喜："哟，哪来的酒？之前去常山不是都搜不着吗？"

"他们太守自己献上来的。哼！他们还想过个好年，他要是不让我们知道他藏了那么多酒，说不定还真能过个好年！"

"哈哈哈！那这个年，咱哥几个确实是能过好咯，嘿嘿嘿！"

"你动一下试试！哥几个还要上去轮值，你在这儿守着，别让二队的人抢去。还有，这几个坛子，哥几个可都有好好掂过，你要是敢偷喝，哼哼！"

"哎得得得，我等你们回来还不成？我不睡觉了，我就在这儿守着！"

"记住自己说过的话！走了走了！"

杂乱的脚步声远去了，屋内剩下的那个曳落河围着几个酒坛转了两圈，只觉得坛中隐隐透出的酒香像是抓着他的领子死命地把他往前扯。

他拼命咽着口水，终于忍不住走近了一个酒坛子，仔细地摸索着封坛口的油布和绑住油布的麻绳，一边摸一边吞着口水嘟哝："什么玩意儿……怎么都系得那么紧，非得爷用刀不成？嘿，用刀就用刀，爷就偏先喝了，他们发现了又能拿我怎么样？……"

狠话是会说，可他到底不敢真的捷足先登，依然强忍着馋意挨个酒坛摸过去，竟然真的摸到了一个坛口捆绑油布的麻绳似乎有点松动。他顺着麻绳摸到绳结，确认可以打开，顿时喜出望外，迫不及待地解开麻绳，一边掀开油布，一边激动地大叫："宝贝，爷来啦！"

油布覆盖的坛子口里面一片漆黑，没等他看清里面有什么，只见眼前寒光一闪,一个带点戏谑的冰冷声音从坛口冒出:"爷怎么才来?"银光已经化作一把利刃,精准地划过他的颈间。

鲜血喷涌而出,溅在那曳落河还残留着惊喜的双目中。没等他发出声音,坛中人直接探手一把抓住他的头,翻出酒坛的同时,直接抓着他的头把他整个人掀入坛中,还不忘再补一刀。确认人真的死透了,他才一边盖上油布,一边冷声道:"我等得腰都酸了。"

他没有刻意去掩盖尸体,毕竟那并没有什么意义。他悄悄打开房门,细听了一会儿周围的声响,回忆着出发前记下的土门关地图,面色凝重。

方才在关门口听着外面的动静时,他就知道这是诸事不顺的一天。原本的计划是颜家父子带着扮成杂役的义士们混进土门关,再把装着他的酒坛抬到宴饮的地方,这样一旦时机成熟,他就可以破坛而出直接出手,和义士们一起杀了两个贼将及其护卫,打开土门关,发信号通知关外埋伏的常山乡兵,里应外合,一举夺下土门关。

如今高邈这么一搅和,不仅义士们被拦在了关外,他也没被抬进宴饮的地方,独留颜家父子面对那两匹豺狼,当真是他们始料不及的局面。

但是现在,他和颜氏父子已经没有回头路了。

李萼回头看了看缸里的尸体,这具尸体不用多久就会被发现,到时候反贼肯定会借机攻打常山郡,若是加上何千年那一千精兵,常山郡陷落估计就是朝夕之间。

再加上以高邈如此狡猾谨慎的做派,说不定他就是在玩"请君入瓮"的游戏,那么颜家父子就不可能全身而退了。

直到此时,李萼才忽然感觉到不对劲。

虽然是颜太守提议的用美酒美食为诱饵混进来，但是他们父子俩都不以功夫见长，根本不可能是李钦凑和高邈两个将领的对手。难道他们父子真的是这么相信自己的能力，还是说……他们本就做好了牺牲的准备，如今亲自进来，就是为了给自己的刺杀创造机会？如今自己不在宴饮之处，若是情况不对，他们会不会冒险拼死一搏……

李䒕悚然一惊，他强按下突然急促起来的呼吸，打开窗户看了看四周，一个新的计划在脑中缓缓成形。

三 五

# 弓影杯蛇

宴饮的地方，设在关城内主楼的二楼。

这本是个极适合温酒赏雪的地方，四面通透，有一圈围栏，打开门窗坐在火炉边，便可以看到雪满城楼、月色当空。

颜季明记得小时候父亲曾经带自己来过这儿，那时候也是一个这样的雪夜，守关的将领摆酒宴招待他们。他陪着父亲和族里几个叔伯把酒言欢，谈天说地，从十二星宿说到地脉风水，又从圣人绝学讲到经世致用，一直聊到小小的他趴在火炉旁睡过去，然后被一声声"小狗儿"叫醒。

他还记得那时候自己意识到他们喊自己"小狗儿"时有多生气，但是连着父亲在内所有人都在大笑，笑到他嘴都噘不起来……

那样的时光，还能回来吗？

"所以……"一个阴森的声音传来，颜季明抬头，看着斜对面的高邈。颜季明和李钦凑面对面坐着。从落座到现在，桌上的酒菜一口没动。父子二人的身后，站了整整五个全副武装的曳落河。

高邈微微往前凑，鹰隼一样的双目森然地盯着他们，缓缓问道："二位大驾光临的真正目的，到底是什么？"

他已经问到这个分儿上，颜家父子也没什么可说的，两人又不是真的过来与他们"一笑泯恩仇"的，该怎么虚与委蛇之前都没考虑过。此时父子俩一样的面无表情，眼中带着一丝紧张。

高邈到底是个沙场老将，一旦动了真格，一举一动都透着一股嗜血的杀气，在气势上把颜家父子摁得死死的。他手指轻抚着酒盏，一边慢条斯理道："颜公子四处奔波，笼络人心；颜太守则神出鬼没，迎八方来宾。如今……百姓都吃不饱的年关，居然还有这么多酒菜送给我们。颜太守，你莫不是把我们当成了傻子？"

"哼哼！"李钦凑嘲讽地笑了两声。相比高邈，他确实沉默寡言，但是他那高壮的体格，就是不出声站在那儿，也足够威慑。

颜杲卿无话可说，此计本就仓促，他根本没留后路，只能寄希望于计划按预想的一般顺利，然而现在情况大变，他根本无招可使。

颜季明也一言不发。他自己都不知道为什么，到了此时，他居然没有很紧张的感觉，甚至异常地平静。

莫非这就是死到临头的感觉？他看着面前高邈腰间的刀……莫非那就是即将了结自己的刀？

就在此时，他突然听到窗外夜空中划过一声鹰唳。

那叫声莫名地熟悉，瞬间将他拉到另一个同样危机四伏的月夜，而那个晚上，他和李萼点燃了烽火！

颜季明眼睛亮了一亮，却听对面高邈直接摊牌了："我就直说了吧，难不成，你们这是来刺杀我们的？"

此话一出，颜季明的心脏仿佛都停跳了，脑中一片混乱，不知道此时该做什么,是拖一下时间等李萼来,还是干脆图穷匕见?

"总要试一试……"最终,还是颜杲卿为他们二人做出了决定。

颜季明见父亲终于开口,心里反而一松,轻轻一叹,眼神反而坚定了起来。

"什么?"这下反而轮到高邈惊讶了,"颜太守说什么?"

"我说,总要试一试!"颜杲卿斩钉截铁。

"哈哈哈!你们?一个老书生,一个小书生,试一试?怎么试?用什么试?用这个吗?"高邈指了指面前的饭菜,忽然笑容一收,猛地用手在桌面上一拂,将酒菜全部甩到了地上。

杯盘碎了一地,酒香却弥漫开来。

"颜太守可真舍得啊,拿这么好的酒做诱饵……说不定,还下了药呢,啧啧……"高邈假惺惺地摇头,"可惜了,要不是知道你们那些小动作,本来我和钦凑还真能美美地吃喝一顿呢。可惜啊,可惜……"他声音一冷,"颜太守,你们来得真巧,我们正等着你们呢,既然来了,就别想回去了!"

说话间,他双手撑着桌子,慢慢地凑过来,佩刀在他腰间晃荡着,仿佛随时都会被他拔出,划开对面两人的颈子。

杀气扑面,已是死局。

颜季明握紧了拳头,却听一旁的父亲忽然发出了一个奇怪的声音:"呵呵,哈哈哈哈!"

他在笑?这是笑吗?

对面的高邈似乎也疑惑了,警惕地打量着颜杲卿。颜杲卿微微垂着头,双肩耸动,笑得越来越大声:"哈哈哈哈哈!"

"颜杲卿,你……"

"我们父子,"颜杲卿猛地抬头,狠声道,"本就没想过活着回去。季明!"

喊话间,颜家父子几乎同时暴起,隔着桌子朝着高邈扑了过去。颜杲卿死死抓住高邈的双手,颜季明则趁机去夺他腰间的刀。他刚将刀拔出刀鞘,忽然斜刺里伸出一只巨掌,直接抓住了刀刃,其力道之大,即使颜季明双手握着刀柄,使尽了浑身力气,也再难撼动一寸。

颜季明惊恐地抬头,果然是李钦凑出手了。后者仿佛丝毫不知道疼痛,就这么死死地握着刀刃,居高临下地睥睨着他。

颜杲卿也没想到,他们才刚发动,场面就已经僵持不下。正愣怔间,就听高邈一声冷笑:"嗬,就这么点能耐?"

话音刚落,他猛地低头前冲,一个头槌狠狠地砸在颜杲卿脸上。颜杲卿猝不及防,痛得松开了手,整个人往后飞去。

颜季明无暇回头,继续全力夺刀,却听耳边忽然劲风骤至。原来李钦凑根本不是真要和他抢刀,而只是拿刀牵制住他,随后另一只手狠狠一个勾拳砸在他的头上。

"砰——"颜季明眼前一黑,吐着血往后飞去,重重地砸在地上。即使如此,他还是没松开手,那把刀居然让他夺了下来!

"季明!"颜杲卿刚好趴在他旁边,爱子心切的他眼角瞥见高邈跳上了桌子,从后腰拔出两把尖刀,正不怀好意地看过来。颜杲卿艰难地探手,想将颜季明挡在身后,可刚伸手,颜季明却忽然起身,反而将颜杲卿挡在了身后。

他右手握着好不容易夺来的刀,挡在父亲身前,死死地盯着面前的高邈。

看到手中刀刃对着的高邈时,他忽然恍了下神,突然明白了李萼所说的"把手中的刀当作手臂的延伸"是什么意思了。

他的姿态逐渐舒展，手臂微曲，刀刃前倾，竟真有了点刀随心动的气势。这气势似乎震慑到了高邈，他肉眼可见地收了收双刀，以一种更紧绷的姿态蓄势待发。

见状，颜季明的心忽然狂跳起来，一种似曾相识的感觉席卷了他的全身，就好像白日里李荨刚帮他摆好架势，抑或是提着木棍站在他面前，耳边甚至还有他的提点：

"敌不动，我不动……"

高邈身经百战积攒的经验让他从颜季明的眼中看到了一种让自己感到汗毛直立的东西，但是以他对颜家父子的了解却让他怀疑起自己的经验。

或许是死到临头的眼神？

那么这种眼神不错，让人很想……剜掉！

高邈猛一蹬腿，双刀连挥，直奔颜季明而去！

"敌一动，随之而动！"

颜季明死死盯着高邈的动作，就是在等着他率先出击，此时见他飞身攻来，便挥刀挡去，同时手腕微扭，使刀摆在一个可攻可守的位置。高邈何等经验，一看那刀的角度便明白对方还有后招，双刀当即在半空中就变换了角度，从双刀交叉变为前后刀，确保自己能应付颜季明的任何招式。

颜季明看他中途变换动作，果然慌乱了一瞬，不知该用刀去格挡对方的第一刀还是第二刀，抑或此时就是李荨所说的绝境，要用一只手臂去保一条命？

这必然就是那个绝境！

他的犹豫只是电光石火的一瞬，下一刻他就伸出了左臂，决定放弃一只手格挡对方的第一刀，再用掀击势对付第二刀。

可就在双方都心念电转的时刻，突然一个撕裂声响起，还没等人们意识到这是什么声音,半空中的高邈忽然像是被一只无形的手狠狠地扇了一掌,直直地往一旁飞去,"轰"的一声砸在地上。

这巨变来得太过突然,谁都没反应过来,只有一股寒风自那撕裂声响起的地方簌簌而来,吹醒了所有人的神志。房内的人此时再定睛去看高邈,却发现一支长长的弩箭贯穿了他的脖颈。弩箭力道之大,把高邈的头颈都冲击成了一个诡异的角度。他双目怒睁,喉间的血此时才汩汩流出,人却早已毙命了。

到死,他的双目还盯着那寒风灌入的方向。

"有刺客!"房内的人终于反应了过来,当即握刀布阵,严阵以待。这一箭震慑了李钦凑等人,也给了颜家父子一丝喘息之机,颜季明立刻扶着颜杲卿靠得更远了一点,手里还是握着刀,全神戒备,神色却已经轻松了不少。

"刺客?"颜杲卿一把年纪,摔得也不轻,此时捂着胸口,轻声问道。

"嗯,"颜季明想到之前那一声鹰唳,嘴角差点翘起来,"是李萼兄。"

他的欣喜溢于言表,让颜杲卿的神色都松了少许,但随即却又担心起来:"让他走吧!他们叫来援兵,就走不了了……"

颜季明一愣,才意识到现在依然是绝境。他心下黯然了一瞬,点点头,刚要开口给李萼传递信息,却被对面的曳落河抢先了一步。

"有刺客!塔楼顶有刺客!"

"保护将军!"

他们的叫声撕破寂静,几乎响彻整个土门关。颜季明心急如焚,担心李萼也陷在里面,张口就要叫:"李——唔……"

颜杲卿忽然按住他,紧皱着眉头:"季明,是不是没声音?"

"什么?"颜季明刚问完,立刻意识到颜杲卿的意思。

对啊,面前的曳落河喊完救兵,居然没有响应的声音。

该不会……难不成……他惊讶地瞪大了眼。

不可能,这可是三省通衢的土门关啊!

## 三六

# 收复土门

一个曳落河孤零零地站在走廊上，抱着一张弩眺望着土门关的层层楼阁，背影颇为萧索。

"咝——怎么还不来，早过了换班的时辰了！"他骂骂咧咧的，时不时东张西望一下，"怪了，不会是撇下我喝酒去了吧？"

刚说完，他忽然感到头顶一凉。

这就是他对这个世间最后的感觉了……

李萼自房梁上跳下来，落地的瞬间极快地扶住这个曳落河的头，把尸体悄无声息地放在了地上，拖到一边。

这一系列动作他做了一路，此时已经轻车熟路。正要离开，眼角瞥见那曳落河还抱在怀里的弩，心思一动。

宴饮厅周边的哨位被他差不多杀干净了，巡逻队也干掉了一队，算是万事俱备，该去救颜家父子了。

原本他确实心急火燎地想直接就潜到宴饮厅救颜家父子，但是转念一想，在那边除非高邈和李钦凑真的高风亮节到与颜家父子二二对坐没有旁人，否则杀将起来不可能没有动静，到时候他们三人也只有被围杀至死的结局。

最好的办法就是先杀出一条血路，再去找颜家父子，不管他们当下生死如何，既然他们为了夺取土门关抱了死志，那自己就应该想尽办法达到他们牺牲性命也要完成的目标。

若是救不出，他也要自己去发信号，打开土门关，引伏兵进来搏一搏。

现在的问题，就是怎么去救颜家父子了。

冲进宴饮厅，还是……

"当啷啷！"没等他想出法子，一阵杯盘碎裂声忽然响起。李蕚先是一惊，转而又一喜。惊在不知道发生了什么，喜在此时才起冲突，颜家父子应该还活着。

但是这意味着他已经没有时间再潜入宴饮厅了，最快的救人办法，就是……他提着弩翻上屋顶，直接奔到离宴饮厅最近的那座塔楼上，恰好看到宴饮厅二楼纸窗内人影晃动，他无暇多想，熟练地踏弩张弦，摆箭上肩，瞄向房内。

"季明！"颜杲卿痛苦的叫声传来，正好是刚才窗内人影飞出的方向。李蕚心里一紧，对于房内各人的方位心里已经有了大概的判断。他扣紧了扳机，死死盯着房内。一个影子好像出现了，他跃起了，他手里锋芒一闪……那锋芒之上，必是敌将头颈！

李蕚扣动了扳机！

劲弩的冲击远胜过弓，指头粗细的箭支破窗而入，射入里面时还发出了巨大的声响。顺着弩箭撕开的大洞，李蕚看清了里面的景象：他的判断没错，果然干掉了一人，而且，竟然还是高邈！

离开太久的运气今日终于回来了！

弄明白现在房内的形势，李蕚根本不理会曳落河们的叫嚣，

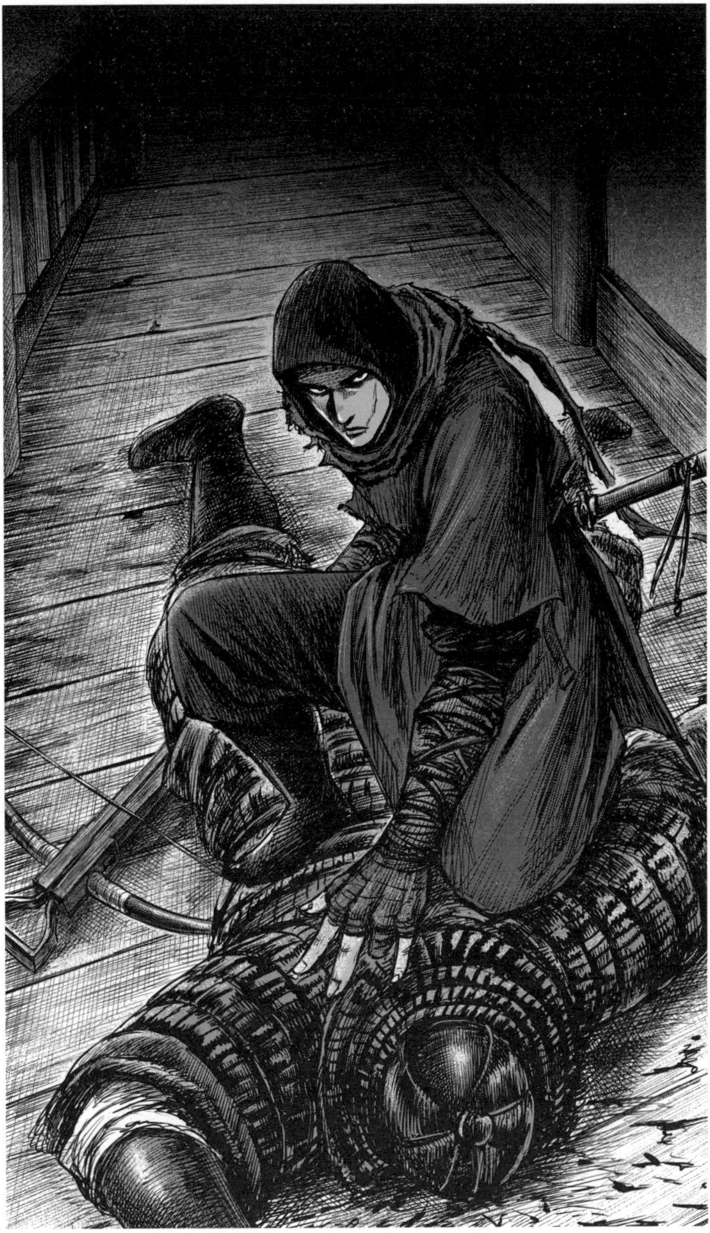

他再次踏弩装箭，一眼瞥见房里有两个曳落河正在纸洞内探头探脑往外看，似乎在寻找他的身形。他冷笑一声，速度极快地装好弓弩，提弩就射。

那两个曳落河大概死也想不到会有人那么快换好弓弩的箭，尚没看清窗外的情况，纸洞外就回敬了他们一支力道更强且更为精准的箭，接连洞穿他们两人的喉咙，将他俩生生地串在了一起。

沉重的盔甲碰撞声甚至盖过了两人被射中时的呜咽，他们轰然倒地，声势远胜过他们的上司高邈，也越发让其他曳落河惊悸恐惧。

这两个死去的曳落河，就躺在李钦凑身边。他当然知道这个时候是万不该去探看窗外的，但是这两个蠢货动作太快，但也不算白死，算是锁定了窗外刺客的位置，并且捕捉到了他的动静。

"他在窗外！"

"会用弩！"

"闭嘴！"李钦凑粗声止住剩下三个手下的惊慌乱叫，手扶着刀柄，凝神听着。

窗外的刺客果然没有停留在原地，虽然动静极小，但还是能感觉到他在移动。房内的人都看着李钦凑冷着脸缓缓转动，从方才射进弩箭的那扇窗，转了半圈，背对着桌子……

轻如落叶的脚步声停了停，忽然消失了。下一刻，李萼破窗而入！

一声怒喝响起，率先冲向李萼的一个曳落河几乎毫无抵抗就被李萼飞扑下来一袖剑扎进了喉咙。旁边的李钦凑趁机举刀砍去。李萼在半空一转身，顺势对着李钦凑当胸就是一刀！李钦凑一仰身堪堪躲过，反手再次砍向李萼的后颈，却见李萼不退反进，拔出插在曳落河颈间的袖剑，持袖箭的手像毒蛇一样贴着李钦凑的躯干一路往上直奔喉间，直接扎了进去！

李钦凑的一声怒喝就这么被断在了喉间，他怒睁双眼往后踉跄两步，这才看到自己身后还有两个士兵，竟然也在刚才被颜家父子趁乱从背后偷袭，砍杀在地，俨然也没了声息。

他抬了抬手，还想捂住自己喉间的血洞，但李萼没有看他自救的雅兴，上前挽刀一划，血洞变成血谷，鲜血如瀑布般喷涌而下，瞬间浸透了他胸前的狼皮，他终究还是倒了下去，重重地扑在了地上。

房内一片寂静，只剩下沉重的呼吸声。

颜杲卿和颜季明虽然刚才及时反应过来，合力斩杀了两个曳落河，但是真当地上倒伏一片尸体时，却又有些回不过神来。

倒是李萼先开了口，他在李钦凑的披风上一边擦了擦自己的横刀和袖剑，一边道："来路我已清理干净，伏兵还在东关口等候信号，现在请颜太守赶紧发信，我护送二位去给伏兵开门……"他深吸一口气，"土门关，应是拿下无疑了。"

"外面……都杀了？"颜季明有些愣怔。

"听得到求救的，来得及救援的，差不多都杀了。"李萼语气寻常，宛如喝水吃饭。

"李萼兄，"颜季明扶着颜杲卿，喘着粗气，笑道，"没有你，我们可怎么办。"

李萼笑了笑："没有你们，我也不知道该怎么办。"

正如李萼所说，当发现不对劲的曳落河赶到时，他们三人已经相互扶持着解决了零星赶来的巡逻队，打开了土门关的城门。

门外的义士和常山乡兵早已焦急难耐，门一开就怒吼着冲了进去，其中还有不少女豪杰，何红儿在其中一马当先。

她束着发带，一身利落的胡服，手里提着一把朴素的横刀，看起来很是飒爽。冲进门时，她一眼就看到了被几个乡兵护在中间的颜家父子，犹豫了一下，还是走了过来，先问候了颜杲卿，随后问颜季明："季明，你受伤了？"

颜季明看到何红儿就高兴，一边龇牙咧嘴一边故作坚强："无妨！小伤！"

"哦，那就好。"何红儿提了提刀，直起身，"我去给你报仇。"说罢，招呼了几个小姐妹，追着大部队就冲进了土门关，看起来很是迫不及待。

颜季明有些怔忡地看着何红儿的背影，看到周围人似笑非笑的样子，有些尴尬，连忙辩解道，"你们别笑，红儿习武的天赋可比我好得多了。是不是，李萼兄？"

他倒是真的一点不介意何红儿比自己强，一说到何红儿天赋好，他就双眼放光，与有荣焉。

李萼忍着笑，点头："确实。"

高邈、李钦凑死得太过突然，以至于土门关的曳落河意识到自己群龙无首时，已经是被常山乡兵杀得抱头鼠窜，不得不卸甲投降的时候了。

也是这个时候，颜杲卿一行才发现，原来驻扎在土门关里的守军，远比他们预先探查的还要多。若不是先杀掉了两个首领，这一战还不一定谁胜谁负，所以就如李萼所说，运气，今日又回来了。

来不及清点俘虏的人数，踏着月色，所有人再次列队出发，准备迎接下一个挑战。

何千年快到了。

何千年从东都洛阳出发的时候，心情其实不怎么好。

他虽为安禄山副将,但也曾经是颇有发言权的一个军师。对于安禄山造反一事,他是最早知道的那一批人,也一直在帮着出谋划策,结果在安禄山有了严庄那个汉人后,自己的话就越来越没分量了,后来干脆成了一个哪里需要去哪里的狗皮膏药。

土门关!高邈和李钦凑两个副将不够,还要加上他?当初要是早听他的计策,根本无须这般折腾。

天知道当初安禄山刚起兵时,他就建议不可着急,应该从陕西过太原往南直取长安,再一个回马枪直取山东、江淮,先稳固北边势力,再逐步南下蚕食。可安禄山不知道听了谁的谗言,抑或是嫌自己的计策不够快捷,非要强行渡河直取洛阳,以至于现在大军从范阳到潼关几乎排成了一字长蛇阵,主力在潼关久攻不下不说,还要担心后方被朝廷军从土门关打进来断了补给线。

现在一个小小的土门关,要塞进去三个副将,真是滑天下之大稽!

最可笑的是,上头得到消息说土门关旁边的常山郡蠢蠢欲动,要自己带兵过去驻扎不说,还要顺便铲除常山郡太守颜杲卿一党。可高邈和李钦凑也不是什么废物啊,还害怕颜家那群书生不成?既然撕破脸了,那不如直接传信,往常山郡放把火不就得了?那不过是群孬种,当初将军带兵过境时,屁都不敢放一个,如今难道还能突然吃了熊心豹子胆,敢造反了不成?

何千年骑在马上,看着周围飞掠而过的荒凉景色,想到前两日自己还在洛阳精致的床帐中享受温香软玉,越发气不打一处来。

"到哪儿了?"他冷声问身边的一名副将。

"回将军,醴泉驿!"

"快到了啊。"想到马上要大开杀戒,他的神色逐渐残忍,"一会儿我去土门关,你带你的人直接去常山郡,把颜家人都带过来。"

"是！"

他们路过醴泉驿，马不停蹄地直奔土门关。一千多人的骑兵队伍声势很是浩大，在进入土门关附近的山隘时更是回音喧天。

这地形真适合埋伏啊！

何千年作为将领的本能在一看到这个地形时就开始作祟。这土门关倒真是个绝妙的地方，关口是悬崖峭壁，一线入关；关口附近又有修长的山谷，适合设伏，若是在这儿打……

他的思绪随着这绝佳的地形刚飘到大获全胜的时刻，却见前方狭窄的地平线上有什么东西突然冒头，越来越大，竟是一个人举着一杆旗，大马金刀地站在路中间！

何千年瞳孔一收，在看清那旗和那人时，脸色瞬间沉了下来。

那不就是他受命要在此行解决掉的颜家人之一——颜季明吗？他举着的旗帜上日中有月，分明是代表王师的三辰旗！

他怎么会在这儿？难道……

他快速地瞥了眼身后，发现整支队伍都已经进入了山谷，如果对方真的有埋伏，那停下才是自寻死路。

眼见着双方越来越近，颜季明忽然大喝道："贼将何千年——"

"年"字在山谷中不停回荡，又被骑兵奔马的声音踩在脚底。

颜季明猛地一拄旗杆："日月星辰旗在此，速速归降！"

骑兵依然不停，快速追近。

"高邈、李钦凑已伏诛！"颜季明的声音在谷中与马蹄声殊死博弈，"土门关五千边军已经全部归顺大义！悬崖勒马，即可免死！"

"将军……"何千年身边的副将惶惑地问了一句，"怎么办？"

何千年面不改色，虽然额头凸起的青筋暴露了他的不安。他在心里疯狂盘算着。此时不管真假，他只能前进，不能后退。这大批马队在谷中掉头的时间，就足够被人一网打尽的。若是能硬顶着埋伏冲出去，或许还能有一线生机。

"虚张声势！"他一咬牙，大声下令，"踏过去！"说着，带头打马猛冲。

千余骑兵已经近在眼前，颜季明甚至能看到马奔跑时翕动的鼻翼，他不惧反笑，依然岿然不动，直到冲到他面前的马直立而起，即将踏到他脸上时，他才猛地挥动旗帜，矮身蹲下。

挥旗为号！

突然间，两边的山崖如有巨兽骤醒一般，发出了一阵整齐划一的震动，黑沉沉的天空下，无数人出现在山上，一个个火把被点燃，将整个关隘照得通红，而其中站在最前面没有拿火把的那几排，全都张弓搭箭，已经瞄准了叛军。

相比两边埋伏的人，他们一千骑兵挤在山谷中，却只能用稀稀拉拉来形容，毫无胜算。

颜季明起身，举着旗子走开，随后站定在山谷下方，冷冷地看着他们。何千年就着他的位置抬头看，正看见那块突出的山石上，一个穿着文士袍的中年人正负手站在那儿，居高临下地看着自己。

而他上方的树上，隐约有一个人蹲在树干上，看手里握着的东西的轮廓，分明就是土门关曳落河弩兵制式的踏弩。

那两个废物，当真丢了土门关！

何千年气得发抖，终究还是一把扔掉了缰绳。

三 七

# 此去一别

"潼关来信了!"颜季明激动的声音传来,将一颗蜡丸交给李萼。

"你给我念吧。"李萼手里正磨着袖剑,闻言抬了抬头道。

颜季明居然摇摇头:"他既然用了蜡丸,那便是给李萼你的,还是你自己看吧。"

"无妨,"李萼瞥他,"你就不想看看高仙芝的手迹?"

"嘿嘿!"颜季明被说中了心思,不好意思地挠挠头,果真迫不及待地敲开蜡丸,展信念了起来,"前安西节度使高仙芝旧部,李萼,亲启……哎,他说亲启呢,这……"

"都说无妨了,"李萼头也不抬,"我俩无须在意这个。"

颜季明很是开心,大声地继续念:"听闻常山壮举,潼关上下将士们大为振奋,深受鼓舞。我军士气前所未有地高涨,立誓绝不让叛军进犯长安分毫。我虽不认识颜杲卿,但河北竟有如此义士,实乃国家之大幸……这一段我一定要告诉父亲,他定会高兴的!"

"嗯。"李萼微笑着举起磨得发亮的袖剑，对光看着。

"我先读完啊……"颜季明清了清嗓子，"如你所言，土门关扼守着由太原直通河北的井陉古道，这里历来都是兵家必争之地。只要打开土门关，太原的朝廷军便可由此进入，光复河北，反攻叛军，你的判断非常准确。"

他读到这里，抬起头朝李萼看去，二人皆在对方眼中看到了被认同的喜悦。

颜季明低头继续往下看，笑容却一顿："我很庆幸，你在怛罗斯的惨败中得以幸存，今日又能给我带来如此大的希望。"他看了看李萼，继续念，"怛罗斯是我永久的遗憾，并非因为那是我生平第一次的败仗，而是因为那一仗，我失去了安西军最好的兄弟们，一切都是我的责任，而我却毫无廉耻地逃离了，现在，唯有奋力抗敌，方可让我的苟活变得有意义。这一仗，我们不能再输了……李萼兄，你还好吧？"

李萼回过神，平静地看向颜季明，见他神色颇为担忧，笑了笑："没事，都过去了。还有吗？"

"还有……"颜季明深吸一口气，"现在，我已经派兵至太原，等候接应。倘若刺杀成功，便取下三位叛将的符信，符信上写着叛将的身份和名字，这将是证明义举的信物。李萼，你要拿着这个信物到太原，与我军会合。事关机密，这件事务必请你亲自完成。"

颜季明垂下双手。

李萼疑惑："没了？"

"嗯，念完了。"颜季明将信纸叠起来，看起来有些闷闷不乐。

"怎么了？高将军回信，你怎么反而不高兴了？"

"没什么，"颜季明深吸一口气，挤出一抹笑，"怎么会不高兴？李萼兄，你简直就是那些话本里的人，曾经寂寂无名的小卒，如今生逢乱世，能与曾经的将军成为互相交付性命的同袍，我念着念着，就有些……感慨……"

"嗯……"李萼也难掩眼中的波澜，"是啊，为他效力之时，哪能想到会有今天。"

"所以啊，我们一定要完成他的嘱托，到时候李萼兄你可千万记得带我拜访一下高将军！"

"有机会的。"李萼看着颜季明希冀的眼神，笑着点头。

"可是……"颜季明又拿起信纸，"他说的符信，是什么？我们有拿到吗？"

"我没注意，搜一下或许就知道了。"李萼听的时候，也在思索这点。

"那我去问问父亲吧，你在这儿等我。"颜季明拿着信纸往外走去。

"好。"

两人此时很默契地没有提到最后一点，那就是高仙芝要求李萼亲自送符信到太原。

这意味着，或许他很快就要离开了。

李萼知道，颜季明念到最后的失落，或许正是因为这个。正如他在听到这个要求时，心情也难免低落一样，他也放心不下他们。

但或许，这就是他的宿命。

颜季明很快就找到了答案，虽然高仙芝没说符信到底什么样子，但是描述的特征却很明显，很快，李萼就被请到颜杲卿的书房。颜季明和何红儿也坐在了那儿。他们的面前，摆着三个龟符，颜杲卿正拿着其中一个细细地看着。

李萼走过去,坐在龟符边,也拿起一个看了看,发现确实如高仙芝所说,背面写着身份和姓名,只不过这三个叛将的信物上,并没有刻上朝廷正统官职,取而代之的是"曳落河"三个字。

他看了看便放下了,心中并没有太多波澜,却见颜杲卿和颜季明看着那龟符,神色都有些复杂。

"怎么了?"他问。

"怪了,"颜杲卿伸手探向腰间,摘下一个符袋递给李萼,道,"朝廷颁发的符节,应该是鱼符才对……就如我给你的这个。"

李萼看了看手中刻了鱼形纹的铜符,又看看龟符,也明白了颜杲卿疑惑在哪儿。

"去年安禄山入朝时,朝廷授予了他麾下边军五百余人为将军,两千余人为中郎将,闹得沸沸扬扬……这也意味着,他麾下的将官拿到的,应该是如我一般的鱼符,才能代表身份。"

"这个……如何代表身份?"李萼想到它要作为信物,忍不住问道。

"就如我的鱼符,其实是可以分为左右两半的,一半由朝廷保管,另一半由官员随身携带……上面刻着的'同'字彼此契合,才能出入朝廷。"颜杲卿解释道。

李萼立刻看向手里的龟符,也是铜制,正面是龟背纹,反面除了官员信息,也有一个"同"字,可见铸造思路和现在朝廷的一模一样。

他皱了皱眉:"这莫不是安禄山自己做的?我若拿去给太原的援军看,他们会不会相信?"

"这并非安禄山做的。"颜杲卿道,"若我没记错,这龟符,应该是属于则天皇后时期的东西。"

"则天皇后"这四个字一出来,在场其余三人都是一惊。

掐指一算，距离逼迫则天皇后退位的神龙革命，正好五十年过去了。按照当下人均的寿数，莫说普通老百姓，就是朝中老人，恐怕也没几个能和那个朝代有多少牵连。

但颜杲卿这么一说，颜季明也想了起来，给李萼解释道："是了，龟谓之玄武，与武后相应，故而那段时间，为求祥瑞，则天皇后把朝中鱼符全都改为了龟符。但也仅仅是她在朝那段时间而已，之后很快就改回来了。"

"原来如此……"李萼把玩着龟符，担心的依然是这个不符合朝廷制式的信物难以取信于人。

但是若颜杲卿所言不虚，这龟符或许是安禄山的独特喜好也不一定，毕竟他都造反了，自己弄一套制式出来，也未尝不可。

"叛将佩戴武周的龟符，"颜杲卿显然想得更多，甚至神色越来越严峻，"这件事，也要向朝廷禀报……"

"太原守将定能联络朝廷，不如颜大人你修书一封，到时我连这龟符一道交给他们，也省得我转达时出什么纰漏。"

"也好。"颜杲卿亲手拿布包好龟符，郑重地交给李萼："李公子，此次去太原请兵，就全倚仗你了！"

李萼下意识地调整了一下坐姿，看着面前的龟符，心情却很沉重，不是为自己，而是为自己面前这一家人："叛将被杀，安禄山绝不会善罢甘休，他们一定会大举攻打常山……我这一去，还不知道……"

他一向喜怒不形于色，此时突然露出这么担忧的样子，倒让面前这一家人愣了一下，他们相视一笑，眼中满是默契和信任。

颜杲卿又把包裹递过去，微笑道："李公子放心，常山在，我们在。"

李萼一怔，他咬了咬牙，还是伸出了双手。颜杲卿把包裹放在他手上。明明包裹不重,可李萼的双手却硬是被压得沉了沉。

他紧紧地握住了包裹,感受着里面龟甲的温度和坚固,接着将其郑重地放入怀中,深深地弯下腰,与颜杲卿相对叩首,久久没有起来。

颜杲卿所交托的,不仅仅是龟甲。

此时在李萼掌心之上的,是整个常山郡,甚至整个大唐……

他一刻都不能耽误。

夕阳西下,胸口的龟甲还没焐热,李萼已经牵着马走出了土门关。冬日的阳光本是森寒的,但是当它直射在干燥荒凉的出关路上时,却又格外灿烂和灼目。

李萼头戴兜帽,牵着马走了许久,终究还是回头道:"回去吧,又不是见不到了。"

身后,是几乎十里相送了的颜季明。经历了那么多,他却依然像个少年,在后面亦步亦趋的,似有万语千言,但却一句都不说,只是沉默地跟着。

听到李萼劝他,他抬起头,眼眶红通通的。

李萼忍不住笑他:"你都是有家室的人了,怎的还成日流眼泪。"

"红儿都不嫌弃我爱哭,"颜季明擦了把眼泪,笑道,"但是如果李萼兄你会嫌弃,那我以后就忍一忍啦。"

"无妨,"李萼脱口而出,愣了一下,他发现遇到颜季明后,自己说得最多的话就是"无妨",可见对他的迁就之多,于是叹了口气,"就你这般回去,何红儿要以为我欺负你了。"

颜季明欲言又止。

李萼:"怎么了?"

"没有,"颜季明扭捏,"就听你这般叫红儿,有些难受。"

"嗯?"

"我还以为,你会把她当成弟妹的。"颜季明说着,眼神清澈地看向他,满是希冀。

"⋯⋯"李荨猛地回过头,蹬腿上马,深吸一口气,道,"知道了⋯⋯回来⋯⋯我⋯⋯走了!"

"李荨兄!"颜季明见他上马,心里一急,又叫了一声。

李荨再次回头,眼睛隐在兜帽下,看不出表情。

颜季明万般不舍,但也知道终须一别,左思右想,只能道:"下次,下次⋯⋯能多教我几招吗?"

"季明,说了多少遍了。"

"我知道,我不是那块料⋯⋯"颜季明在这一点上已经和李荨有了默契,或者说,他盼的就是这一刻。他的肩膀夸张似的塌了下去,面上却是笑着的。

"不过,还是那句话,"李荨道,"你教我读书写字,我就教你功夫。"

颜季明抬起头,刚咧开嘴要应声,就听李荨补了一句:"⋯⋯还有弟妹,"他看着颜季明,意味深长,"她比你有天赋。"

"好!"颜季明笑得更开心了,他眸光莹莹,应答时,声音里甚至有些哽咽。

可此时李荨真的得走了,他迎着夕阳驱马往前。走了许久,还是忍不住回头,只见颜季明还远远地站在路中间。

他低头垂眸,在拱手作揖。文弱的身影偏偏挎着刚直的仪刀,在远处土门关的映衬下越发显得瘦小。

可他周身散发的气势,却沉稳如山,坚不可摧。

他已经不是那个初见时的少年了。

他忽然想到高仙芝将军信中的最后一段话。

"李萼，待到平定叛乱，春暖花开之时，希望有机会能见到你。封常清将军也想见你，到时候，我们安西老兵再聚首，不醉不休。"

他轻轻一笑，牵动缰绳，马儿嘶鸣一声，拔腿疾奔，转眼就将土门关远远甩在身后，冲入陕郡莽莽群山之中。

"李萼，万望平安，我们，各自珍重！"

李萼又回了回头，颜季明的身影已经消失不见。他看着前面，眼神坚毅："各自珍重……"

头顶，十郎破空而过，直击云霄。

## 三 八
## 暮帝雄心

　　长安，大明宫，宣政殿。

　　自从李隆基登基以来，执政四十余年，朝堂却从未有一次如此像灵堂。

　　明明依旧是那金碧辉煌的样子，明明温暖如春，但所有人都低着头，大气不敢出，连偷瞥都不敢，只想将自己眼前的地板盯出一个洞来。

　　然而，这终究只是权宜之计。

　　"说啊！"最顶上，龙颜黑沉如墨，沙哑的声音里仿佛掺杂着碎裂的骨头，撕扯着每个人的耳朵，"说啊！……"

　　李隆基扶着椅子上的龙首站起来，怒喝："平日里要钱，要粮，要地，都巧舌如簧；骂朕，骂朝政，骂同僚，都言之凿凿。都说在为国为民，都说自己赤胆忠心。现在呢，说啊，洛阳没了，怎么办？百姓死了，怎么办？说啊！喀喀喀喀……"

　　"皇上！"高力士连忙上去搀扶，又是递巾子又是递痰盂，还小心地抚着李隆基的背，一脸担忧。

"国忠,"李隆基咳了几下,缓过气来,冷声道,"你怎么也不说话?前几日天天在朕跟前晃,说自己未雨绸缪,说自己早知道安禄山要反。你既然早知道,你可做了什么准备?你还知道些什么?"

杨国忠的脸色沉了沉,但依然站了出来,低头道:"皇上,臣以为,如今洛阳沦陷,对士气应是一大打击,应该换个将领,打一个胜仗,才能让天兵重整旗鼓!"

对面的武官们闻言,个个露出不屑的神色。换将,打胜仗,说得容易。如今高仙芝和封常清已经是最有可能打胜仗的组合了,却依然没打胜仗,那还能换谁上?

可他们不敢在朝堂上公然反驳杨国忠。这个杨国忠虽然身为宰相,但是行事却如地痞无赖一般,一旦得罪他,在朝堂上和你胡搅蛮缠事小,下了朝后才是他报复的开始。太多的官员在他这儿领教了什么叫不择手段,当真是惹不起他,只能远远地躲着。

杨国忠完全不懂军务,说出这番话也全凭自己臆测,然而却见对面武将无人反驳,还当自己当真说了什么真知灼见,顿时昂首挺胸,看向李隆基的目光都多了几分胸有成竹。

李隆基又坐回了龙椅上,并没有对杨国忠的话发表什么意见,只是半垂着眼沉思着,仿佛睡了过去。

众臣还以为朝堂要再次回到那折磨人的死寂中去,却听又一个人开口了:"父皇,儿臣以为不妥。"

对呀,还有太子!

如果说这朝堂之上还有谁是能和杨国忠当面鼓对面锣对阵的,还真只剩下太子李亨了。他虽然平时低调寡言,并无太多锋芒,但是地位摆在那儿,杨国忠到底不好直接得罪他。

"说。"李隆基听到儿子的声音,也没有太大的反应,依然手撑着头坐着。

"洛阳沦陷令士气大伤不假,但是临阵换将更是兵家大忌。我们连日得到军报,都知道反贼是蓄谋已久,我们猝不及防,有一时的劣势实属正常。现下若没有提升士气的良策,不如维持现状,让高仙芝和封常清二人继续守潼关,我们继续在各处调集兵力,待准备充分了,再给反贼迎头一击,反贼后继无力,定撑不久。"

"殿下,"没等李隆基发表意见,杨国忠先阴阳怪气地开了口,"这个时候再以不变应万变,有些险了吧。若潼关破了,下一个,可就是长安了。"

"可潼关没破!"

"两个败将守着,其中一个还是丢了洛阳的,破,不是迟早的事吗?"

"那杨相以为如何?"

"之前朝廷费钱费力招募了那么多兵,全都给了他们二人,如今就拿来守城?那何时出击,何时反攻?待反攻时,哪来的兵?殿下既然说了反贼后继无力,我们就应该主动求战,挫其锋芒,让反贼知道,我们大唐,耗得起!"

"如何耗得起?"纵使李亨不想再继续争执,此时也有些怒意了,"招募的市井子弟,如何和那些百战之兵耗?"

"既如此,那还费这个劲招募他们干什么?"

眼见着两人就要在朝堂上吵起来,百官却无人敢出声相劝,都怕战火烧到自己身上。

"行了!"天子突然开口,音量不大,却掷地有声。

李亨和杨国忠立刻停了下来,神色不悦。

李隆基睁开了眼,他似乎终于醒了,在高力士的搀扶下慢慢

坐直,长长地叹了口气,再看向朝臣时,双目已经炯炯有神。他缓缓开口:

"朕,要御驾亲征。"

"轰——"

此话一出,百官哗然,交头接耳的有之,大声劝阻的有之,还有感动莫名要效死跟随的有之。朝堂上乱成一团。

"安静!"高力士看了一眼李隆基的神色,头皮一紧,又连叫两声,"安静!安静!"

朝臣们这才按捺着情绪站回原地,再次低头等着天子接下来的话。

"半壁江山都没了,还谈什么兵家大忌?"李隆基的语气丝毫没有被方才的哗然影响到,平静又笃定。

杨国忠得意地瞥了李亨一眼。

"朕思来想去,唯有朕御驾亲征,方有一线机会。你们,也不用再说了,朕意已决。先散了吧,朕累了。"

李隆基撑着高力士站起来,走了两步,忽然回头,道:"哦,朕御驾亲征的时候,就让太子监国吧。"

李亨闻言,只是微微一愣,随即淡定地弯腰拱手:"儿臣领旨。"

本已经不知道该说什么的朝臣,见状又小小骚动了一下。但若是天子要御驾亲征,太子监国反而没那么难接受了,是以骚动极小。

可是杨国忠的脸色却彻底变了。

天子要御驾亲征的消息转瞬间就飞遍了长安,军民士气提升多少暂且不提,百姓的注意力倒是都从前线被拉回了大明宫。

若不是这个消息,可能很多人都忘了这个如今跟儿媳妇耳鬓厮磨、奢靡无度的皇帝，曾经也是一代明主。

他年轻时与太平公主发动政变诛杀韦后集团，后又赐死太平公主坐稳了皇位。之后几十年他励精图治，开创盛世，是个上马能驱虏千里外，下马能治国平天下的人。

杨贵妃的出现让人们一度以为他已经年老昏聩，不复当年。莫非这都是假象，他依旧英明神武？

掐指一算，他已经七十岁整，是个真正的古稀老人了。

朝堂内外，街头巷尾，人人都在讨论这件事，除了对家国天下的担忧，更多的，竟然是对有生之年能见到皇帝御驾亲征的兴奋感。

"如果皇上当真御驾亲征，估计光那阵仗，都能把安禄山给吓个半死吧！"

"哈哈哈，他当初不是说清君侧嘛，皇上带人过去，让他清，想清谁清谁！"

"嘘……"

街边几个人刚打开话匣子，就看到宰相家的车疾驰而过，顿时收了声，相互使了使眼色，不敢说话了。

等到宰相的车离开，他们刚想继续方才的话题，其中一人忽然道："等等，那边好像不是宰相府的方向？"

"你管他去哪儿呢。"

"可那边，是虢国夫人府。"

众人表情各异，往宰相车驾离开的方向望去。

杨国忠是虢国夫人杨玉瑶府上的常客。

虢国夫人、韩国夫人和秦国夫人都是杨玉环的姐姐，皆因杨玉环得道而升天，不管血缘远近，她们都与杨国忠兄妹相称，在京城过着奢靡无度的生活,且都极受李隆基的宠爱。

　　虢国夫人府内极尽奢华,寒冬腊月却有绿荫如盖,曲水流觞皆泛着热气,因其直接引的是温泉水。整个庭院如仙境一般。

　　杨国忠见怪不怪,长驱直入,在仆人的引导下找到了正在园中游乐的虢国夫人。她与杨玉环有几分肖似,但是少了几分柔美天真,多了几分风韵妖冶,此时穿着纤薄的纱衣,手边摆着水果,被几个同样衣不蔽体的男宠围着,谈笑风生,好不快活。

　　一看到杨国忠过来,几个男宠立刻拢了衣服逃也似的退了下去。虢国夫人很是不满,自顾自拿了葡萄吃着,连招呼都不打一个。

　　"你倒是快活!"杨国忠还穿着上朝时穿的棉袍,一坐在虢国夫人身边,就被温泉水和暖炉熏得头上冒汗,于是对着虢国夫人不客气道。

　　"快活什么呀,前头在打仗,想吃点东西都吃不着,今儿没梨子,明儿没樱桃,一天天的,嘴里苦得很。"虢国夫人懒声道,"怎么的,兄长大人这是又受了什么委屈,来我这儿泻火了?"

　　"皇上要御驾亲征,你没听说?"

　　"能不听说吗,耳朵都起茧子了。怎么着,你要跟着出征?"

　　"皇上御驾亲征,你居然一点都不慌?"

　　"我慌什么?怎的,难道是要我跟着?"虢国夫人冷笑道,"御驾亲征又不是真要皇帝打,还能出什么事不成?万一真打了胜仗,那不反而是件好事吗?"

　　"蠢妇!"杨国忠气不打一处来,压低声音道,"皇上御驾亲征与我何干?你难道不知道,皇上不在,就是太子监国!"

　　"什么?"这下,虢国夫人坐不住了,她直起身来,皱眉道,"太子监国?难道不是你?"

"哼！我？"杨国忠冷笑，"有太子在，哪里轮得到我。"他见虢国夫人回过味来了，反而不急了，拈起一颗葡萄悠然道，"太子对我们杨家有多看不惯，你也是清楚的，若是皇上出征，他多出去一天，我们家就多遭一天罪，你自己掂量掂量。"

"那怎么办？"虢国夫人迟疑道，"御驾亲征这么大的事，玉环能劝得动？"

"这就要看你们的能耐了，怎么拿捏男人，还要我教你们？"

虢国夫人沉吟了一下，心里有了点数，突然娇笑着看向杨国忠："兄长这般说我，倒好像我这个做妹妹的很会拿捏男人似的，可我怎么总拿捏不住兄长你呢？"

杨国忠交代了要紧事，心里也放松了一些，把手里的葡萄递到虢国夫人嘴边，轻笑道："这不就过来让你拿捏了吗？"

"咯咯咯！"

娇笑声缱绻缠绵，满溢庭院。

## 三九

## 御驾难征

下午,虢国夫人就进宫了。

李隆基用了午膳后照例要休息,虢国夫人便一路寻到华清宫。果然见宫内莺歌燕舞,倒不是杨玉环趁着李隆基休息在自得其乐,而是她叫来了自己得用的舞伎,正在排演新舞。

一群窈窕女子身着改制过的薄甲,头戴插着一根雉鸡尾羽的头盔,脸上覆着串珠的面罩,正模仿杀敌的动作,围着坐在中间的杨玉环踩着鼓点跳动着。

杨玉环亲自拍击着羯鼓,面色很是严肃,甚至有些严厉。

"停!"她一拍羯鼓,"鼓声乃进军之意,你们是要去打仗的,做什么拈花手,是宫里没给足吃的,没有力气吗?不会跳的就下去,我这儿容不得这样的废物!"

舞伎们低着头,瑟瑟地听着。

编写新舞,逗皇帝开心,是杨玉环的立身之本,在这件事上,她向来严苛,连虢国夫人都不敢置喙。

然而舞伎们的愚笨到底还是败坏了杨玉环的兴致,她把羯鼓往边上一扔,揉着额头,不耐烦地道:"都下去,让我静静。"

众人逃也似的下去了,唯独虢国夫人没走。

杨玉环轻叹一声,起身倚到自己的贵妃榻上,一只白猫跳上来,倚在了她的怀里。她抚摸着猫,懒散地道:"姐姐这个时候怎么有空来,不是刚添了几个得心意的面首吗?"

虢国夫人看着杨玉环,有些恍惚。这个妹妹,当年是最好欺负的,天真烂漫,不问世事,有时讨人喜欢,有时却又天真得令人厌恶。可是,果然人各有命,谁能想到,如今这个最不上进的妹妹,竟然能得这番造化,以至于现在她坐在自己面前,自己都有种低人一等的感觉。

不,不会的,杨玉环,还是那个杨玉环。

她定了定神,故作从容地走上前,亲昵地坐在了杨玉环的榻边,见她果然没什么意见,依然自顾自摸着猫。

"玉环,我的好妹妹,你怎么还有心情在这儿排舞呀!"她着急道。

杨玉环抬了抬眼皮,平淡地道:"我知道你要说什么,御驾亲征嘛,男人要建功立业,我们做女人的,能拦着不成?"

"哎哟,你倒是心大,皇上他都几岁了,是说能出征就出征的吗?"

"几岁怎么了?"杨玉环杏眼圆瞪,倒被这句话激出了火气,"皇上行不行,我能不知道吗?!"

虢国夫人一愣,领会了杨玉环的意思,哭笑不得:"我不是这个意思,我当然知道皇上雄风犹在……"

"我知道你不是这个意思,"杨玉环嘟起嘴,三十过半的人了,这少女神态在她身上竟然还是显得娇憨可爱,"我就是听不得你们说他……老了……"她说着,眼眶竟然有些泛红,"他身为皇帝,这把年纪了还想着御驾亲征,可比那些壮年男子强多了。"

虢国夫人端详着杨玉环的情态,那崇拜和爱恋当真全无虚假,于是心里第无数次地惊讶无奈起来。她这妹妹最让她想不到的,就是竟然会对那个比自己父亲还大的男人动了真情,而且,似乎真的只是把对方当成一个情郎,而非一个万人之上的天子。

也难怪皇帝对她也情真意切,年过半百得妻如此,或许当真是帝王之幸?

但这个女人是自己的妹妹,却着实是自己之幸。

她更庆幸的是,自己赶在杨玉环见到皇帝之前进了宫,否则看她的意思,竟然是支持皇帝御驾亲征的!那还得了?

她心里松了口气,面上更是温柔,循循善诱:"妹妹,你懂他心思不假,但你想过没有,御驾亲征虽然确实不用他亲自上阵,但是光那路途奔波,就是壮年男子也吃不消啊。"

杨玉环愣了一下,倒真听进去了,秀眉微蹙:"很累吗?"

"你就想想你的荔枝,每年为了给你送荔枝,要跑死多少马,累病多少送荔枝的人?"

杨玉环眉头更紧:"可……皇上……肯定知道吧?"

"他觉得自己可以,但我们做他近亲的,不能不为他身体着想啊。"

"近亲……他自己也不是没儿子,他们不劝阻吗?"

虢国夫人冷哼一声:"他那群儿子,哼,或许巴不得他御驾亲征呢,你或许不知,他若亲征,便由太子监国呢。"

"……李亨?"

"可不是他。"

"那还好吧,"杨玉环平静道,"他对我,还算好的。"

"哎哟，妹妹，那是因为皇上在跟前，他能不讨好你吗？"虢国夫人头痛道，"你也不想想，皇帝在跟前，连安禄山都要叫你妈呢！"

杨玉环终于被彻底地从温柔乡拉了出来，她微微坐了起来，垂眸思量了半晌，缓缓开口，语气冷静："是阿兄叫你来的吧？"

她口中的阿兄，自然便是杨国忠。她虽然被保护得很好，但毕竟不是真的蠢，此时已经反应过来了。

虢国夫人也不掩饰，点头道："能不是吗？他和太子最是不和，平日不跟你说，那是不想你和太子起龃龉，让皇上为难，但现在……若是皇上御驾亲征，如果凯旋倒还好，顶多他出征那段时间，我们吃点苦头，那为了大唐，也是该的。可万一……你有想过，以后你怎么办吗？"

杨玉环神色微动，眼中开始泛起泪光："我在三郎这个年纪……遇见他，我只是想……和他……长相厮守……"

"妹妹……"

"我也知道，三郎不会真的……万岁，万万岁……我便想着，若是真到了那么一天，我便随他去了，反正，没了三郎，也不会有人对我这般好了……"杨玉环说着，眼泪掉了下来，当真梨花带雨，我见犹怜。

"也不会有人对我们这般好了。"虢国夫人感同身受，轻抚杨玉环的肩。

"可是，怎么……怎么这么难啊……"杨玉环扑到虢国夫人怀里，大哭了起来。

午后，李隆基小憩醒来，一边穿着衣服，一边问："玉环呢？"

"贵妃娘娘在华清宫,为皇上排新舞呢。"高力士答道。

"唉,她呀,明明懒散,却总停不下来,"李隆基语带宠溺,"成日想给朕看这个看那个,朕是那么贪图享受的人吗?"

"不是皇上贪图享受,是贵妃娘娘心系着皇上,想让皇上笑口常开。"

"你还替她说话。"李隆基笑了起来,转而又叹息,"唉,也只有你和玉环在朕身边,朕才能安心开怀了。"

"皇上……"高力士喉头一哽,想到现在风雨飘摇的国家,心里很是沉重,"皇上,老奴会一直跟着您的。"

"朕知道,朕知道。"李隆基郑重地说着,拍了拍高力士的肩,"也只有你了……走吧,陪朕逛逛。"他迈步出殿,"这宫中漫步的日子,走一天,少一天了……"

"皇上可别这么说,等您御驾亲征归来,还能一直走。"

"哈哈哈,也对。"李隆基上了御辇。不用他说,宫人已经自觉地把他往华清宫的方向抬去。高力士跟在一旁,眼角瞥见一个小太监在前面探了探脑袋,一转身跑没影了。

这是去给贵妃报信了。

高力士心里冷哼一声,上朝的时候就知道杨国忠定坐不住,却没想到能如此着急,皇上刚回宫躺下,那边虢国夫人就进了华清宫,当真是一丝喘息的机会都不给。

宫内的事几乎都逃不过他的双眼,如果他想横插一脚,有的是办法,但是这次,他却是和杨国忠站在一起的。

李亨对他虚与委蛇,他倒是无所谓,只是皇上的身体到底能不能御驾亲征,他却是比谁都清楚。

与其他去苦口婆心地劝阻,揭开皇上心里最不愿意面对的伤疤,倒不如让杨国忠来想法子,总归,这次御驾亲征,是决计不能让他成行的。

"喀喀喀!"刚出室外,冷风一吹,李隆基就忍不住闷咳了几声。高力士连忙上前照顾,心里暗暗叹息。

御辇到了华清宫时,门口已经有收到消息的宫人候着了。李隆基下了御辇,走了几步,觉出不对了,问左右:"玉环呢?"

往常没等他站稳,杨玉环就已经乳燕投林一般跑过来迎接了。

"娘娘她……身体不适,"宫人战战兢兢地答道,"正在殿内休息。"

"身体不适?"李隆基脚步一顿。他何许人也,当即了然了,对旁边高力士笑道,"这小妮子,跟朕闹脾气呢。"

高力士笑着应了,跟着李隆基迈步进入殿内,果然看见杨玉环躺在榻上。她双手交握在胸前,双目紧闭,躺得直挺挺的,哪像是正常休息的样子,倒像是……

李隆基眉头一挑,慢悠悠走过去,坐在杨玉环身边,细细欣赏了一会儿她的容颜,随即抬手,捏住了她的鼻子。

杨玉环果然立刻皱了眉头,没撑一会儿,就不满地睁开双眼,一睁眼,眼泪便流了下来,在颊边留下两道泪痕。

"三郎!"她哀切地道,"你好狠的心……"

她的声音有些含糊,像是嘴里含着什么东西。

李隆基松开手,转而去拭她的眼泪,柔声问:"朕又哪里惹你不高兴了?"

杨玉环神色凄婉,轻声道:"你看。"随后缓缓张开嘴。

李隆基探头一看,神色沉了下来:"这是做什么?吐出来!"

高力士不明所以,但立刻亲自拿了一个茶碗递了过去。杨玉环从善如流,起身对着茶碗一吐,竟然吐出一口黄土!

口含黄土,这不是入土的尸体才有的吗?亏她想得出来!

高力士强作镇定不去看李隆基的表情，又递了茶，让杨玉环漱了口。

杨玉环一边漱口一边流泪，等清理完，已经泪如雨下。

李隆基的怒火被她的眼泪滴滴浇灭，待她坐起身擦泪时，只剩下一声长叹："玉环啊，你这是做什么！"

"三郎要御驾亲征，玉环光想想，就痛不欲生，不如就此去了，也好过承受与三郎的分别之苦。"杨玉环凄婉道。

"什么分别之苦，朕又不是不回来了。"

"三郎定是会回来的，可是你们男人打仗，动辄几个月，甚至更久，玉环一个女儿家，又不能跟着照料，到时候天天盼着，等着，这日子，光想想就心如刀绞。玉环……玉环真的……"杨玉环泣不成声。

"唉，玉环啊，朕是皇帝，家国有难，唯有朕出征才能长大唐士气，平定叛贼啊！"李隆基揽住杨玉环，无奈道。

话是这么说，他也泪盈于睫。

"玉环不要，玉环只知道，三郎不在宫中，不在长安，大家都会惶惶不安，不可终日。洛阳已经没了，玉环不要长安也没了。三郎，长安不能没有你呀！"杨玉环在李隆基怀里哽咽着，"有你，才是大唐呀……"

李隆基闭紧双眼，许久，长长地叹息了一声。

## 四十

# 暗影遮天

是夜,集贤殿,宫内藏书处。

一个小太监小心地拿着一盏铜灯,绕过一排排的书架,走到一个隐蔽的桌案处,那儿有个中年官员正秉烛夜读。

小太监轻咳了一声,那官员身躯一震,快速地合上了手里的书本,回头看过来。

"晁大人,小的给您换灯。"小太监怯生生道。

这晁大人,就是汉名晁衡的阿倍仲麻吕了。回到唐朝,周围的人便都开始称他为晁大人或晁衡。

晁衡点点头。大冷天的,他的额头却有着细微的汗珠。他擦了一把,勉强笑道:"多谢。"

集贤殿内藏书众多,大多是专供皇帝看的御本,金贵无比,是以在这里不能使用普通的灯,都是通体铜制的,以防其倒掉,且不能带入火折子点火。小太监上前换了铜灯,冲晁衡行了一礼,悄无声息地下去了。

晁衡确认小太监走远了,才转头翻开刚才合上的书。一眼看去，那书页上像是画了两个龟壳，正是武周朝时期龟符的摹图。

这图本没什么大不了的，朝中很多老人都知道这个已经被淘汰的符信。但是当晁衡知道一些别的东西后，再看到这个龟符，就让他不由得有点惊悸了。

自从渡海失败遭到追杀，他便决定回来后要好生弄清楚对方到底是个什么组织。恰好他现在的职位是秘书监兼卫尉卿，既管藏书又管府库，搜索资料很是方便。这阵子整个大唐都围着安禄山这个反贼转，他便一头扑进浩繁的典籍之中，一发不可收拾。

但是现在，他却后悔了。

如果说一开始只是为了满足好奇心才开始搜索查找的，到后来是为了自保，那么现在，看到越来越多秘辛的他终于意识到，自己知道得太多了，已经无法全身而退了。他骑虎难下，不可能就此停手，否则一旦有人发现他知道一点秘密，就会把他当成知道太多秘密的人来处理，他只有知道得比别人更多，才有可能找到一线生机。

原本他以为，发现高力士、杨国忠和安禄山都是金龟袋成员这件事已经够可怕了，毕竟他们完完全全左右了皇宫内外，几乎能把皇帝变成一个傀儡，把大唐变成他们的乐园。那么现在，发现金龟袋的由来，却让他感受到了一种从《推背图》上算出安史之乱时一样的不可名状的恐怖感。

他好像又触碰到了一个不该触碰的东西，一个庞然大物，一个他绝对撼动不了的东西。

金龟袋，可能是自古以来就存在的，他们只是同一个势力不停变换各种名字而已。他们隐藏在暗处操控着每一个朝代，有时是扶持一个皇帝，有时是自己当皇帝，更多的时候，就像现在这样，把皇帝控制起来，他们自己则为所欲为。

像是历史的附骨之疽,甩不脱,刮不掉……

这个金龟袋,原本是武周时期的结社,因为武后以玄武为尊,玄武是龟身蛇首的神兽,故而让官员改佩鱼为佩龟,并且以盛龟符的饰物袋作为官职等级的区别。三品及以上为金龟袋,四品、五品为银龟袋、铜龟袋,六品及以下无龟袋。

自此,那个隐秘的组织开始渗透进了金龟袋内部,并且开始以金龟袋为相互辨识的信物。他们掌控朝廷要职和兵权,甚至到后来,开始企图影响武后。

那个影响武后的人,最后成了金龟袋的核心人物,他就是武后的面首——张易之。

但是,随着神龙政变,武后退位,张易之和其他金龟袋成员也随之被诛,看似已经了无行迹。然而,这个组织显然并没有完全消失,残留的势力依然把金龟袋传承了下来,甚至不再限于三品以上,只要能力被认可,一样可以加入。

抑或……血缘被认可,也可以加入?

毕竟,有诸多调查显示,张易之生前为了留下后代,跟一个侍女私通,生下了一个孩子。

这个孩子,叫杨国忠。

很多人觉得这是无稽之谈,但是谁来解释,杨国忠后来为张易之平反这个行为?

他知道自己父亲是谁,他也知道父亲给他留下了什么。

虽然不知道杨国忠是以怎样的契机加入金龟袋的,但如果这个组织就是为了满足人们对权势的贪欲而成立的,那或许有些人血脉中就潜藏着这一根深蒂固的贪欲吧。

只不过,这种血脉,似乎和正直并没什么关联。

杨国忠也是,安禄山也是,甚至高力士,看似对皇帝忠心耿耿，可有时候的作为，也让晁衡看不明白。

有时候他甚至怀疑，安禄山造反，会不会是杨国忠逼的？

毕竟他观察了那么久，都没看出金龟袋这个组织到底以谁为尊，看似是杨国忠吧，但是显然，安禄山不会是愿意屈居杨国忠之下的人。

一旦产生这个猜测，晁衡就感到通体发寒。

一个国家如果由这么一群人操控着，那真的是太可怕了。

又有脚步声传来，他下意识地再次合上了手中的书本，仿佛将龟符图封印在了书中似的，竟然瞬间心安了。

"晁大人，"又是那个小太监，"可要给您换灯吗？"

他说话时眼中还湿漉漉的，像是困的，看起来很是可怜。

晁衡心里一软，眼见夜确实深了，于是起身，柔声道："不用了，你闭殿吧，我也回去休息了。有劳。"

"晁大人客气了。"小太监很是惶恐，一路将晁衡送出大殿，还给他递了一盏气死风灯。

晁衡提着灯，在空无一人的殿外行走，刚拐入宫巷，忽然看到不远处有一个人也提着灯，似乎是在等自己。

他心下有些打鼓，却还是走了过去，待走近一看，却感到心跳骤停。

高力士！他居然在等自己？

脑中又划过刚刚看到的龟符，他感到一阵心慌，甚至怀疑方才自己有没有把那页书盖上。如果高力士这边找自己说话，背后又派人查自己……

虽然心下一团乱，可他还是走了过去，拱手一礼："高爷，这么晚了，还没休息吗？"

"晁大人，"高力士从容回礼，温声道，"皇上刚睡下，我得空出来透透气,这就回去了。"

"哦,好,那……"

"晁大人,回府?"

"嗯,嗯。"晁衡年纪也不小了,却在高力士温和的注视下慌得像个小孩子,他心里都嫌弃自己,却只能强颜欢笑,"这就回去了。"

"那……我送送你。"

送?怎么送?送去哪儿?

在晁衡心里,已经把高力士和杨国忠、安禄山他们画上了等号,都是为了金龟袋能不择手段的人。难道今天自己是出不了宫了?

不理会晁衡僵硬的神色,高力士依然与他并排走着,并闲聊起来:"晁大人这么晚了,怎么还在殿内看书?"

"今日朝会上皇上不是说要御驾亲征吗?"晁衡早有准备,"我身为秘书监兼卫尉卿,查阅了一下历朝御驾亲征的规格礼制,以免到时候为皇上准备起来,有所疏漏。"

"果然这事交给晁大人是最放心的,"高力士不动声色,"晁大人一贯办事严谨认真,皇上很是欣赏。"

"谢皇上赏识。"晁衡真心道。

"说起这个,晁大人,我刚听说,与你一起东渡的鉴真大师,似乎没有遇到海难,安全到达了你的故土。"

晁衡愣了一下,这事他其实已经听说了,还很是高兴了一阵。但是现在由高力士说来,却着实吓人。

毕竟他知道,高力士意有所指。

"是啊,"他挤出一抹笑,"万幸,鉴真大师果真是有佛祖保佑的,这样他就能在我的家乡宣扬佛法了。"

## 四十 | 暗影遮天

"鉴真大师是得道高僧，"高力士意味深长地道，"于轻重是非上，定有他自己的见解吧。"

晁衡感到脑中有根线绷得紧紧的，点头道："我也常得他的教诲，受益良多。"

"既如此，那么晁大人你在轻重是非上，应该也有不少心得了。"

原来重点在这儿！晁衡感到有点喘不过气来，可还是硬挺着挤出笑容，点头道："佛法高深，我怕是需要用余生去领会了。"

言外之意：我还没活够……

高力士自然明白，他笑了起来，停下脚步，拍了拍晁衡的肩："晁大人，时候不早了，早些歇息吧……御驾亲征的事，暂且放一放，无须太过费心。"

晁衡一愣，他意识到这是高力士在提点自己，便点了点头道："好。"

无须多问，总会知道答案的。

他见高力士站着不动，便朝他拱手一礼，提着灯转身迈步。他走了两步，心底忽然生出一股不忿的感觉，复又转过身，对高力士道："高爷，我一直有一事不明。"

高力士不动声色："什么？"

"我这次回来，听到民间有一首童谣：'燕燕飞上天，天上女儿铺白毡，毡上有千钱。……'我不明白，这唱的是何意？"

高力士静静地看着他，许久才道："恕我愚钝，我也不知，不过……迟早我们会明白的吧。"

晁衡点点头，道了声谢，平静地离开了。

第二天朝会，李隆基果然没有再提御驾亲征的事。

他不提，自然没人敢不知趣地跳出来问皇上何时出征。众人心照不宣，草草结束了朝会，心里却也明白，洛阳一事，光削除封常清的爵位，远远不够平息皇上的怒火。

这件事，还没完。

风雨，继续飘摇……